OITO DETETIVES

ALEX PAVESI

OITO DETETIVES

ALEX PAVESI

TRADUÇÃO: ANDRÉ GORDIRRO

EIGHT DETECTIVES
COPYRIGHT © 2020 BY ALEX PAVESI
ALL RIGHTS RESERVED.

COPYRIGHT © FARO EDITORIAL, 2021
TODOS OS DIREITOS RESERVADOS.

Nenhuma parte deste livro pode ser reproduzida sob quaisquer meios existentes sem autorização por escrito do editor.

Diretor editorial: **PEDRO ALMEIDA**
Coordenação editorial: **CARLA SACRATO**
Preparação: **FRANCINE PORFIRIO**
Revisão: **THAÍS ENTRIEL** E **DANIEL RODRIGUES AURÉLIO**
Capa: **RENATO KLISMAN | SAAVEDRA EDIÇÕES**
Projeto gráfico e diagramação: **CRISTIANE | SAAVEDRA EDIÇÕES**

Dados Internacionais de Catalogação na Publicação (CIP)
Angélica Ilacqua CRB-8/7057

Pavesi, Alex
    Oito detetives / Alex Pavesi; tradução de André Gordirro. — São Paulo: Faro Editorial, 2021.
    288 p.
    ISBN 978-65-86041-60-6
    Título original: Eight Detectives

1. Ficção inglesa I. Título II. Gordirro, André

20-4299   CDD 823

Índice para catálogo sistemático:
1. Ficção inglesa

1ª edição brasileira: 2021
Direitos de edição em língua portuguesa, para o Brasil, adquiridos por **FARO EDITORIAL**

Avenida Andrômeda, 885 – Sala 310
Alphaville – Barueri – SP – Brasil
CEP: 06473-000
WWW.FAROEDITORIAL.COM.BR

1

Espanha, 1930

"Acho que tem alguma coisa errada."

OS DOIS SUSPEITOS ESTAVAM SENTADOS EM MÓVEIS DESCOMBINADOS DENTRO do salão branco e quase sem decoração, esperando que algo acontecesse. Entre eles, um arco levava a uma escadaria estreita e sem janelas. No meio da subida, a escada mudava de direção, escondendo o andar superior e dando a impressão de que levava à escuridão e nada mais.

— É um inferno ficar esperando aqui. — Megan estava sentada à direita do arco. — Quanto tempo normalmente leva uma sesta, afinal?

Ela foi até a janela. Lá fora, a paisagem interiorana da Espanha era de um tom laranja. Parecia deserta no calor.

— Uma ou duas horas, mas ele andou bebendo. — Henry, com um violão apoiado no colo, estava sentado de lado, com as pernas sobre o braço da poltrona. — Conhecendo Bunny, ele vai dormir até a hora do jantar.

Megan foi até o armário de bebidas, examinou as garrafas e virou cuidadosamente cada uma até que todos os rótulos estivessem voltados para fora. Henry tirou o cigarro da boca e o segurou diante do olho direito, fingindo observá-la através dele: um telescópio falso.

— Você está inquieta de novo.

Ela vinha andando de um lado para o outro na maior parte da tarde. O salão, com azulejos brancos e superfícies limpas, lembrava a sala de espera de um médico; os dois poderiam estar em um hospital antigo de onde eles vieram, em vez de uma estranha vila espanhola no topo de uma colina.

— Se estou inquieta — murmurou Megan —, você não para de falar.

Algumas horas antes, eles estavam almoçando com Bunny em uma pequena taverna na vila mais próxima, a trinta minutos de caminhada pela floresta saindo da casa dele. Ao verem Bunny se levantar ao fim da refeição, os dois logo notaram como ele estava bêbado.

— Precisamos conversar — dissera ele com a voz grogue. — Vocês provavelmente já se perguntaram por que os chamei aqui. Tem algo que eu gostaria de conversar há muito tempo.

Era uma coisa sinistra de se dizer para os dois convidados, ambos inteiramente dependentes dele em um país onde nunca estiveram antes.

— Quando voltarmos para casa, apenas nós três.

Eles levaram quase uma hora para voltar andando, com Bunny lutando para subir a colina como um burro velho; seu terno cinza em contraste com a terra vermelha. Parecia um absurdo agora pensar nos três juntos em Oxford, todos aqueles anos atrás; Bunny aparentemente envelheceu dez anos mais do que os dois.

— Eu preciso descansar — dissera ele com a fala arrastada, depois de deixá-los entrar na casa. — Me deem um tempo para dormir, depois a gente conversa.

Assim, enquanto Bunny subia a escada a fim de dormir para não sentir o calor da tarde, Megan e Henry haviam desabado em poltronas dos dois lados da escadaria.

— Uma breve sesta.

Isso foi há quase três horas.

Megan estava olhando pela janela. Henry se inclinou para a frente e contou o número de azulejos entre os dois: ela estava na diagonal diante dele, a uma distância de sete azulejos brancos.

— Parece um tabuleiro de xadrez — disse Henry. — É por isso que você não para de andar? Está dispondo as peças para um ataque?

Megan se virou para encará-lo, seus olhos se estreitaram.

— O xadrez é uma metáfora barata. É o que os homens usam quando querem falar de maneira grandiosa a respeito de conflitos.

Havia uma discussão se desenvolvendo entre os dois a tarde toda, desde que Bunny interrompera o almoço subitamente. Megan olhou pela janela novamente e lá estava ela, tão inevitável quanto o clima: a discussão iminente, uma mancha negra no céu azul.

— A essência do xadrez são as regras e a simetria — continuou ela —, mas o conflito geralmente é apenas cruel e sujo.

Henry dedilhou o violão como uma maneira de mudar de assunto.

— Você sabe como afinar isso aqui? — Ele tinha encontrado o instrumento pendurado na parede acima da poltrona. — Eu poderia tocar se estivesse afinado.

— Não — respondeu Megan e saiu da sala.

Ele a observou entrar na casa; versões sucessivamente menores de Megan enquadradas por outras portas ao longo do corredor. Então, acendeu outro cigarro.

— Quando você acha que ele vai acordar? Eu gostaria de tomar um pouco de ar fresco.

Megan estava de volta, a maior versão dela ficou parada na porta mais próxima.

— Vai saber — respondeu Henry. — No momento, Bunny está dormindo o sono de quem acabou de almoçar.

Ela não sorriu.

— Vá em frente e saia — disse Henry. — Acho que qualquer coisa que ele tenha a dizer pode esperar.

Megan fez uma pausa, com o rosto tão imaculado e ilegível quanto nas fotos de divulgação. Ela era uma atriz, por profissão.

— Você sabe o que ele vai nos dizer?

Henry hesitou.

— Acho que não.

— Beleza. Eu vou lá fora, então.

Ele concordou com a cabeça. O corredor se afastava do salão na direção para a qual Henry estava voltado, e ele viu Megan percorrê-lo e sair por uma porta no fim; as escadas estavam à esquerda. Henry continuou brincando com as cordas do violão até que uma delas estalou, o metal chicoteou e cortou as costas de sua mão.

Naquele momento, a sala escureceu e ele se virou automaticamente para a direita: Megan estava na janela, olhando para dentro, com as colinas vermelhas atrás dando um brilho demoníaco ao seu contorno. Ela não parecia capaz de vê-lo; talvez o dia lá fora estivesse muito claro. Mas Henry se sentiu como uma criatura em um zoológico mesmo assim, com as costas da mão na boca, os dedos pendurados no queixo, enquanto chupava o pequeno corte.

Megan se refugiou no lado sombreado da casa

Parada em uma moita de flores silvestres, ela se recostou no prédio e fechou os olhos. De algum lugar próximo, veio um som suave e percussivo: *dip, dip, dip*. Parecia vir de trás dela. Megan pensou a princípio que fosse o som do violão atravessando as paredes, mas não era melódico o suficiente para isso. Era muito fraco — quase nem estava presente —, mas ela ainda conseguia ouvir, tão inconfundível quanto uma pedra no sapato.

Dip. Dip. Dip.

Megan se virou e olhou para cima. Através de uma grade de ferro forjado, ela viu uma mosca batendo sem parar na janela fechada do quarto de Bunny. A janela vizinha à dela, no último andar da casa. Era apenas uma mosquinha tentando escapar; então, Megan viu que havia duas. Três, na verdade. Agora quatro. Um enxame inteiro de moscas tentava sair. O canto da janela estava escuro com elas. Megan imaginou as moscas mortas empilhadas no parapeito da janela. Ela encontrou uma pedrinha no chão e a jogou na janela; a nuvem negra se espalhou diante do ruído audível, mas não veio nenhum som do interior. Megan tentou novamente, mas não conseguiu despertar o anfitrião adormecido.

Ela ficou impaciente e pegou um punhado inteiro de pedras, jogou uma atrás da outra até que as mãos estivessem vazias. Então deu a volta por trás da casa, entrou pela porta e atravessou o corredor até o pé da escada, onde Henry, surpreso pela aparição súbita, deixou cair o violão, fazendo barulho no chão branco e frio.

— Acho que devemos acordar o Bunny.

Ele viu que Megan estava preocupada.

— Você acha que tem alguma coisa errada?

Na verdade, ela estava com raiva.

— Acho que devemos verificar.

Megan começou a subir a escada. Ele estava seguindo logo atrás quando ela viu algo que a fez parar e gritar. Instintivamente, Henry a abraçou. Foi uma tentativa de mantê-la calma, mas de uma maneira tão atrapalhada que deixou os dois agarrados, incapazes de se mover.

— Me largue!

Megan se soltou com uma cotovelada e correu para a frente, e então, com os ombros dela fora do caminho, Henry viu o que ela tinha visto: um filete de sangue que se estendia da porta de Bunny para o topo da escada, apontando diretamente para seus pés.

Nenhum dos dois jamais havia visto tanto sangue. Bunny estava deitado de bruços nos lençóis. Um cabo de faca surgia das costas dele, com um rastro vermelho irregular que seguia até a extremidade mais baixa da cama. A lâmina estava quase totalmente escondida; os dois conseguiram enxergar apenas uma fina linha de prata entre o corpo de Bunny e o cabo preto.

— É ali que está o coração dele — disse Megan.

O cabo em si poderia ter feito parte de um relógio solar, com o cadáver marcando a passagem do tempo, sem saber.

Ela se aproximou da cama, contornando as poças no chão. Quando Megan estava a um passo do corpo, Henry a deteve.

— Você acha que deveríamos?

— Preciso verificar.

Indo contra o bom senso, ela pressionou dois dedos na lateral do pescoço dele. Não sentiu pulsação e balançou a cabeça.

— Isso não pode ser verdade.

Em estado de choque, Henry sentou-se na beira do colchão; o peso fez com que as manchas de sangue se espalhassem em sua direção, e ele pulou como se estivesse acordando de um pesadelo. Henry olhou para a porta e depois voltou-se para Megan.

— O assassino ainda pode estar aqui — sussurrou ele. — Vou procurar nos outros quartos.

— Ok — sussurrou Megan de volta; e por ser atriz, ela sussurrou de uma maneira tão clara quanto se tivesse falado. Foi quase sarcástico. — E verifique se todas as janelas estão trancadas.

— Espere aqui. — E ele foi embora.

Megan tentou respirar fundo, mas o ar no quarto já estava podre, e as poucas moscas denunciadoras ainda estavam batendo contra a janela naquele dia escaldante. Elas deviam ter se cansado do cadáver. Megan se aproximou e ergueu a janela alguns centímetros. As moscas dispararam e se dissolveram no céu azul, como grãos de sal misturados à sopa. Enquanto ela ficou parada ali, gelada do choque, ouviu Henry vasculhando os cômodos próximos, provavelmente abrindo guarda-roupas e olhando embaixo das camas.

Ele apareceu na porta novamente, com uma expressão decepcionada.

— Não tem ninguém aqui em cima.

— Todas as janelas estavam trancadas?

— Sim, eu verifiquei.

— Foi o que pensei — disse ela. — Bunny trancou tudo obsessivamente antes de sairmos para o almoço. Eu o vi fazer isso.

— E aquelas portas estão trancadas?

Henry indicou com a mão as duas portas da varanda atrás dela. Megan foi até elas e puxou as alças. As portas estavam aferrolhadas por dentro nas partes de cima, do meio e de baixo.

— Sim — respondeu ela, sentando-se na beira da cama e ignorando o sangue que se espalhava. — Henry, você sabe o que isso significa?

Ele franziu a testa.

— Significa que eles devem ter saído pela escada. Vou trancar todas as portas e janelas no andar de baixo. Fique aqui, Megan.

— Espere... — começou ela, mas ele já havia desaparecido.

Megan ouviu os pés descalços de Henry batendo sem musicalidade nos degraus, que eram tão brancos e duros quanto teclas de piano. Ouviu-o parar quando chegou à curva da escada e bater a palma da mão contra a parede para se firmar, depois ouviu o resto de seus movimentos no andar de baixo.

Ela abriu uma gaveta da cômoda de Bunny, não havia nada além de cuecas e um relógio de ouro. Outra continha um diário e pijamas. Ele adormeceu vestido, obviamente. Megan pegou o diário e folheou as páginas. Os registros haviam parado há quase um ano. Ela o guardou de volta, então olhou para o relógio.

Quanto tempo ela teria que esperar aqui, permitindo a demonstração improvisada de tomada de controle por parte de Henry, antes que pudesse descer e confrontá-lo?

Visto que a cada porta que Henry fechava, a casa ficava mais quente, embora tivesse começado o processo rapidamente, agora ele se movia devagar e metodicamente, respirando com dificuldade e andando por cada cômodo várias vezes para garantir não ter deixado nada passar. A disposição dos ambientes era confusa, e Henry se perguntou por que Bunny tinha vindo morar sozinho em uma casa tão grande. Nenhum dos cômodos parecia ter o mesmo formato ou tamanho, e muitos não tinham janelas. "Sem luz, mas com a escuridão visível." Era o que a pessoa construía quando tinha dinheiro, supôs ele.

Henry voltou para a sala e encontrou Megan lá, empoleirada na poltrona em que ele esteve sentado e fumando um de seus cigarros. Henry achou que deveria dizer algo divertido, para adiar o confronto com a realidade pelo menos por um momento.

— Tudo o que você precisa é de um violão e um corte de cabelo, e isso seria como se olhar no espelho.

Megan não respondeu.

— Eles foram embora — disse ele. — Há muitas janelas e portas por aqui, é claro. Podem ter saído da maneira que quisessem.

Lentamente, ela largou o cigarro em um cinzeiro e pegou uma faca pequena que havia colocado ao lado. Henry nem tinha percebido a faca; era apenas mais um objeto fino que se misturava à sala pouco decorada. Megan se levantou e segurou a faca, a ponta na direção do peito de Henry.

— Não se mexa — ordenou ela em voz baixa. —Fique parado aí. Nós precisamos conversar.

Henry se afastou de Megan. A parte de trás dos joelhos encostou na poltrona oposta à dela, e seu corpo desmoronou no assento. Megan levou um susto com aquele movimento repentino e, por um momento, ele se sentiu impotente, agarrando os braços da poltrona em desespero. Mas ela ficou onde estava.

— Você vai me matar, Megan?

— Só se você me obrigar.

— Eu nunca consegui obrigar você a nada. — Ele suspirou. — Pode me passar um cigarro? Estou preocupado que, se eu esticar a mão para pegar um, possa perder um ou dois dedos. Posso acabar fumando meu próprio polegar como um charutinho.

Ela retirou um cigarro do maço e jogou-o na direção de Henry, que o pegou e acendeu com cuidado.

— Bem — disse Henry —, você esteve procurando uma discussão a tarde toda, mas imaginei algo mais civilizado do que isso. Qual é a ideia?

Megan falou com a confiança de alguém que superou o inimigo:

— Você está tentando fingir calma, Henry, mas suas mãos estão tremendo.

— Talvez eu esteja com frio. É impressão minha ou o verão espanhol está um pouco cortante este ano?

— E ainda assim o suor está escorrendo de você.

— O que esperava? Você está com uma faca na minha cara.

— É uma faca pequena, você é um cara grande. E ela nem está perto do seu rosto. Você está tremendo porque está preocupado em ser descoberto, e não por achar que vou machucá-lo.

— O que está insinuando?

— Bem, estes são os fatos. Existem cinco quartos no andar de cima. Todos têm barras nas janelas. Barras pretas grossas, do tipo que vemos em desenhos animados. Dois dos quartos têm portas que dão para varandas, e ambas estavam trancadas. As janelas também. Você mesmo verificou agora. Há apenas uma escadaria que leva ao andar superior, bem aqui. Isso tudo parece correto?

Ele concordou com a cabeça.

— Então, quem matou Bunny deve ter subido a escada — Megan apontou para a curva sombria da escada — e deve ter descido por ela. E você está sentado aqui, ao pé da escada, desde que voltamos do almoço.

Henry deu de ombros.

— E daí? Você não está insinuando que eu tenho algo a ver com isso, está?

— É exatamente isso que estou fazendo. Ou você viu o assassino subindo aquela escada ou subiu lá você mesmo, o que o torna um assassino ou cúmplice. E não acho que você esteja aqui há tempo suficiente para ter feito amigos.

Ele fechou os olhos e se concentrou nas palavras de Megan.

— Que besteira. Alguém poderia ter passado por mim escondido. Eu mal estava prestando atenção.

— Alguém passou por você escondido em uma sala branca e silenciosa? Quem foi, Henry, um rato ou bailarino?

— Então você acha mesmo que eu o matei? — Todo o argumento dela se encaixou, e Henry se levantou em protesto. — Mas, Megan, há uma coisa que você não mencionou. Eu posso ter ficado sentado aqui desde a hora do almoço, cuidando da minha própria digestão, mas você esteve bem aqui comigo.

Ela inclinou a cabeça para o lado.

— Isso é verdade, em parte. Consigo pensar em pelo menos três vezes que saí para tomar um ar fresco. Será por isso que você andou fumando tanto, só para me expulsar? Não sei quanto tempo leva para cravar uma faca nas costas de alguém, mas imagino que possa ser feito rapidamente. Lavar as mãos depois provavelmente ocupa a maior parte do tempo.

Henry sentou-se novamente.

— Meu Deus — ele se esforçou para ficar confortável —, você está falando sério, não é? Acabamos de encontrar nosso amigo morto no andar de cima e você está realmente sugerindo que eu o matei? Baseada no quê? No fato de eu estar sentado perto de uma escada? Desde quando nos conhecemos? Há quase dez anos?

— As pessoas mudam.

— Bem, isso é verdade. Hoje, acho Shakespeare superestimado e não vou mais à igreja. Mas espero que alguém me avise caso eu saia de casa sem minha noção de moral.

— Não leve tanto assim para o lado pessoal. Estou apenas unindo os pontos. Você esteve aqui o tempo todo, não é?

— Não levar para o lado pessoal? — Henry balançou a cabeça, sem acreditar. — Você nunca leu uma história policial, Megan? Existem milhões de maneiras de fazer aquilo. Talvez até haja uma passagem secreta que leva ao andar de cima.

— Isso aqui é a realidade, Henry. Na vida real, se houver apenas uma pessoa com motivo e oportunidade, ela geralmente é culpada.

— Motivo? E qual seria exatamente o meu motivo?

— Por que o Bunny nos chamou aqui?

— Eu não sei.

— Eu acho que você sabe. Após cinco anos de silêncio, ele nos envia uma carta nos convidando para sua casa na Espanha. E nós dois viemos correndo. Por quê? Porque ele estava planejando chantagear a gente. Você devia saber disso.

— Chantagear a gente? Pelo que aconteceu em Oxford? — Henry dispensou a ideia com um gesto. — Era o Bunny quem dirigia o carro.

— Nós não éramos exatamente inocentes, não é?

— Que besteira. Eu vim porque o Bunny me disse que você estaria aqui, que você queria me ver. Não havia nada sobre chantagem.

— Você está com a carta dele aí?

— Não.

— Então só temos a sua palavra quanto a isso?

Henry olhou vagamente para o chão.

— Eu ainda amo você, Megan, por isso vim. Bunny sabia exatamente o que dizer para me trazer aqui. Não acredito que você pense que eu seria capaz de fazer algo assim.

Ela não se comoveu.

— Eu gostaria de poder viver no seu mundo, Henry. Você provavelmente está imaginando que vamos começar a cantar a qualquer momento.

— Estou apenas dizendo como me sinto.

— E como eu disse, estou apenas unindo os pontos.

— A não ser que…

Megan olhou para ele, desconfiada. A faca tremeu em sua mão.

— A não ser o quê, Henry?

Ele se levantou de novo, levou uma mão à cabeça e pressionou a outra contra a parede. A seguir, começou a andar de um lado para o outro.

— Não se preocupe, vou manter distância.

Megan ficou tensa; a ponta da faca seguiu os movimentos dele.

— E se, quando você saiu por alguns minutos para tomar ar fresco, eu também tivesse saído? Eu poderia ter feito isso. Você não saberia se eu tivesse saído. E então o assassino poderia ter atacado.

— E você saiu?

— Sim — respondeu Henry, sentando-se novamente. — Fui buscar um livro no meu quarto. Foi quando o assassino deve ter passado por mim.

— Você está mentindo.

— Não estou.

— Está sim. Você teria mencionado isso antes, se fosse verdade.

— Eu esqueci, foi isso.

— Henry, pare. — Megan deu um passo na direção dele. — Não estou interessada em ouvir mentiras.

Ele estendeu a mão; ela não estava tremendo.

— Ora, veja só. Estou dizendo a verdade.

Megan chutou a perna da poltrona, e a mão dele virou uma garra quando se firmou no apoio de braço.

— Essa conversa já foi longe demais. Eu só quero saber o que você planeja fazer a seguir.

— Bem, não há telefone aqui, então eu correria para a vila e chamaria a polícia e um médico. Mas se você planeja dizer a eles que sou culpado, isso dificulta bastante as coisas para mim, não é?

— Podemos nos preocupar com a polícia mais tarde. Agora só quero ter a certeza de que, se eu abaixar esta faca, não acabarei deitada na cama ao lado de Bunny. Por que você o matou?

— Eu não o matei.

— Então quem matou?

— Um estranho deve ter invadido a casa e o matado.

— Por que motivo?

— Como eu saberia?

Megan se sentou.

— Olha, vou ajudar você, Henry. Não acho inconcebível que você tenha alguma justificativa para matar o Bunny. Ele conseguia ser cruel, nós dois sabemos disso. E imprudente. Posso até perdoá-lo por isso, com o tempo. Mas se quer que eu minta por você, então deve parar de testar minha paciência. Por que agora? E por que desse jeito?

— Megan, isso é loucura.

Henry fechou os olhos. O calor estava insuportável com todas as portas e janelas fechadas. Ele sentiu que os dois eram espécimes suspensos em óleo, sendo estudados por alguém.

— Então você ainda está defendendo a sua inocência? Caramba, nós já conversamos sobre isso, Henry! Você foi julgado e condenado pelo júri de doze vasos de plantas que decoram o corredor. Você esteve aqui o tempo todo. O que mais é possível dizer?

Ele enfiou a cabeça nas mãos.

— Só me dê um momento para pensar. — Os lábios se moveram silenciosamente enquanto ele repetia as acusações de Megan. — Você me deu uma tremenda dor de cabeça.

Indo contra o bom senso, Henry se abaixou e pegou o violão do chão ao lado dele. Começou a dedilhar as cinco cordas restantes.

— Será que ele poderia estar se escondendo no andar de cima quando voltamos do almoço? — A testa de Henry estava pingando suor. — Não há como ele ter ido embora, a menos que tenha sido bem no momento em que voltamos. De fato. De fato, acho que entendi.

Ele ficou de pé novamente.

— Acho que agora sei o que aconteceu, Megan.

Ela ergueu a cabeça na direção de Henry, como um aceno de encorajamento ao contrário.

— Megan, sua pequena víbora — disse ele. — Sua serpentezinha calculista. Foi você quem matou o Bunny.

Megan nitidamente não havia se impressionado.

— Não seja ridículo.

— Vejo que você planejou bastante. Aqui estamos, dois suspeitos com a mesma oportunidade e um motivo grande o suficiente para englobar nós dois, de modo que tudo o que você precisa fazer é negar ser a assassina, e a culpa recai sobre mim. Dessa forma, tudo se resume a qual de nós é o melhor ator, e ambos sabemos a resposta para isso.

— Como argumentei, Henry, você ficou sentado aqui a tarde toda, guardando sua presa. Então, como eu poderia ter matado o Bunny?

— Não há necessidade de me incriminar, de falsificar provas. Não quando você pode simplesmente negar tudo, até ficar com a garganta seca. Esse era o seu plano o tempo todo, não era? Quando a polícia chegar, eles encontrarão dois estrangeiros e um cadáver. Um desses estrangeiros será eu, nervoso e incoerente, tentando argumentar que alguém deve ter rastejado de cabeça para baixo pelo teto para subir a escada sem ser visto, e o outro será você, perfeitamente sob controle, negando tudo. A inglesa delicada contra o macho bruto. Nós dois sabemos em quem eles vão acreditar, e como posso convencê-los do contrário? Eu não sei nem pedir um café neste maldito país.

— Essa é a sua teoria, é? Então, como eu passei sem ser vista por você, Henry? Eu rastejei pelo teto, como você sugere? Ou você inventou alguma coisa mais convincente nos últimos vinte segundos?

— Eu não preciso fazer isso. Essa é a pergunta errada. — Ele se levantou e foi até a janela, sem mais temer Megan. — É verdade que o último andar desta casa está trancado. E que essa escada é a única entrada para ele. E é verdade que eu fiquei sentado aqui a tarde toda, desde o almoço, quando Bunny subiu para o quarto dele. Eu nem usei o banheiro. Mas também é verdade que, quando voltamos, e eu estava com muito calor e sujo da estrada, fui me lavar. E eu a deixei sentada sozinha, bem aqui. Quando voltei, você não tinha se mexido. Levei cerca de nove ou dez minutos para lavar o rosto, pescoço e mãos; foi tão breve que quase esqueci. Mas quanto tempo leva cravar uma faca nas costas de alguém?

— Isso foi horas atrás.

— Três horas atrás. E há quanto tempo você acha que ele está morto? Há sangue por todo o corredor.

— Nós tínhamos acabado de entrar; o Bunny tinha acabado de subir a escada. Ele nem estaria dormindo naquele momento.

— Não, mas Bunny estava bêbado o suficiente, isso não teria sido um problema. Assim que se deitou de bruços no colchão, ele ficou totalmente indefeso.

— Então é isso? Você está me acusando de ter matado o Bunny? — Henry sorriu, orgulhoso da própria lógica.

— Isso mesmo, estou sim.

— Seu tolo patético e pretencioso. Ele está morto e você quer fazer joguinhos? Eu sei que foi você. Por que está fazendo isso?

—Sou capaz de lhe fazer essa mesma pergunta.

Megan fez uma pausa e pensou no assunto. A mão segurando a faca relaxou. Henry estava olhando pela janela agora, havia um halo de colinas vermelhas através do vidro sujo. Ele a estava provocando com a ausência de medo; era uma maneira de afirmar sua autoridade.

— Compreendo o que está fazendo — falou ela. — Vejo claramente agora. É uma questão de reputação, não é? Eu sou uma atriz. Um escândalo como esse me arruinaria. Enquanto houver a menor sombra de dúvida, minha reputação estará abalada. Você pensa que tenho mais a perder do que você, então preciso cooperar?

Henry se virou, bronzeado pela luz do dia nas costas.

— Você acha que isso tem a ver com sua reputação profissional? Nem tudo gira em torno de sua carreira, Megan.

Ela mordeu o lábio inferior.

— Não, você não admitiria, não é? Primeiro, você vai me mostrar como está disposto a ser teimoso. E depois o quê? Quando me convencer de que não posso vencer, que minha carreira será arruinada se eu não cooperar, você fará sua proposta. Vai inventar algum tipo de história e me pedir para corroborar. Se é disso que se trata, é melhor me contar a verdade.

Ele suspirou e balançou a cabeça.

— Não sei por que você continua dizendo todas essas coisas. Eu expliquei as circunstâncias do crime, mas mesmo o melhor detetive não pode fazer nada diante da negação completa. Eu poderia arrancar os cabelos, mas não acho que a calvície me cairia bem.

Ela olhou para Henry. Nenhum dos dois disse nada por um minuto. Finalmente, Megan pousou a faca na mesa a seu lado e girou a ponta para longe dele.

— Tudo bem — cedeu ela. — Pegue seu violão e continue tocando. Estou acusando você e você está me acusando; obviamente, estamos presos nesta situação. Mas se você acha que eu sou o tipo de mulher que vai ceder e se convencer de que o céu é verde só porque um homem está dizendo isso, então me subestimou.

— E se você acha que pode simplesmente bater o pé e fazer charme para que eu confesse algo que não fiz, superestimou seus poderes.

— Ah — Megan pestanejou —, mas eu pensei que você ainda me amasse...

Henry sentou-se na poltrona oposta à dela.

— Eu amo, e é isso que torna essa situação tão enlouquecedora. Eu vou perdoá-la por tudo, se você simplesmente admitir que o matou.

— Então vamos falar a respeito de uma coisa que nunca conversamos antes. — Megan pegou a faca novamente; medo genuíno apareceu nos olhos dele por um momento. — Você tem um lado violento, Henry. Eu já o vi bêbado, já o vi brigar com estranhos porque não gostou do jeito que eles estavam olhando para mim. Eu já o vi gritando, berrando e quebrando copos. Você vai negar tudo isso também?

Ele olhou para o chão.

— Não, mas isso foi há muito tempo.

— E você já me viu tendo esse comportamento algum dia?

— Talvez não, mas você sabe ser cruel.

— Uma língua afiada nunca matou ninguém.

Henry deu de ombros.

— Então, eu tenho um pavio curto. É por isso que não se casou comigo?

— Não foi só por isso. Mas não ajudou.

— Eu estava bebendo muito naqueles dias.

— Você estava bebendo muito hoje, durante o almoço.

— Não muito. Não como naquela época.

— Foi o suficiente, claramente.

Ele suspirou.

— Se eu quisesse matar o Bunny, teria feito isso de uma maneira melhor do que essa.

— Henry, eu sei que foi você. Nós dois sabemos que foi você. Do que está tentando me convencer, exatamente? Que estou ficando louca?

— Eu poderia dizer a mesma coisa, não é?

— Não, não poderia. — Megan pegou a faquinha e apunhalou o braço da poltrona; a lâmina passou direto pelo estofamento e cravou na madeira. — Bunny está lá em cima pingando como uma torneira, e estamos aqui simplesmente discutindo. O que a polícia vai pensar quando descobrir como passamos a tarde?

— Isso parece um pesadelo.

Megan revirou os olhos.

— Outra metáfora barata.

— Bem, se é assim que vamos passar a tarde, eu gostaria de estar com uma bebida na mão. Gostaria de se juntar a mim?

— Você é doido — respondeu ela.

E ele se serviu de uísque.

MEIA HORA DEPOIS, NADA HAVIA MUDADO; OS DOIS EXAMINARAM A SITUAÇÃO várias vezes e não chegaram a nenhuma conclusão.

Depois de terminar a bebida, Henry segurava o copo vazio diante do rosto, olhando através do vidro para a sala achatada e vazia, movendo a mão de um lado a outro. Megan o observou, imaginando como ele poderia se distrair tão facilmente.

Ele a olhou.

— Vou tomar mais um e pronto. Tem certeza de que não quer?

As portas e janelas ainda estavam fechadas, e a sala estava sufocante. Era como se eles tivessem concordado em infligir aquele calor a si mesmos como um castigo.

Megan concordou com a cabeça.

— Vou beber com você.

Ele resmungou e foi até o armário. Com o decantador alto de uísque, encheu dois copos. A bebida estava quente, obviamente. Henry pegou um copo, girou-o de modo ritmado e passou o outro para ela. Os olhos de Megan se arregalaram diante do tamanho da dose, eram dois terços cheios do copo.

— Uma última bebida — disse ele.

— Precisamos discutir o que fazer a seguir — falou ela —, presumindo que nenhum de nós vai confessar. Precisamos mesmo envolver a polícia? Ninguém sabe que estamos aqui. Talvez possamos simplesmente ir embora à noite.

Henry tomou um gole de uísque em silêncio. Eles ficaram sentados assim por vários minutos, com Megan protegendo o copo com a mão. Quando finalmente o elevou, ela fez uma pausa antes de tocá-lo nos lábios.

— Como sei que isso não está envenenado?

— Podemos trocar de copos — sugeriu ele.

Megan deu de ombros. A conversa não pareceu valer o esforço. Ela tomou um pequeno gole.

— Está bom — disse Megan, sendo encarada por ele em silêncio, de uma maneira que a deixou incomodada. — Por outro lado, para evitar dúvidas...

Henry suspirou e passou seu copo para Megan, que o trocou com o dela. Henry recostou-se na poltrona, exausto, e ergueu o copo.

— Ao Bunny.

— Ao Bunny, então.

O uísque era tão alaranjado e ardente quanto o pôr do sol iminente. Henry apanhou o violão e dedilhou a mesma música desajeitada de antes.

— Estamos de volta onde começamos — suspirou ele.

— Como eu disse, precisamos conversar sobre o que acontecerá a seguir.

— Você quer que eu diga que nós simplesmente podemos fugir juntos e fingir que nunca estivemos aqui? Como na última vez. Esse era o seu plano o tempo todo, não era?

— Por que está fazendo isso comigo? — Megan pousou o copo e balançou a cabeça. — É porque cancelei nosso noivado? Isso foi há muito tempo.

Tomar um gole da bebida tinha se tornado o principal meio de pontuar a conversa para Henry. Mas, em resposta àquilo, ele dedicou um tempo a mais e acendeu um cigarro.

— Vou repetir, Megan. Eu ainda a amo.

— É bom saber. — Ela o olhou com expectativa. — Já está tonto, Henry?

A princípio, ele ficou confuso, depois olhou para o copo. Henry tinha bebido quase tudo, a não ser por um dedo de uísque. Ele esticou a mão para o copo e descobriu que o braço esquerdo estava quase dormente. A mão disforme e desajeitada derrubou o copo no chão, que quebrou e formou um círculo marrom nos azulejos brancos. Henry encarou Megan.

— O que você fez?

O cigarro caiu da boca dele e entrou no corpo do violão, soltando uma espiral de fumaça que subia entre as cordas. O rosto dela não demonstrou emoção, apenas uma pitada de preocupação.

— Megan...

Ele caiu da poltrona, para a frente, com metade do corpo paralisado. O violão caiu para o lado. Henry ficou deitado de bruços no chão branco, tremendo sem ritmo.

— Esta é a questão sobre mentiras, Henry. — Megan se levantou e ficou de pé sobre ele. — Depois que a pessoa começa, não consegue parar. Ela tem que seguir até onde a mentira irá levá-la.

2

A primeira conversa

JULIA HART ESTEVE LENDO EM VOZ ALTA POR QUASE UMA HORA, E A GARGANTA parecia cheia de pedras.

"— Esta é a questão sobre mentiras, Henry. — Megan se levantou e ficou de pé sobre ele. — Depois que a pessoa começa, não consegue parar. Ela tem que seguir até onde a mentira irá levá-la."

Grant McAllister estava sentado ao lado dela, ouvindo atentamente. Ele era o autor da história que ela acabara de ler, e a tinha escrito havia mais de vinte e cinco anos.

— Bem — disse ele, quando percebeu que Julia havia terminado —, o que você achou?

Ela abaixou o manuscrito, afastando suas anotações da vista de Grant.

— Eu gostei. Eu estava firme do lado da Megan, até o último parágrafo.

Ele captou a rouquidão na voz dela e ficou de pé.

— Quer outro copo d'água?

Ela concordou com a cabeça.

— Desculpe — falou Grant —, você é a primeira convidada que tenho em muito tempo.

A cabana dele ficava no topo de uma encosta pequena e arenosa que dava para a praia. Os dois estavam sentados em cadeiras de madeira embaixo do amplo alpendre durante a última hora, enquanto ela lia a história em voz alta. Grant a deixou ali, naquele momento, e desapareceu no interior da casa.

Uma brisa fresca vinha do mar, mas o calor do sol era opressivo. Ela teve que caminhar do hotel até a casa de Grant naquela manhã — quinze minutos no calor metálico do Mediterrâneo — e podia sentir que a testa já estava levemente queimada.

— Aqui está.

Ele voltou com um jarro rústico de barro e o colocou na mesa entre os dois. Julia encheu o copo e bebeu.

— Obrigada, eu precisava mesmo disso.

Grant se sentou novamente.

— Acho que você estava dizendo que esperava que a Megan fosse inocente?

— Não exatamente. — Julia tomou outro gole d'água e balançou a cabeça. — Só que eu me senti solidária com ela. Conheci um número suficiente de homens como Henry, frágeis e cheios de autopiedade.

Ele concordou com a cabeça e bateu algumas vezes no braço da cadeira.

— A Megan tem os próprios defeitos, não acha?

— Ah, sim. — Julia sorriu. — Ela matou o Bunny, certo?

— A natureza dela — Grant escolheu cuidadosamente as palavras — não me parece confiável. Ela agiu de maneira suspeita desde o início.

Julia deu de ombros.

— Não sabemos o que aconteceu com os dois em Oxford. — Ela pegou o caderno e o colocou no joelho, segurando uma caneta com a outra mão. — Quando você leu a história pela última vez?

— Antes de morar aqui. Como você sabe, não tenho mais um exemplar do livro. — Ele balançou a cabeça lentamente. — Tinha há vinte anos, provavelmente. Isso me faz sentir muito velho.

Grant se serviu de pouca água. Foi a primeira coisa que ela o viu beber a manhã toda. Havia um bote de madeira clara emborcado na praia abaixo deles; parecia o casulo abandonado de um inseto gigante. "Talvez Grant tenha saído rastejando de dentro do bote", pensou Julia, sorrindo para si mesma. Uma criatura alienígena, imune ao calor e à necessidade de comer e beber.

— Então, o que vem agora? — perguntou ele. — Infelizmente, nunca editei um livro antes. Vamos analisá-lo frase a frase?

— Isso levaria muito tempo. — Ela folheou o manuscrito. — Não há muito que eu queira mudar. Alguns pontos onde o fraseado poderia ser mais econômico, talvez.

— É claro. — Grant empurrou o chapéu para trás e secou a testa com um lenço.

— Percebi algumas inconsistências na descrição da casa, mas presumi que fossem intencionais.

Ele parou por um momento e depois pendurou o lenço no braço da cadeira, para secar à brisa.

— Que tipo de inconsistências você quer dizer?

— Nada sério — respondeu Julia. — A disposição dos ambientes, por exemplo.

Ela olhou para Grant, que gesticulou para prosseguir, girando a mão em um círculo.

— O quarto onde o corpo foi encontrado é descrito como tendo uma janela no lado sombreado da casa, mas a faca provoca uma sombra, segundo a descrição. — Grant olhou para ela com uma expressão neutra, inclinando a cabeça para o lado. — Então, o sol está brilhando através da janela ou a casa está na sombra?

Ele levantou o queixo para indicar compreensão e inspirou.

— Isso é interessante. É possível que eu tenha cometido um erro.

— E os corredores nos andares superior e inferior parecem se estender em direções diferentes. Em um ponto, vemos Henry sentado em uma poltrona com as escadas à esquerda e um corredor que se estende para longe, na direção em que ele está voltado, enquanto a escada gira mais uma vez para a esquerda e o corredor de cima segue em frente. Então o piso superior realmente se encaixa no piso inferior?

Os olhos de Grant dispararam de um lado para o outro enquanto ele imaginava a casa. Ela continuou:

— E tem o sol. Parece estar se pondo, embora a história ocorra no verão, poucas horas depois do almoço.

Grant riu baixinho para si mesmo.

— Você é uma leitora extremamente atenta.

— Sou uma terrível perfeccionista, infelizmente.

— Mas você acha que esses erros foram intencionais?

— Peço desculpas se não foram. — Julia parecia um pouco envergonhada e se remexeu na cadeira. — É só que muitos desses detalhes pareciam estranhos. É como se tivessem sido colocados ali de propósito, apenas para introduzir essas inconsistências.

Ele secou a testa novamente.

— Estou muito impressionado, Julia. — Grant tocou as costas da mão dela com sua palma. — E você está certa. Eu costumava acrescentar inconsistências às minhas histórias para ver se passariam despercebidas pelo leitor. Era um jogo que eu costumava jogar, um hábito petulante. Estou impressionado que tenha notado.

— Obrigada — respondeu Julia, um pouco insegura, e ficou calada por um momento enquanto checava as anotações. — Pensei que talvez a história fosse uma representação do Henry no inferno, com as repetidas referências ao calor e à paisagem vermelha. Isso está correto?

— É uma teoria interessante. — Ele hesitou. — O que lhe deu essa impressão?

Julia passou o dedo por uma lista que fez no canto superior da página.

— Swedenborg descreve o inferno como um lugar que não obedece às regras usuais de espaço e tempo. Isso poderia explicar as impossibilidades espaciais e a cronologia estranha. Quando o rosto de Megan aparece na janela, é descrito como tendo um "brilho demoníaco". E a primeira frase que ela fala na história afirma claramente: "é um inferno". Há até uma citação de Milton, quando Henry está vasculhando a casa.

Grant abriu as mãos em um gesto de rendição.

— Novamente, isso é muito bem observado. Você provavelmente está certa. Suponho que a ideia devia estar no fundo da minha mente quando escrevi a história. Mas isso foi há tanto tempo, não consigo ter certeza.

— Bem — ela mudou ligeiramente de assunto —, se tratarmos todas essas discrepâncias como intencionais, então não há muito que eu gostaria de mudar a respeito da história em si.

Ele tirou o chapéu branco e o girou nas mãos.

— Então me deixe explicar como essa história se relaciona com o meu trabalho matemático. Esse é o principal motivo de você estar aqui, não é?

— Seria muito útil — disse Julia.

Grant recostou-se, com a ponta do dedo no queixo, e pensou na melhor maneira de começar.

— Todas essas histórias — falou ele — derivam de um artigo científico que escrevi em 1937, examinando a estrutura matemática de romances de assassinato. Eu o chamei de *As permutações da ficção policial*. Foi publicado em uma pequena revista, *Passatempos matemáticos*. Embora tenha sido um trabalho bastante modesto, a resposta foi positiva porque os romances de assassinato eram muito populares na época.

— Sim — concordou ela. — Aquela foi a era de ouro da ficção policial, como é conhecida agora. E você era professor de matemática na Universidade de Edimburgo?

— Correto. — Grant sorriu. — O objetivo daquela pesquisa era elaborar a definição matemática de um romance de assassinato. Eu acho que consegui, em termos gerais.

— Mas como? — perguntou ela. — Como se usa a matemática para definir um conceito da literatura?

— Essa é uma boa pergunta. Deixe-me dizer de outra forma: naquele artigo, defini um objeto matemático, que chamei de *romance de assassinato*, na esperança de que suas propriedades estruturais refletissem com precisão a estrutura desse gênero. Essa definição me permitiu determinar matematicamente os limites dos romances de assassinato e aplicar essas descobertas à literatura. Podemos dizer, por exemplo, que um romance de assassinato precisa atender a vários requisitos para ser considerado válido, de acordo com a definição. Em seguida, podemos aplicar essa mesma conclusão às histórias reais. Isso faz sentido?

— Acho que sim — disse Julia. — Então é quase como uma dessas listas de regras para escrever ficção policial, que várias pessoas inventaram?

— Sim, há alguma sobreposição, mas outra coisa que podemos fazer com nossa definição é descobrir toda a estrutura que tornaria válido um romance de assassinato. Pude listar todas as variações estruturais possíveis, o que não se faz com uma série de regras ou mandamentos.

— E essas são as chamadas permutações da ficção policial?

— Precisamente, o que se tornou o título do artigo.

Além de ser publicado como um trabalho de pesquisa, *As permutações da ficção policial* formou o apêndice de um livro que Grant escrevera, composto por sete histórias de romance de assassinato. Ele o chamou de *Os assassinatos brancos* e o publicou de forma independente no início dos anos 1940, com uma tiragem de menos de cem exemplares.

Julia havia entrado em contato com Grant em nome de uma pequena editora chamada Tipo Sanguíneo. Ela explicou que seu patrão, Victor Leonidas, havia descoberto recentemente um exemplar antigo de *Os assassinatos brancos* em uma caixa de livros usados e estava determinado a lançá-lo para um público mais amplo. Depois de uma troca de correspondências, Julia partiu para encontrar o autor recluso — um homem de meia-idade que agora vivia sozinho em uma pequena ilha mediterrânea — para amarrar as pontas soltas e preparar o material para publicação. Algo que ambos concordaram era que, em vez de incluir o artigo de pesquisa como um apêndice, Julia escreveria uma introdução às sete histórias que serviria ao mesmo propósito: abordar as mesmas ideias, mas em um formato mais acessível.

— Mas deve haver um monte dessas permutações, não? — questionou ela.

— Na verdade, existem infinitas permutações, mas elas se dividem em um pequeno número de arquétipos. As principais variações estruturais podem ser contadas nos dedos das mãos. As histórias foram escritas para ilustrar essas grandes variações, incluindo a que acabamos de ler.

— Consegue explicar como?

— Sim — respondeu ele —, acho que sim. A definição matemática é simples. Infelizmente, é de uma simplicidade desapontadora. Efetivamente, a definição apenas lista os quatro ingredientes que compõem um romance de assassinato, com algumas condições aplicáveis a cada um.

— Quatro ingredientes. — Julia tomou nota disso.

— Eles são necessários e suficientes, de forma que qualquer coisa com esses ingredientes é um romance de assassinato, e que todo romance de assassinato deve contê-los. Vamos examinar um de cada vez.

— Isso parece fazer sentido.

— Bem — Grant inclinou-se na direção dela —, o primeiro ingrediente é um grupo de suspeitos; os personagens que podem ou não ser responsáveis pelo assassinato. Um romance desse gênero raramente terá mais de vinte suspeitos, mas não estabelecemos um limite máximo para o número permitido. Se você tem um romance de assassinato com quinhentos suspeitos, então pode ter um romance de assassinato com quinhentos e um. O mesmo argumento não se aplica ao limite inferior. Números negativos são, no mínimo, impossíveis. Então, deixe-me perguntar: se você fosse encarregada de reduzir o romance de assassinato a características básicas, qual é o número mínimo de suspeitos de que precisa para fazer a coisa toda funcionar?

Julia pensou na pergunta.

— É tentador responder quatro ou cinco, porque é difícil imaginar muitos romances policiais trabalhando com menos do que isso. Mas espero que você me diga que a resposta é dois.

— Correto. Se a pessoa tem dois suspeitos, e o leitor não sabe qual deles é o assassino, então ela tem um romance de assassinato. Dois suspeitos podem fornecer a mesma estrutura essencial que qualquer outro número.

— Seria um pouco limitador, talvez, em termos de personagens e cenário?

— Mas, como acabamos de ver, não é impossível. Portanto, o primeiro ingrediente é um grupo de pelo menos dois suspeitos. E embora normalmente existam três ou mais, há algo de especial no romance de assassinato com exatamente dois.

Julia estava fazendo anotações, e Grant esperou que ela o alcançasse. O suor da palma da mão dela deixou uma marca de caneta vermelha na página.

— Continue — pediu ela.

— É uma questão de lógica simples. Se houver apenas dois suspeitos, os dois sabem quem é o assassino. Isso deixa de ser verdade quando há três ou mais; nesse caso, apenas o assassino é capaz de ter certeza. Mas, com dois suspeitos, o inocente pode resolver o mistério através de um simples processo de eliminação: "Eu sei que não sou culpado, então o outro suspeito deve ser." E aí apenas o leitor é quem não sabe a verdade. Por isso considerei significativo o romance de assassinato com dois suspeitos.

— E foi por essa razão que você escreveu esta história?

— Tanto Henry quanto Megan sabem qual deles é culpado. E sabemos que os dois devem saber. Mas ambos ainda estão negando. A ideia me divertiu.

Julia concordou com a cabeça e anotou aquilo; parecia bastante simples.

— Isso é muito útil, obrigada. — Ela parou para beber água novamente e virou uma nova página. — Gostaria de incluir algumas informações biográficas na introdução, apenas algumas frases sobre você. Onde nasceu, esse tipo de coisa. Tudo bem?

Grant pareceu incomodado.

— Isso não é um tanto quanto autocomplacente?

— Na verdade, não. Fazemos isso com todos os nossos autores. Apenas um fato interessante ou dois. Seus leitores vão querer saber quem você é.

— Entendo — disse ele.

Grant estava inclinado para a frente na cadeira, se abanando com o chapéu. Ele olhou para a mão tremendo como se aquilo fosse uma novidade e o movimento cessou.

— Não sei se há algo interessante que eu possa lhe dizer. Eu vivi uma vida muito simples.

Julia pigarreou.

— Grant — ela baixou o caderno e a caneta —, você era um professor de matemática. Do nada, produziu um único volume de romances de assassinato, mas nunca publicou mais nada. Agora você mora sozinho em uma ilha, a milhares de quilômetros de onde nasceu, em reclusão quase total. Para a maioria das pessoas, isso soa extremamente empolgante. Deve haver alguma história qualquer por trás disso, não?

Grant esperou um momento antes de responder.

— Na verdade, não, apenas a guerra. Eu servi no norte da África. Achei difícil voltar a ter uma vida normal depois disso. Mas essa experiência não é incomum para um homem da minha idade. Como não tinha compromissos, vim morar aqui.

Julia tomou nota da informação.

— Perdoe-me por entrar neste terreno pessoal, mas quando Victor me pediu para investigar seu paradeiro, escrevi para o departamento de matemática de Edimburgo. Conversei com um de seus colegas, o professor Daniels. Ele se lembrou de você e me disse que já foi casado.

Grant estremeceu.

— Sim, está certo. Foi há muito tempo.

— E ele disse que você partiu para esta ilha com pressa. Deve haver uma razão pela qual você escolheu vir. É lindo, mas é um lugar estranho para se morar.

Ele virou o rosto em direção ao mar.

— Eu queria estar longe da minha vida anterior, só isso.

— Mas por quê? Aconteceu alguma coisa?

— Prefiro não explicar minhas razões, não quero publicá-las.

— Não precisamos incluir isso na introdução, se for muito pessoal. Mas não posso ajudá-lo a tomar essa decisão, a menos que me diga a verdade.

A expressão de Grant era severa.

— Não pedi sua ajuda.

— Tudo bem, então. — Julia permitiu que o momento passasse. — Talvez eu possa descrevê-lo como um artista incompreendido, vivendo isolado do mundo. Isso sempre soa adequadamente romântico.

Ele concordou com a cabeça, um pouco envergonhado pela própria indelicadeza.

— Eu moro sozinho em uma ilha, onde meus hobbies são matemática e pesca.

— Obrigada, isso é muito útil. — Ela fechou o caderno. — Tentei entrar em contato com sua esposa, mas não consegui localizá-la. No fim, não importava, é claro. O professor tinha um endereço seu, aqui nesta ilha. Apesar de desatualizado há vinte anos, minha carta ainda chegou até você. E você não tem outro parente?

Grant começou a se abanar com o chapéu novamente.

— Perdoe-me, mas estou me sentindo um pouco cansado. Essa foi uma conversa mais envolvente do que eu esperava. Por favor, podemos fazer uma pausa?

Julia sorriu; os dois tinham muito tempo.

— É claro — respondeu ela.

E ele colocou o chapéu de volta na cabeça.

3

Morte à beira-mar

O SENHOR WINSTON BROWN ESTAVA SENTADO EM UM BANCO VERDE, VESTINDO um terno maltrapilho de tom grafite, com um olhar sonhador para o mar. As mãos enluvadas apoiavam-se na cabeça de uma bengala de madeira, logo abaixo do queixo, e um chapéu-coco preto e gasto estava empoleirado acima dos cabelos ralos. Enquanto o rosto era quase um círculo rosa perfeito — um rosto desenhado por crianças —, o corpo parrudo parecia feito exclusivamente a partir de retângulos cinza-escuros.

Uma mulher se sentou ao lado dele e colocou uma sacola pesada de compras de mercado na calçada. Uma gaivota obstinada virou a cabeça e começou a se aproximar dos dois, mas uma batida forte da bengala do senhor Brown fez o pássaro correr na direção oposta.

Ele se virou para a companheira.

— Eu sempre disse que gaivotas e esquilos são os salteadores do reino animal. Tem alguma coisa nos olhos deles.

A mulher ao lado de Brown concordou com a cabeça, cautelosamente; ela não tinha se sentado para puxar papo.

— Diga-me — continuou ele, sorrindo com seu jeito infantil —, você mora neste lugar agradável?

Os dois estavam na pitoresca cidade de Bela Noite, na costa sul, que tinha um pequeno porto e um punhado de casas dispostas ao redor de uma baía circular, como uma coroa de flores. Era cedo, o sol havia acabado de nascer acima da água.

— Sim — respondeu a mulher sem dar muitos detalhes. — Eu vivi aqui a vida toda.

O senhor Brown tirou o chapéu e o equilibrou no joelho.

— Então talvez você possa me dizer alguma coisa sobre o assassinato que aconteceu aqui. Há uma semana, não foi?

Os lábios da mulher se abriram automaticamente, e ela se inclinou para a frente. Brown reconheceu nela uma grande colecionadora de fofocas.

— Há quatro dias — falou ela em um sussurro. — Saiu em todos os jornais. Um jovem empurrou uma mulher dos penhascos. Ele afirma que foi um acidente, é claro, mas está mentindo. O nome dele é Gordon Foyle, e ele mora naquela última casa branca à esquerda.

A mulher gesticulou em direção ao fim da cidade, ao longe, onde o número de prédios diminuía rapidamente no ponto em que a costa se dividia em uma praia fina e mirrada e em um penhasco íngreme acima dela, no qual uma casa branca e bulbosa era a última habitação visível da cidade, perto da topo da colina.

O senhor Brown levantou a bengala com um braço e a usou para apontar em um gesto malévolo pela baía. Como um para-raios, a bengala parecia introduzir o indício de uma tempestade na imagem.

— Aquela casa lá? Ora, ela não faria mal a ninguém.

— Aquela casa é a Mansão Pedra Branca, onde ele sempre viveu. Não que alguém por aqui realmente o conheça. Ele é reservado, na maior parte do tempo.

— Que extraordinário. — O senhor Brown levou os óculos redondos à parte superior do nariz. — E você acha que ele é culpado?

Ela olhou em volta para se certificar de que não estavam sendo ouvidos.

— Todo mundo acha. A vítima, a senhora Vanessa Allen, era bem conhecida nesta cidade. Ela conhecia aqueles penhascos como a palma da mão. É inconcebível que ela possa ter caído, a menos que tenha sido empurrada.

— Eles se conheciam, então? A vítima e o suspeito?

— Eles eram vizinhos, de certa forma. Ela morava na casa ao lado do penhasco, que não dá para ser vista daqui. Há uma trilha que passa pela casa do rapaz e segue pelo topo dos penhascos até chegar a uma cabana amarelo-vivo, a cinco minutos a pé. Foi lá que ela morou, com a filha Jennifer.

— E qual foi o motivo dele?

— Isso é simples — respondeu a mulher, que havia esquecido a reticência inicial e agora falava abertamente. — Ele quer se casar com a Jennifer, mas a senhora Allen nunca gostou do Gordon e foi contra. Então ele quis tirá-la do caminho, só isso. Quatro dias atrás, ambos estavam caminhando por aquela trilha. A senhora Allen estava chegando à cidade, e ele estava indo na outra direção. Ao passarem um pelo outro, Gordon viu sua oportunidade e a empurrou para a morte, depois alegou que ela havia escorregado. É o crime perfeito, pensando bem. Não havia mais ninguém assistindo, exceto o mar.

Brown sorriu diante da confiança dela e recostou-se, aparentemente satisfeito com a natureza sórdida do relato, depois bateu a bengala duas vezes no chão como pontuação.

— Mesmo nas cenas mais inocentes, há escuridão nos cantos — disse ele —, pela maneira como a luz cai sobre a moldura.

Ela concordou com a cabeça.

— E lá está a casa dele, no canto da cidade.

— Onde ele esperava como uma aranha, preso à teia branca. Mas as aranhas geralmente são criaturas inofensivas, por mais sinistras que possam parecer. Talvez o jovem seja simplesmente mal compreendido?

— Bobagem — murmurou ela, subitamente bastante indignada.

— Então você tem certeza de que não poderia ter sido um acidente?

A mulher deu de ombros.

— Não há muitos acidentes nesta cidade.

O senhor Brown levantou-se e inclinou o chapéu para ela, depois de colocá-lo de volta na cabeça. A mulher soltou um suspiro de surpresa; sentado ele parecia tão pequeno, mas na verdade tinha mais de um metro e oitenta de altura.

— Minha cara, essa foi uma conversa muito interessante. Vamos torcer para que o assunto seja resolvido em breve. Tenha um dia maravilhoso.

E ele foi em direção à casa branca na colina.

DE FATO, BROWN ACHOU GORDON FOYLE BASTANTE AGRADÁVEL E SIMPÁTICO quando se encontraram no dia anterior, sentados a uma mesinha dentro de uma cela da delegacia de polícia local.

O jovem olhou para ele com olhos azuis suplicantes.

— Eles vão me enforcar.

Entre os dois havia um pedaço de papel e um lápis. Os movimentos de Gordon Foyle eram lentos e pesados, em parte devido à sua natureza e em parte porque as mãos estavam acorrentadas à mesa. Ele endireitou o papel e começou a desenhar.

— Estou com medo.

— Por que acha que vão enforcá-lo?

Gordon continuou a esboçar enquanto falava:

— Ah, porque sou um sujeito reservado. Embora isso pareça um ato egoísta, não é. Eu só nunca fui muito bom em fazer amigos.

— Ainda assim, eles precisarão de algumas provas.

— Será mesmo?

Um silêncio incômodo tomou conta do ambiente. O senhor Brown escolheu as palavras com cuidado:

— Se você é inocente, há motivos para ter esperança.

Gordon fez um gesto de desdém com a mão direita. Houve uma cascata de metal quando a corrente caiu da mesa.

— Na verdade, havia uma testemunha, sabe?

O jovem estava olhando diretamente para Brown agora. Virando o pedaço de papel, revelou ter desenhado um iate flutuando na linha reta do mar.

— Um barco, a mais ou menos duzentos metros da baía. Pintado de vermelho. Era parecido com esse. Estava muito longe para eu conseguir enxergar o nome, mas, se você conseguir encontrar quem estava naquele barco, eles teriam sido capazes de ver tudo.

O senhor Brown fechou os olhos, como se desse más notícias.

— Mas apenas se eles estivessem olhando.

— Por favor, senhor Brown, você tem que tentar.

— **HÁ** APENAS UMA COISA FORA DO COMUM EM RELAÇÃO A ESSE CRIME: A CRUELdade inflexível com que foi praticado. Um jovem reservado matou a mãe da mulher que ama, e tudo o que bastou foi um empurrãozinho.

Após a visita à delegacia, Brown foi recebido pelo inspetor Wild, um velho amigo. Conversavam a respeito do caso enquanto tomavam xerez no bar do hotel onde o senhor Brown estava hospedado.

— Não temos provas concretas — continuou o inspetor. — Mas que provas poderíamos ter? É o crime perfeito, nesse sentido. Sem testemunhas, exceto os pássaros.

— Se o crime deixa o rapaz como o único suspeito, eu diria que é um tanto quanto imperfeito. Você não concorda? Como o pobre homem pode provar sua inocência? Pessoas foram enforcadas com menos provas do que isso, e você não é capaz de me dizer que essa não é uma possibilidade nesse caso.

O inspetor Wild passou o dedo indicador e o polegar ao longo da barba pontuda e inclinou a cabeça para trás.

— Realmente espero que seja uma possibilidade. — Deixou escapar um longo suspiro. — Acho que ele é culpado da cabeça aos pés.

Brown levantou o copo.

— Muito bem, então. Às mentes abertas e curiosas de nossos detetives da polícia.

O inspetor Wild franziu os brilhantes olhos verdes.

— Eu adoraria que provassem que estou errado. — E terminou a bebida.

Os dois pediram comida, e o hotel trouxe alguns sanduíches decepcionantes, pintados de rosa pela lâmpada vermelha atrás da cabeça do inspetor Wild.

— Então nosso amigo Gordon Foyle mora sozinho? — perguntou Brown.

— É realmente um caso trágico. Dava para ver que ele perderia o rumo. Os pais do rapaz morreram há sete anos, quando ele tinha dezoito, em algum tipo de acidente automobilístico. Mas eles deixaram a casa e o suficiente para o filho sobreviver, então ele ficou bem. Não acredito que Foyle tenha trabalhado um dia sequer na vida.

— Mas ele deve ter ajuda, certo?

— Sim, uma senhora vem da cidade todos os dias. Ele diz que prefere dessa maneira, em vez de ter alguém morando na casa. Mas a coisa toda aconteceu antes de ela chegar, então sabemos a respeito dos movimentos do rapaz pelo que conta uma mulher local chamada Epstein.

— Entendo — disse Brown. — E onde posso encontrá-la?

A MANSÃO PEDRA BRANCA SE DISPUNHA EM MEIO AOS ARREDORES — UM jardim verdejante bem cuidado e, atrás dele, uma extensão marrom de urze e tojo — como um ovo, aconchegado em um ninho. No momento, não havia sinais de vida, e cada uma das janelas escuras mostrava apenas uma perna branca e empoeirada de cortina exibindo-se de maneira sedutora pela lateral da moldura. Todos os cômodos do interior estavam escuros.

O senhor Brown jogou o chapéu para trás com a cabeça da bengala e viu a cena inteira de relance.

— Uma página em branco — murmurou para si mesmo.

Continuou andando até um banco de madeira, logo depois da casa, antes do início da trilha. Tinha uma vista encantadora do mar e da cidade. Uma mulher estava sentada no banco, de costas, e o senhor Brown conseguia enxergar apenas o xale vermelho-escuro cobrindo os ombros e uma mecha de longos cabelos brancos pendendo da cabeça. Duas borboletas alaranjadas pairavam ao redor dela.

Ele se aproximou da mulher e tirou o chapéu.

— Que vista maravilhosa.

A mulher cantarolou e virou a cabeça na direção dele.

— Você é da polícia, não é? Eu sempre sei dizer.

— Na verdade, infelizmente, não.

Ela concordou com a cabeça.

— Então você é jornalista?

— Estou conduzindo minhas investigações, em caráter particular.

Um cachorrinho marrom e fofo corria ao redor dos pés femininos.

— A polícia inteira acha que ele é culpado, e os jornais também. Mas eu sempre gostei dele. As pessoas por aqui julgam muito quando se trata de quem é de fora. Qual é a sua posição em relação a esse assunto?

— Minha posição é a que você vê, senhora Epstein.

Ela fez uma expressão de surpresa, com um sorriso nervoso.

— Como sabe meu nome?

— Está escrito no diário saindo de sua bolsa.

— Você é muito observador.

— Espero que sim — respondeu ele —, e é por isso que estou aqui. Soube que você estava presente no dia em que a senhora Allen morreu.

— Estou aqui todos os dias, das nove às nove e meia. Fico sentada aqui da batida do relógio da igreja até a seguinte. Jacob fica chateado se não seguirmos precisamente nossa rotina. — Ela estendeu e pousou a mão nas costas do cachorro com cuidado, como se testasse um radiador para ver se estava quente.

— E o que pode me dizer a respeito desse dia?

— Vou lhe contar o que disse à polícia. Havia um vento forte naquela manhã. Gordon saiu de casa e começou a seguir a trilha às nove e dez. Ele voltou correndo nessa direção três ou quatro minutos depois, gritando alguma coisa sobre um acidente. Não me lembro das palavras exatas, mas ele ficou muito perturbado. Eu o segui para o interior da casa e ligamos para a polícia e um médico.

— E você não ouviu nada durante os poucos minutos em que ele se foi?

— Nadinha. O pobre garoto estava em um estado terrível.

— Obrigado — falou Brown.

Ele não tinha mais perguntas para fazer. Verificou a hora: eram nove e cinco.

— Espero que tenha um ótimo dia.

A senhora Epstein observou-o se afastar.

— Cuidado — alertou ela, apontando para o chão.

Ele já tinha visto. Três dedos reveladores de fezes de cachorro caídos na grama, como a mão podre de um cadáver saindo do túmulo.

— É claro — respondeu o senhor Brown e contornou o cocô.

Para entrar na trilha, o senhor Brown teve que passar por um pequeno portão de madeira, trancado com cadeado. Havia uma placa surrada amarrada no meio. Esta trilha está fechada por razões de segurança pública.

— Bem — disse para si mesmo —, imagino que a polícia me consideraria uma exceção.

Ele passou por cima do portão sem dificuldade.

A trilha formava uma linha fina entre dois elementos intransponíveis da natureza. À esquerda, havia uma espessa margem de tojo afiado e urze macia — flores amarelas e roxas fazendo uma espécie de espetáculo de marionetes do bem e do mal, com as cabeças balançando na brisa suave — que levava à beira dos penhascos e à queda livre, onde o oceano reluzente parecia piscar sob a luz do sol. À direita, havia uma subida íngreme que se elevava a mais ou menos cinco metros até o topo de uma colina, cheia de vegetação e coberta esporadicamente por árvores.

Brown não conseguia enxergar o penhasco à esquerda, mas podia ver o gêmeo dele cem metros à frente, onde a trilha se encaminhava para o mar. Ali, a vasta extensão de pedra branca era sarapintada de cinza e manchada de vermelho em alguns lugares, levando a um crescimento tuberoso de rochas negras violentas. "Um lugar desagradável para cair", pensou ele.

Em sua conversa com o inspetor Wild, perguntou sobre o estado do corpo da senhora Allen: o pescoço estava quebrado e os olhos inchados e pretos. Um pedaço de carne do braço direito havia sido arrancado e quatro costelas daquele lado foram esmagadas pelo impacto com uma pedra, provavelmente uma que estava abaixo da superfície da água, pois não encontraram vestígios de sangue em nada.

Eles tiveram que remar ao longo do penhasco em um barquinho de madeira para pescar o corpo com um remo e uma rede.

— Em defesa do Foyle — dissera o inspetor Wild —, talvez nunca tivéssemos encontrado a senhora Allen se não tivesse disparado o alarme tão rapidamente. Mas fazer o contrário o levaria a parecer culpado, não é?

O senhor Brown seguiu a trilha em um ritmo muito cuidadoso. A beirada coberta de mato e a encosta sombreada estavam cheias de lixo — folhetos, pontas de cigarro, várias embalagens de comida —, mas ele não conseguiu encontrar nada incriminador entre os itens de lixo ilegível. E o chão não era macio o suficiente para pegadas.

Mesmo assim, ele parou a cada poucos metros e examinou cuidadosamente a trilha de ambos os lados, usando a cabeça da bengala para levantar e abaixar a aba do chapéu enquanto se alternava entre a sombra silenciosa da encosta e o azul repentino e intenso do mar.

Depois de alguns minutos, chegou a uma pequena pedra escura de forma irregular no meio da trilha. Abaixou-se para olhá-la e balançou a cabeça. Era um pedaço de excremento canino estranhamente seco. O senhor Brown o jogou no mar com a ponta da bengala e o viu cair até a morte, depois se voltou para procurar a senhora Epstein, se perguntando se o cachorro dela esteve na trilha no momento do incidente.

Foi quando o senhor Brown percebeu como a trilha estava dando voltas e voltas, ainda que de maneira imperceptível, desde que passou por cima do portão. A Mansão Pedra Branca desapareceu de vista, assim como a senhora Epstein; ele não via nada de interessante atrás ou adiante. A trilha ali era realmente isolada.

Era o lugar perfeito para matar alguém.

E, no entanto, havia uma testemunha. Gordon Foyle havia dito: aquele iate, lá na baía.

— Fico aqui imaginando… — disse o senhor Brown, franzindo os olhos para o mar.

A CEM METROS, ELE VIU UMA SILHUETA BRANCA RODOPIAR PELAS ENTRANHAS DE um arbusto de urze, quase brilhando em contraste com o fundo verde-escuro. Estava oculta o suficiente para que ele duvidasse que alguém tivesse visto, mas seus poderes de observação eram quase sobrenaturais, e o senhor Brown tinha uma fama justa por causa deles. Enfiou a bengala no mato e, com uma manipulação paciente e habilidosa, conseguiu enroscar o material branco ao redor dela. Então ele puxou a coisa para fora.

O senhor Brown extraiu o que se revelou uma echarpe branca, enrolada no arbusto como uma tênia. Passou as mãos enluvadas pela extensão do tecido pálido. Obviamente pertencia a uma mulher e tinha sido usado recentemente. Não havia sangue no cachecol, mas havia a pegada de uma bota em uma extremidade, na forma de um salto fino.

"Muito esclarecedor", pensou ele.

Vanessa Allen estava usando uma echarpe quando morreu, de acordo com a filha. Mas eles não a encontraram com o corpo. Presumiram que ficou perdida no mar.

Ele dobrou a echarpe em um pequeno retângulo e colocou-a no bolso, depois limpou a bengala na grama.

FOI A SENHORITA JENNIFER ALLEN QUE TROUXE O SENHOR BROWN PARA ESTE caso. Ela o visitou na casa dele em Londres, dois dias após a morte da mãe.

— Ouvi dizer que você tem um histórico de solucionar problemas em que a polícia falhou...

Os olhos ainda estavam vermelhos de tanto chorar, mas ela parecia uma jovem muito calma e equilibrada. O senhor Brown a conduziu até a sala.

— Ah, eu consegui uma ou duas vezes. Como posso ajudar?

Ela contou os fatos do caso, incluindo a sua própria versão. A senhorita Allen estava tomando café da manhã em casa naquela manhã, com vista para o jardim da frente. Era possível ver a trilha de lá, e ela observou a mãe sair por aquele caminho, lutando contra o vento.

— E foi tudo o que vi até o médico aparecer, cerca de meia hora depois, para me dar a notícia.

— Sinto muito — disse Brown. — Deve ser um momento muito difícil para você.

Ela olhou para os sapatos.

— Pobre Gordon. A polícia está determinada a enforcá-lo, é claro.

O senhor Brown concordou com a cabeça.

— E você espera que eu possa provar a inocência dele?

Ela ergueu a mão e fechou o punho em torno do medalhão de prata que estava usando.

— Não sei o que faria se o enforcassem.

Depois de mais alguns passos, o senhor Brown parou de novo. Ali, a urze no lado esquerdo da trilha estava visivelmente remexida: os galhos, normalmente resistentes, se encontravam pisoteados e arrancados.

— Encontramos alguns sinais de luta — dissera o inspetor Wild. — Foyle afirma que ela estava à frente dele na trilha. Ele viu a senhora Allen escorregar e cair, e atravessou a urze até a beira do penhasco para ver se ela havia conseguido se salvar. Mas, àquela altura, a senhora Allen era apenas uma poça e uma mancha de roupas nas pedras.

O senhor Brown levantou um dos galhos quebrados com a bengala.

— A encarnação verde do desespero.

A trinta metros daquele ponto, ele alcançou o local onde Gordon Foyle alegou que o acidente havia acontecido. A beira do penhasco chegava a tocar na trilha — resultado de décadas de erosão —, deixando nele um recorte em forma de crescente, como uma mordida em um biscoito. A trilha ali ainda tinha a largura generosa de um metro e meio, mas se a pessoa não estivesse prestando atenção, poderia cair facilmente.

— Talvez tenha ocorrido assim. — Assobiou para si mesmo. — Morte por distração.

Ele tomou um grau absurdo de cuidado ao se posicionar ao lado da brecha e se inclinar para a frente a fim de olhar lá embaixo. A visão da queda livre causou-lhe vertigem, e ele segurou firme a bengala para se equilibrar. Abaixo dele, as pedras de sustentação estendiam-se apenas ligeiramente para o mar, enquanto ao redor delas as ondas mostravam os dentes brancos. Era uma imagem de puro terror.

O senhor Brown deu as costas para o mar e continuou em frente.

O resto da trilha não foi digno de nota. Em pouco tempo, o caminho saiu da costa irregular e virou uma reta no terreno. Agora havia árvores e uma variedade de arbustos nos dois lados da trilha, formando um corredor silencioso e isolado; a luz era verde ali, mesmo em um dia de sol tão brilhante. Depois disso, a trilha levava mais para o interior, contorcendo-se em torno de uma fileira de chalés de cor pastel que foram originalmente construídos para a guarda costeira.

O primeiro deles, um chalé em tom agradável de amarelo, tinha sido o lar da senhora Allen e sua filha. Estava afastado da trilha, dentro de um jardim repleto de flores. Um forte contraste com as paredes brancas e a grama simples da casa do jovem Gordon Foyle. A porta da frente era de um vermelho-escuro fechado.

O senhor Brown bateu duas vezes.

UMA JOVEM ABRIU A PORTA. ELA ERA BEM PEQUENA, COM OS CABELOS PRESOS em uma trança; parecia assustada ao ver o homem parado ali.

— Posso ajudá-lo, senhor?

"Ela deve ser a empregada", pensou o senhor Brown.

— Eu realmente espero que sim. Posso falar com a senhorita Allen?

A jovem franziu o cenho e olhou para trás, hesitante.

— Infelizmente, a senhorita Jennifer não está, senhor.

— Isso é uma pena. Valeria a pena esperar que ela voltasse?

— Desculpe, senhor. A senhorita Jennifer vai demorar para voltar.

— É claro.

O senhor Brown sorriu para a jovem tímida. Ele tirou as luvas, retirou um mapa dobrado do bolso e o abriu. O papel fino ondulou entre as mãos de pele áspera.

— Será que seria terrivelmente grosseiro da minha parte pedir para entrar e inspecionar meu mapa dentro do corredor, fora do vento? Eu tenho uma péssima memória para direções e gostaria de me orientar.

Ela respirou fundo diante da audácia, mas ficou de lado e concordou timidamente com a cabeça.

— Por favor, senhor.

Ele sorriu ao passar pela porta.

Como seus sapatos estavam levemente enlameados, o senhor Brown deu um passo cuidadoso do capacho para uma meia página de jornal, colocada no canto do corredor, ao lado de um par de galochas sujas. Ele ficou naquela pose por meio minuto, com o polegar bruto acompanhando a antiga linha da costa enquanto fingia estudar a rota.

— Ah, sim — comentou ele. — Entendi onde estou agora. Obrigado, eu vou tomar meu rumo, então.

Houve um movimento atrás de uma das portas fechadas que davam para o corredor. A empregada corou de vergonha. A porta se abriu e Jennifer Allen saiu do cômodo.

— Senhor Brown. — Ela olhou de relance para a empregada. — Perdoe-me, pedi para não ser incomodada, mas não sabia que passaria aqui.

— Está tudo certo. Estou apenas fazendo minhas investigações.

Ela se aproximou dele e falou em um sussurro:

— Como estão indo?

— Tenho muitas coisas em que pensar. — O senhor Brown percebeu que ela havia tirado o medalhão que usava. — Está começando a ter dúvidas?

|— Não. — Ela colocou a mão na testa. — Não sei. As pessoas têm me contado histórias. Já descobriu alguma coisa? Algo que comprove a inocência dele?

Ele sentiu que deveria dizer alguma coisa reconfortante.

— Infelizmente, é muito cedo para dizer.

Em seguida, o senhor Brown saiu da casa e voltou para a trilha.

A CAMINHADA DE VOLTA A BELA NOITE FOI BASTANTE RÁPIDA: O CASO ERA simples, afinal de contas, e ele o considerou quase resolvido. O senhor Brown chegou até a acender o cachimbo e andar devagar com uma das mãos erguida, com a fumaça se enrolando nas árvores e o fornilho reluzente anunciando sua passagem pela vegetação rasteira para quem estivesse olhando.

Ele chegou ao banco de madeira perto da Mansão Pedra Branca no momento em que o relógio da igreja batia nove e meia. Sentou-se para apreciar a vista. O céu estava escuro agora, e o dia estava curiosamente silencioso. Ele olhou para a água escura, cheia de reflexos brancos, e pensou no terror que a senhora Allen deve ter sentido ao cair. "Uma maneira desagradável de morrer."

O senhor Brown ficou sentado sozinho fumando, observando as ondas, cogitando se o barco secreto do senhor Foyle realmente existia. A seguir, bateu as cinzas de tabaco nas profundezas e partiu novamente para a estação ferroviária.

NA NOITE SEGUINTE, BROWN E O INSPETOR WILD SE REUNIRAM NO RESTAURANTE do Hotel Palace. Ambos estavam fumando — o senhor Brown, o cachimbo de madeira rústico e haste retorcida, como uma garra na mão em concha, e o inspetor Wild, um cigarro fino — e o canto do salão onde se encontravam era tomado por espirais de fumaça de tabaco. As duas figuras demoníacas estavam sentadas naquela névoa escura bebendo conhaque, depois de uma pesada refeição de carne vermelha e legumes, e a conversa se voltou para o caso Foyle.

— Bem — começou o inspetor Wild —, parece que desperdiçamos o seu tempo. Não foi culpa nossa, pelo menos. Mas agora sabemos exatamente o que aconteceu naquele penhasco em Bela Noite. Você acredita que o barco que ele viu realmente existe? Chama-se *Aventureiro aposentado*; chegou a Southampton ontem.

— Eu já acreditei em coisas mais absurdas, devo dizer.

— Mas raramente com tantas consequências quanto dessa vez, aposto. O proprietário e a esposa atravessaram o Canal na semana passada. Eles não ouviram nada a respeito do caso, até que o homem viu um jornal inglês em Guernsey. O nome dele é Symons. Ele parece um indivíduo respeitável. Acontece que a esposa viu a coisa toda e contou para o sujeito, mas ela estava bebendo e ele não acreditou nela. Quando leu o jornal, juntou dois mais dois. Então o senhor Symons navegou de volta imediatamente, sentindo-se terrivelmente culpado. A esposa dele ainda está em Guernsey, mas contou todos os detalhes.

— Isso parece uma provação e tanto. Ele será uma testemunha digna de compaixão, pelo menos.

Os dois homens exalaram fumaça em vez de rir.

— Seja como for — disse o inspetor Wild —, deixe-me esclarecer a situação.

Ele riscou um fósforo e estava prestes a acender outro cigarro, quando o senhor Brown se inclinou para a frente e o apagou com um sopro.

— Espere um instante — pediu Brown. — Eu não gostaria de lhe dar essa satisfação. Já sei o que aconteceu.

— Não é possível que você saiba. Concordamos que não havia provas.

— Bem, eu encontrei algumas. O suficiente para me dar uma boa ideia, pelo menos.

O inspetor Wild olhou-o desconfiado.

— Entendo. Vamos ver, então.

O grandalhão pálido recostou-se na cadeira.

— Havia apenas duas opções neste caso: foi um acidente ou Gordon Foyle era culpado. Tudo que bastava para decidir entre essas duas possibilidades era uma pista definitiva.

— Sim, concordo. E você achou essa pista?

— Sim. — Nesse momento, ele retirou do bolso do paletó o quadrado dobrado de tecido branco manchado e entregou ao inspetor, que o abriu sobre a mesa. — Eu lhe apresento a echarpe da vítima.

— Onde encontrou isso?

— Estava agarrada a um arbusto de urze. Vocês devem ter deixado passar.

— E o que a echarpe deve nos dizer exatamente?

— Aqui, veja, há uma pegada de galocha. Pequena, do tamanho usado por uma mulher. Combina com as pegadas em uma meia página de jornal no chalé da vítima. Você pode me dizer, sem dúvida, que ela morreu usando um par de galochas?

O inspetor Wild concordou com a cabeça.

— Sim, morreu.

— Muito bem. Então me responda: como uma mulher caindo repentinamente para a morte consegue marcar uma pegada na própria echarpe? Em um dia ventoso, as pontas da echarpe estariam atrás dela. E eis que a única maneira de marcar uma pegada nela, e uma pegada do calcanhar, ainda por cima, seria andando para trás. Ou sendo puxada para trás.

O inspetor Wild ficou hesitante.

— Continue.

— O que eu acho que aconteceu naquele penhasco é o seguinte: Gordon Foyle e a senhora Allen se cruzaram e algumas palavras rudes foram trocadas. E então ele deve ter percebido que poderia pôr um fim a toda aquela situação. Assim sendo, Foyle se virou, se aproximou dela por trás e a pegou pelo pescoço. Ela resistiu, é claro, mas ele a puxou para trás. Foi quando a senhora Allen pisou na própria echarpe, que saiu e foi levada pelo vento para os arbustos. Foyle lutou contra ela no meio da urze e a jogou da beira do penhasco. Esse mergulho na trilha foi uma mera conveniência: o assassinato aconteceu onde a urze foi agitada. — Ele ergueu a bebida. — Bem, inspetor, agora você pode esclarecer a situação.

O inspetor Wild parecia um pouco confuso e deu um sorriso irônico para o amigo.

— O que posso dizer? Parece que você aferiu muito do caso por suposição, mas está completamente certo. A esposa do homem do barco viu tudo o que você acabou de descrever. Gordon Foyle é culpado da cabeça aos pés. A única coisa que não entendo é por que ele nos contou sobre o barco, se era culpado desde o início.

O senhor Brown tocou a ponta dos dedos.

— Creio que Foyle viu o barco na baía e achou que acrescentaria um detalhe bacana. A insinuação de que sua história poderia, em teoria, ser corroborada deu uma espécie de credibilidade a ela. Ele provavelmente pensou que não havia chance de as pessoas realmente terem visto alguma coisa. As chances eram contra, não eram?

— Inegavelmente.

— Foi apenas azar dele que alguém no barco tenha visto. — Brown imaginou os suplicantes olhos azuis do jovem. — Bem, então ele vai ser enforcado?

O inspetor concordou.

— Provavelmente. Pendurado pelo pescoço até a morte.

O senhor Brown sacudiu a cabeça em aprovação, e foi como se o seu rosto cansado e hesitante parecesse uma marionete, suspensa por cordas presas ao crânio.

— Isso é uma pena, eu gostei bastante dele. Meu único consolo é saber que salvei a senhorita Jennifer Allen de se casar com um assassino.

Ele pensou nas palavras da moça: "não sei o que faria se o enforcassem". Sorriu diante da credulidade da juventude.

— A morte é sempre uma coisa feia — disse o inspetor Wild. — É para o culpado lamentar as consequências, e não nós.

Os dois homens ergueram os copos em um brinde tímido, depois voltaram para as poltronas de tom vermelho intenso.

NAQUELA NOITE, A SENHORA DAISY LANCASTER, DE STATION ROAD, BELA Noite, acordou na cama e foi até a janela. O mar estava lá diante dela, tão calmo e reconfortante quanto o copo d'água na mesa de cabeceira. A senhora Lancaster tinha sonhado que o rosto do homem que havia conhecido à beira-mar outro dia, o homem cuja fotografia estava nos jornais como "assistente da polícia", um tal de senhor Winston Brown, se erguia acima da água como uma lua pálida, com os olhos perscrutadores fixos na janela e a bengala impossivelmente comprida a atravessar a baía para bater à porta da frente, com uma expressão tão fria e indiferente quanto as ondas.

Ela estremeceu e fechou a janela.

4

A segunda conversa

Julia Hart não conseguiu deixar de acelerar quando chegou à última página.

— "...com uma expressão tão fria e indiferente quanto as ondas" — leu. — "Ela estremeceu e fechou a janela."

Pousou o manuscrito no chão ao lado dela, depois se serviu de um copo d'água. A história a lembrou da costa galesa, onde ela cresceu. Grant ficou sentado batendo o pé, parecendo concentrado nos pensamentos.

— Está tudo bem? — perguntou Julia.

Ele ergueu a cabeça, como se estivesse surpreso com a pergunta.

— Desculpe — disse. — Eu me perdi por um instante. Essa história realmente me leva ao passado.

— Então ela é baseada em algo verídico?

Grant balançou a cabeça.

— Ela me lembra de uma coisa que aconteceu comigo no passado, só isso.

— Ela me lembra de Gales — falou Julia. — Minha família se mudou para lá quando eu era muito jovem.

Grant sorriu para ela, tentando parecer interessado.

— Então, onde você nasceu?

— Na Escócia, na verdade. Mas não voltei para lá desde então.

— E eu nunca estive no País de Gales — suspirou ele melancolicamente. — Você sente saudade?

— Às vezes. Você sente saudade da Escócia?

Grant deu de ombros.

— Eu quase nunca penso nela agora.

Julia achou que deveria mudar de assunto.

— Então Gordon Foyle era culpado o tempo todo? Suponho que não havia outra maneira de terminar a história. Se tivesse sido um acidente, o final teria perdido o impacto. Você não acha?

Grant levantou-se apoiado nos punhos e virou as costas para o sol.

— Não aprovo finais felizes em histórias policiais. — Agora, a cabeça dele estava recortada pela sombra. — A morte deve ser mostrada como uma tragédia, jamais como outra coisa qualquer.

Ele pegou um limão no chão e começou a girá-lo entre os dedos. Era como se todos esses movimentos frenéticos formassem uma espécie de pedido de desculpas por deixar a atenção se desviar mais cedo.

Julia bateu o manuscrito com a caneta.

— Você também parece não gostar da ideia do detetive heroico? O senhor Brown é uma criação sinistra. E ele parece estar improvisando. Não há muito método para a loucura dele, até o colega reconhece isso.

— Sim. — Grant deu de ombros. — Suponho que eu estava me opondo à ideia de que histórias de detetive são sobre dedução lógica. Como matemático, posso dizer que elas não são assim. Adivinhação inspirada é tudo o que a maioria dos detetives da ficção faz. E visto sob essa luz, há algo fundamentalmente desonesto a respeito do personagem detetive. Você não acha?

Os dois agora estavam sentados em um bosque de limoeiros, a uma curta distância da colina da casa dele. Grant a havia deixado lá sozinha, depois de almoçarem juntos.

— Eu gostaria de dar uma curta caminhada — falou ele. — Quer se juntar a mim?

Como Julia ainda não estava acostumada com o calor, e a pele do rosto parecia repuxada por causa do sol matinal, optou por ficar nos limoeiros, onde havia muita sombra e a brisa refrescante ainda a alcançava. Sentada no terreno inclinado, fez algumas anotações sobre a história do senhor Brown, que leriam juntos em seguida.

Grant voltou trinta minutos depois. Ela o viu se aproximar vindo da direção da cabana: a perspectiva mostrou Grant primeiro com o mesmo tamanho de uma folha, depois com o de um limão e, finalmente, com o tamanho de uma das árvores diminutas. Ele carregava uma jarra d'água

— parecia que levaria uma para todos os lugares agora — e a colocou aos pés de Julia. Depois de se servir de um copo, ela começou a ler.

— Os detetives da ficção são fundamentalmente desonestos? — indagou Grant. — Esse poderia ser o título de uma tese de doutorado.

Julia pensou sobre a pergunta, e ele esperou sua resposta enquanto o silêncio era marcado pelo canto dos pássaros.

— Eu diria que não — falou ela. — Não mais do que a própria ficção.

Grant fechou os olhos.

— Essa é uma resposta sensata.

Julia serviu-se de outro copo d'água. Ela não queria ler em voz alta novamente, não em um dia tão quente; a garganta tinha ficado seca no final da primeira página. Mas Grant confessou naquela manhã que sua visão tinha ficado muito ruim nos últimos anos. Não tinha oftalmologista na ilha, e ele quebrou os óculos fazia algum tempo.

— Eu leio bastante devagar como resultado. Com muito sacrifício, infelizmente.

— Você não escreve mais, então?

Ele balançou a cabeça.

— Não escrevo nem leio. Exceto quando preciso.

Então ela considerou que não tinha escolha; fazendo a vontade de Grant, leu as duas primeiras histórias em voz alta. Agora ela estava exausta.

A brisa aumentou, trazendo consigo uma maresia leve. Foi revigorante, ainda que um pouco podre. Era o cheiro da vida sendo renovada. Contra a maresia, os limões exalavam uma nuvem de perfume agradável, como lâmpadas brilhando na névoa.

— Vou pegar no sono se ficarmos aqui por muito tempo — disse Grant, levantando-se e pulando de um pé para o outro.

Ele estava vestindo um blazer por cima da camisa branca, novamente sem demonstrar sinais de ser incomodado pelo calor.

— Vamos começar, que tal? Você gostaria de mudar alguma coisa sobre essa história? — perguntou Grant.

Julia ergueu os olhos para ele.

— Nada significativo, algumas frases. Eu notei outra inconsistência. Mais uma vez, acho que é intencional.

Grant virou-se para ela, com um leve sorriso no rosto.

— Você vai me dizer que a cidade nesta história é outra representação do inferno? A danação pode começar a parecer bastante atraente nesse caso, como um acampamento de férias.

— Não. — Julia riu. — A inconsistência está perto do fim. Quando Brown volta ao banco da Mansão Pedra Branca, depois de caminhar pelo topo dos penhascos, o sino da igreja toca às nove e meia, mas ele encontra o banco vazio. No entanto, a senhora Epstein fez um grande esforço para nos informar, algumas páginas antes, que ela deveria estar sentada naquele momento. Você entende o que quero dizer? Por que mencionar a rotina da senhora Epstein, senão para destacar a discrepância?

Grant andava de um lado para o outro, ainda recortado pela sombra.

— Então a implicação é que ela foi sequestrada ou algo do gênero?

— Não — disse Julia. — Acho que a implicação é que são realmente nove e meia da noite quando ele volta da caminhada. Se você ler as frases ao redor com atenção, elas estão claramente descrevendo o luar em um mar escuro. Depois, há uma pista no nome da própria cidade.

— Bela Noite?

— Está no nome, pois é.

— Ah. — Ele bateu palmas. — Esse é exatamente o tipo de piada que eu teria apreciado quando era mais jovem.

— Então, o que o senhor Brown fez com o resto do dia?

— Suponho que seja um mistério. — Grant ficou parado com as roupas folgadas ondulando na brisa e os olhos arregalados de emoção. — Mas você está certa. Devo ter acrescentado isso de propósito, para ver se os leitores estavam prestando atenção. Não me lembro, por outro lado, mal me recordo de escrever essas histórias.

Ele se sentou novamente e disse:

— Eu deveria estar explicando as histórias para você, não o contrário.

Julia levantou uma sobrancelha.

— Bem, aqui está uma coisa que você pode me explicar.

Grant tirou o chapéu e inclinou-se na direção dela.

— Você me disse hoje de manhã que um grupo de suspeitos é o primeiro requisito para um romance de assassinato e que deve haver pelo menos dois deles. Mas essa história parece ter apenas um.

Ele inclinou a cabeça para trás e sorriu para o céu.

— Sim, ela foi feita para parecer assim, mas é apenas um truque. Eu sempre gostei da ideia de um romance de assassinato com um único suspeito, é uma espécie de abordagem paradoxal sobre o gênero. Mas, para explicar como ela satisfaz a definição, primeiro preciso explicar o segundo ingrediente.

Julia segurou a caneta em uma das mãos e abriu o caderno no colo.

— Estou pronta — falou ela.

— O segundo ingrediente de um romance de assassinato é uma vítima ou um grupo de vítimas. Personagens que foram mortos em circunstâncias desconhecidas.

Ela anotou isso.

— O primeiro ingrediente é um grupo de suspeitos, o segundo é um grupo de vítimas. Talvez eu consiga adivinhar o que os outros serão.

Grant concordou com a cabeça.

— Eu disse que era simples. A única exigência que fazemos em relação às vítimas é que deve haver pelo menos uma delas. Afinal, sem uma vítima, não pode haver assassinato.

— Não um assassinato bem-sucedido, pelo menos.

— Então, nesta história em particular, temos uma vítima, a senhora Allen, e um suspeito, o Gordon Foyle. E, realmente, ele a matou, mas havia outras alternativas. Poderia ter sido um acidente, a vítima poderia ter perdido o equilíbrio.

Julia fez uma anotação.

— Morte por desventura. Eu sempre gostei dessa frase. Gosto da implicação de que aventura é algo que a pessoa pode fazer de maneira correta ou incorreta.

Grant riu.

— Certamente. Minha estada prolongada nesta ilha, por exemplo. Foi uma aventura no começo. Mas, à medida que envelheço, eu me pergunto se talvez não tenha sido feito da maneira incorreta.

"Meu tempo nesta ilha também", pensou Julia; estava cansada e com a garganta dolorida. Ela sorriu para Grant.

— A morte da senhora Allen também poderia ter sido suicídio, embora a possibilidade nunca tenha sido mencionada.

— Isso é verdade — concordou ele. — E nos dois casos, acidente e suicídio, quem consideraríamos mais responsável pela morte?

— Eu não sei. A vítima, provavelmente?

— Sim, a própria senhora Allen. O que significa que o senhor Foyle foi responsável pela morte da senhora Allen ou ela mesma.

— Então ela é a segunda suspeita?

— Isso mesmo. Nossa definição requer um grupo de dois ou mais suspeitos, e um grupo de uma ou mais vítimas, mas não diz que eles não podem se sobrepor. Assim sendo, a senhora Allen pode ser a segunda suspeita, mesmo sendo a vítima.

— Não seria um pouco estranho chamá-la de assassina, se ela tivesse escorregado e caído?

— Essa palavra em especial seria inapropriada, é claro. Mas não parece fora de propósito afirmar que, dentre todos os personagens, ela teria feito mais coisas para causar a própria morte. A senhora Allen foi passear pela trilha, para começo de conversa. E, portanto, não parece fora de propósito considerá-la suspeita. Isso simplifica as coisas.

— Entendo — disse Julia, enquanto anotava aquilo. — Então este é outro exemplo de romance de assassinato com dois suspeitos?

— Sim, com a qualificação de que um deles é a vítima. Portanto, é um romance de assassinato com um único suspeito, exceto a própria vítima.

— Isso parece fazer sentido. — Ela pegou um limão do chão e inalou o cheiro agradável. — Há outra coisa que eu gostaria de perguntar.

Grant concordou com a cabeça.

— O que é?

— Você chamou essa coletânea de histórias de *Os assassinatos brancos*. Passei algum tempo nas últimas semanas tentando descobrir o motivo.

Ele sorriu.

— E a que conclusão chegou?

— Bem, aqui temos a Mansão Pedra Branca.

— E a história anterior aconteceu em uma vila caiada de branco, na Espanha — afirmou Grant.

— E esse tema continua pelo resto das histórias. Eu me perguntei se poderia haver algo mais do que isso.

— O que quer dizer?

— O nome parecia familiar, de alguma forma. E então percebi o motivo. — Ela fez uma pausa momentânea. — Você está ciente de que houve um assassinato de verdade, há muitos anos, que ficou conhecido coloquialmente como o *assassinato branco*?

— Não. Essa é uma coincidência interessante.

— Então você nunca ouviu falar desse assassinato?

O sorriso de Grant tinha sumido a essa altura.

— Parece vagamente familiar, agora que você mencionou.

— Publicamos vários livros sobre assassinatos não resolvidos na Tipo Sanguíneo, então já li sobre isso antes. Foi assim que eu conheci o nome. Aconteceu na zona norte de Londres, em 1940. Foi um daqueles assassinatos com os quais a imprensa fica obcecada: a vítima era uma jovem chamada Elizabeth White. Ela era atriz e dramaturga, muito bonita. Foi estrangulada em Hampstead Heath tarde da noite. Os jornais chamaram o caso de *O assassinato branco*. Foi antes de eu nascer, mas sei que o crime se tornou bastante famoso na época. Eles nunca conseguiram encontrar o assassino dela.

— Que desagradável.

— Sim, muito. Mas é realmente apenas uma coincidência?

Grant colocou a mão no queixo.

— O que mais seria? Você acha que eu batizei o livro em homenagem ao crime?

Julia inclinou a cabeça para o lado.

— Saiu em todos os jornais, na época em que você escrevia.

— Nos jornais de Londres — disse Grant —, mas eu estava em Edimburgo, então seria preciso procurar por eles. Certamente, se eu visse o nome escrito em algum lugar, poderia ter me afetado inconscientemente. Ou isso, ou realmente foi apenas uma coincidência.

Ele deu de ombros e continuou:

— A verdade é que escolhi *Os assassinatos brancos* porque achei o nome sugestivo. Poético, quase. — Como um homem recitando uma citação em um idioma estrangeiro, acrescentando ênfases que não estavam realmente lá, declarou: — *Os assassinatos brancos*. Mas poderia facilmente ter sido *Os assassinatos vermelhos* ou *Os assassinatos azuis*.

Julia se perguntou se ele estava dizendo a verdade.

— Seria uma grande coincidência, dada a ocasião.

Grant sorriu mais uma vez.

— Isso depende do que você está comparando.

— Sim, bem... — As mãos dela estavam cansadas de tomar notas. — Vamos fazer uma pausa?

5

Um detetive e sua prova

UM CAVALHEIRO DISCRETO, VESTIDO ELEGANTEMENTE COM UM TERNO AZUL-ESCURO, passava por uma das três ruas que formavam os limites de uma pequena praça no centro de Londres, quando teve a infelicidade de pisar em uma poça. Faltavam cinco minutos para o meio-dia. Para um homem em seu estado de espírito, ao mesmo tempo distraído e agitado, a incongruência do ato foi suficiente para levá-lo a uma parada repentina. Ele baixou os olhos para os sapatos em uma espécie de descrença movida por autopiedade; afinal, era um dia agradável de fim de verão e não chovia havia três semanas.

Ele viu seu reflexo tomar forma quando a superfície escura da poça se renovou. Lá estava o rosto redondo, flutuando acima dos ombros. Lá estavam o cabelo escuro e o bigode preto e grande, espremido entre o terno e o céu azul. Lá estava o pescoço quase inexistente. Seus olhos seguiram a trilha da calçada molhada pela poça até a fonte: um mostruário do lado de fora de uma floricultura, onde uma plateia de flores em cores infantis acenava com a cabeça em um gesto de simpatia sem entusiasmo. O homem praguejou baixinho, deu meia-volta e olhou tristemente para os prédios vizinhos, como se procurasse uma maneira de se vingar da própria rua.

E foi assim que tudo começou.

A PRAÇA CHAMAVA-SE COLCHESTER GARDENS. ESSE TAMBÉM ERA O NOME DE seu parque particular vagamente retangular, que ficava no cruzamento de duas ruas e era delimitado por uma terceira rua mais estreita e sinuosa, que ligava as outras duas e cortava a esquina. A terceira rua chamava-se Colchester Terrace, e o homem de terno azul-escuro encontrava-se no meio do caminho, escondido das duas ruas mais movimentadas pelos próprios jardins.

Somente os moradores da Colchester Terrace possuíam as chaves do parque; o homem, como todo mundo, podia apenas vê-lo através das barras da cerca de metal preto. Ele olhou para a esquerda e depois para a direita. A rua estava deserta e a floricultura estava fechada, sem explicação. Havia uma mercearia na esquina que parecia aberta, mas ninguém estava entrando ou saindo.

Do outro lado da grade havia duas meninas. Elas lutavam com um grande avião de papel que não decolava. Era feito de um esplêndido papel artesanal roxo dobrado e tinha o tamanho de um cachorro pequeno. O riso delas era o único som que ele conseguia ouvir, enquanto se revezavam para tentar lançá-lo. A cada vez que tentavam, o avião de papel voava por dois ou três metros, depois parecia encontrar uma grande onda de resistência e espiralava de maneira hesitante no céu ou às pressas em direção ao chão, momento em que ambas gritavam dramaticamente e tentavam de novo, furiosas e desanimadas, tomadas pela gargalhada.

O homem de azul-escuro observou-as por quase um minuto e depois deu um passo em direção à cerca. Ele agarrou a grade e pressionou a testa entre duas das flores-de-lis ornamentais afiadas que emergiam do topo da cerca.

— Meninas — chamou.

As duas pararam de rir e olharam para ele. Deviam ter mais ou menos a mesma idade e usavam vestidos azuis semelhantes.

— Meninas, qual é o nome de vocês?

Uma delas era menos tímida; a que tinha um tom avermelhado no cabelo. Ela deu um passo na direção do sujeito, enquanto a outra se sentou na grama.

— Eu sou a Rose — disse a menina. — E essa é minha amiga Maggie.

Maggie baixou o olhar diante da menção do próprio nome.

— Bem, meninas, meu nome é Christopher. E agora que não somos mais estranhos, deixem-me ajudá-las a fazer esse avião voar.

Rose olhou para o brinquedo esquecido, que estava na grama entre ela e Maggie, tão abandonado quanto sua amiga.

— Ele só precisa de um pouco de peso na frente — explicou o homem de azul-escuro.

Rose olhou sem saber o que fazer para o emaranhado de papel, relutante em pegá-lo. Era um insulto ser convidada para o mundo da conversa adulta por um homem de aparência séria e, a seguir, ser imediatamente considerada uma criança ao ouvi-lo pedir que lhe entregasse um brinquedo.

— Aqui — disse ele. — Pegue isso.

O homem de terno azul-escuro retirou um pequeno cartão do bolso interno e o rasgou ao meio. Metade ele colocou de volta no bolso, a outra, dobrou três vezes na forma de um pequeno retângulo atarracado e a estendeu entre as grades. Rose pegou automaticamente e olhou para o cartão, que era um presente decepcionante.

— Enfie dentro da frente do avião, no nariz. Depois, tente novamente.

Rose estava pronta para reclamar que elas não estavam realmente preocupadas em fazer o avião voar, que apenas passavam o tempo e que ela era muito velha para essas coisas. Mas havia algo afetuoso na voz do adulto que anulou essas objeções, um aroma conspiratório que Rose achou reconfortante. Ela enfiou o cartão no avião, conforme as instruções, e correu alguns passos com o brinquedo. O homem de azul-escuro observou os braços de Rose quando ela estendeu a mão para impulsionar o avião para a frente: o brinquedo voou por vinte metros dessa vez até realizar uma parada graciosa, como uma faca grande cortando o céu. O homem de azul-escuro sorriu e depois olhou para a outra garota, esperando a aprovação dela.

Mas Maggie estava sentada cutucando a grama, parecendo entediada. "Alguma coisa não está muito certa com essa garota", pensou ele. Ela deu um olhar disfarçado para o adulto, e o homem de azul-escuro percebeu que Maggie não estava de mau humor nem entediada, e sim com medo dele. Ele recuou tomado por uma chama de dúvida. Observou-a por mais alguns momentos, depois tomou uma decisão.

— Vocês, meninas, tenham um dia esplêndido.

Curvou-se brevemente para Rose, que acenou de volta com entusiasmo.

E então o homem de azul-escuro foi embora.

Ao meio-dia e vinte, Alice Cavendish caminhava pelo parque homônimo de Colchester Gardens em direção ao portão preto que dava para a rua, quando viu a irmã e a filha mais nova dos Clements brincando com suas bonecas.

Alice estava de bom humor, então mudou de destino e se dirigiu para as duas. Enfiada dentro de seu casaco leve de verão havia uma carta de Richard, dizendo como havia sido bom tê-la visto na semana anterior, que ele comprara o presente que ela havia pedido e perguntando se achava que os dois poderiam dar um passeio algum dia. Ela havia se escondido na parte mais escura do parque — um triângulo à sombra entre três plátanos robustos, espaçados por alguns metros de distância — para se sentar e abrir a carta com privacidade. A grama estava um pouco molhada, visto que ficava muito bem escondida do sol, mas as palavras dele foram agradáveis o suficiente a ponto de Alice conseguir saborear todas as sensações, até a umidade.

— Bom dia, Maggie — disse ela para a irmã —, o que vocês duas estão fazendo?

Rose ficou de pé.

— É tarde, boba.

— Olá, Rose.

— Você deve chamá-la de senhorita Clements — comentou Maggie.

— Estamos brincando que somos viúvas e que estes são nossos órfãos.

Ela indicou as duas bonecas. Alice riu, sem saber se devia informar à irmã sobre o erro semântico ou perguntar mais sobre a natureza da brincadeira. Ela decidiu, por fim, não fazer nenhuma das duas coisas.

— Onde está o avião que eu fiz para você ontem? Pensei que você o colocaria para voar hoje, se o tempo estivesse bom.

Rose Clements, que sempre tinha de falar primeiro, levantou-se novamente com uma explosão de energia. Apontou para uma árvore próxima e deu alguns passos em direção a ela enquanto falava:

— Ali!

O avião púrpura, que estava entrelaçado nas folhas no alto de um galho, parecia uma lasca de vitral a essa distância.

— Ó céus — suspirou Alice. — Que azar.

— Foi culpa do homem — falou Maggie. — Tudo estava bem até que ele alterou o avião.

Esse comentário enigmático pareceu encher Alice de uma vaga apreensão, a tal ponto de ela não ter certeza nem se ouviu corretamente. Mas eis que ela de repente se lembrou da declaração anterior de Rose e todos os outros pensamentos desapareceram.

— Você disse que já era tarde?

Rose concordou com a cabeça.

— O sino da igreja tocou há um tempão.

Alice esteve muito ocupada sonhando acordada para perceber.

— Preciso levar o chá da mamãe.

E todo o resto foi rapidamente esquecido.

Alice correu para o portão e saiu para a Colchester Terrace, depois passou por algumas portas até chegar à casa delas. Foi quando girou a maçaneta que notou como as mãos estavam sujas.

— Ó céus — disse para si mesma, examinando-as de perto.

Havia uma linha curva de lama sob a unha do polegar, como o resto de molho que sobrou na beirada de um prato.

Ela empurrou a grande porta vermelha e entrou no saguão. Elise, a criada, surgiu na outra extremidade do corredor. Alice tirou o casaco e o entregou a Elise, retirando a carta de Richard do bolso discretamente.

— Elise, pode preparar o chá da mamãe? Vou levá-lo lá para cima se ela estiver acordada.

Elise aquiesceu, desaparecendo na escuridão da parte mais distante da casa.

Alice se esgueirou para o escritório do pai, localizado na primeira porta à direita da entrada da casa e, com cuidado para não tocar em nada, sentou-se à escrivaninha e releu a carta.

ALGUNS MINUTOS MAIS TARDE, ELISE AGUARDAVA ALICE NO TÉRREO. ELA SEGURAVA uma bandeja com uma xícara de chá quente, cor de cobre, e uma fatia brilhosa de limão. Alice pegou a bandeja e a levou para o último andar da casa. Ela entrou no grande quarto principal, anunciando-se com uma leve batida.

— Boa tarde, Alice. — A pálida mãe se ergueu na cama, sentando-se como um marcador de livros em meio aos suaves lençóis brancos usando um penhoar carmim.

Alice pousou a bandeja e foi até a janela para abrir as cortinas. A mãe se encolheu e puxou os lençóis até o pescoço, como se a própria luz do sol a fizesse sentir frio. A janela dava para a praça e, daquela altura, Alice podia ver a intolerável Rose Clements perseguindo a irmã de árvore em árvore, segurando um crisântemo como se fosse uma espécie de espada. Ela também conseguia ver seu esconderijo em meio às três arvores ali próximo.

— Como está se sentindo esta tarde, mamãe? — Ela caminhou até a cama e pegou a mão da mãe entre as suas.

— Melhor na sua presença, como sempre, minha querida. Embora eu tenha dormido muito pouco e sinta os pulmões doloridos.

A filha sorriu com compaixão.

— Ora, Alice, você está imunda, querida! — Os olhos da mãe se arregalaram.

Alice retirou a mão como se a estivesse mantendo muito próxima a uma vela e esfregou o polegar na ponta dos dedos.

— Eu sei, mamãe. Sujei as mãos colhendo flores.

— E depois as esfregou por todo o rosto, veja só!

— Ó céus.

Alice foi ao espelho na penteadeira da mãe e viu que era verdade. Ela ficou tocando nos cabelos sem perceber enquanto lia a carta de Richard, repuxando compulsivamente a grama e rasgando ansiosamente as folhas em pedaços. Havia várias manchas enlameadas em torno das sobrancelhas e do queixo.

— Poxa. Mamãe, é melhor eu sair e tomar um banho. Você penteia meu cabelo depois?

— Claro, minha querida.

Ela desceu as escadas correndo e encontrou Elise no primeiro andar, espanando o antigo quarto das crianças.

— Pode preparar meu banho, Elise?

Sete minutos antes da uma da tarde, Alice Cavendish entrou no banheiro da casa de sua família na Colchester Terrace e puxou a cortina da janela. Como não havia prédio diretamente em frente, o gesto era desnecessário e apenas obscureceu o ambiente, mas a sensação adicional de privacidade era valiosa para ela. Queria ler a carta de Richard novamente; no momento, ela estava enfiada no lado de dentro da cintura da saia.

Alice despiu-se e colocou as roupas em uma cadeira ao lado da porta, depois pousou a carta em cima delas e moveu a cadeira para o lado da banheira. Ela prendeu a respiração ao entrar na água perfeitamente quente.

— E como você lava o cabelo na banheira?

Foi para lá que a mente de Alice se transportou, agora que estava livre de quaisquer interrupções: a lembrança de sua amiga Lesley Clements fazendo essa pergunta em um dia idílico de outono, quando as duas brincavam juntas no parque, enquanto ela retirava um punhado de folhas secas dos longos cabelos.

— Quero dizer, a técnica em si. Tenho a minha, mas estou curiosa em relação à sua.

— Você me conta a sua primeiro — disse Alice, com medo de que pudesse passar vergonha.

— Não, não — recusou Lesley. — Eu perguntei, então você tem que contar primeiro. Não seja tímida, só estou curiosa. Você sempre está com um cabelo tão bonito.

Alice ficou melancólica.

— Antes, mamãe ficava ao lado da banheira com uma bacia e despejava a água na minha cabeça. Mas quando ficou doente, ela não conseguiu mais fazer isso. Creio que eu esteja velha demais para esse cuidado agora, mesmo que a mamãe pudesse. Elise fez por um tempo, mas nunca foi a mesma coisa. Normalmente, eu fico sentada inclinada para a frente e, com uma bacia, despejo a água na minha própria cabeça.

— Isso parece trabalhoso — comentou Lesley, que agora estava imitando o gesto para ver se parecia natural. — Eu não acho que conseguiria. Nunca encontrei outra maneira de lavar o cabelo, além de respirar fundo e enfiar a cabeça toda debaixo d'água por cerca de um minuto. Não é muito elegante, mas acho quase empolgante.

— Eu também gostava de fazer isso. — Alice riu. — A mamãe sempre me repreendia. Ela diz que é perigoso prender a respiração, mesmo que seja apenas por alguns segundos.

Lesley revirou os olhos.

— Bem, você pode fazer isso agora e ela nunca saberia, não é?

E era verdade: desde então, sempre que sentia preguiça, Alice se permitia lavar os cabelos da maneira que a amiga havia descrito. E hoje não foi exceção. Ela apertou o nariz com a mão direita e submergiu a cabeça inteira na água, depois passou a mão esquerda pelos cabelos até eles parecerem sedosos e desembaraçados. Alice conseguiu ficar submersa por cerca de vinte segundos antes de sentir a falta de ar começando a incomodar; depois disso, a sensação de vir à superfície era quase extática, como Lesley sugerira. Ela respirou fundo algumas vezes e submergiu para repetir a operação, fechando os olhos e pensando em Richard enquanto os ombros afundavam lentamente no fundo da banheira.

Quando Alice mergulhou na água pela terceira vez, sem que notasse, alguém correu para o lado da banheira e colocou a mão na água acima de sua cabeça. Apenas isso. A pessoa não fez pressão, ainda não. Ela esteve assistindo da porta, um pouco atrás da banheira, e sabia que Alice ficaria submersa até se sentir sem fôlego. Seria um desperdício fazer qualquer coisa antes que isso acontecesse.

Assim que esteve prendendo a respiração por quinze segundos, de olhos fechados, passando os dedos por uma mecha de cabelo sobre o ombro esquerdo e o peito, Alice ergueu a testa levemente e sentiu alguma coisa roçar sua pele. Era quase imperceptível; a princípio, como pensou que fosse apenas a testa tocando a superfície, ela não começou a entrar em pânico imediatamente. Mas quando levantou mais a cabeça, Alice descobriu que não era a superfície, e sim o toque de couro quente e úmido; quando abriu os olhos, viu apenas a escuridão onde a mão enluvada os cobria. Ela tentou se sentar. A mão se fechou sobre seu rosto e a empurrou de volta para baixo. Alice estendeu as duas mãos, mas o braço direito foi agarrado e preso contra a beirada da banheira, e o esquerdo se mostrou impotente contra o braço que segurava sua cabeça.

Ela estendeu a mão até onde seria plausível encontrar um rosto, mas alcançou apenas ombros; o braço parecia feito de ferro e suas unhas não fizeram nada contra ele. As pernas de Alice se debateram contra a outra ponta da banheira, mas não encontraram nenhum apoio. Alguma coisa parecia esmagá-la. Ela estava debaixo d'água por cerca de quarenta segundos a essa altura. Alice tinha aproximadamente a mesma quantidade de tempo outra vez até que a consciência se tornasse confusa e o corpo começasse a enfraquecer. Esse curto período de tempo foi o único aviso que ela teve da morte iminente; não era suficiente para imaginar quem poderia a estar assassinando ou o motivo. Em vez disso, Alice passou o tempo todo se esforçando ao máximo para gritar.

Pouco depois das três horas da mesma tarde, o inspetor Laurie e o investigador Bulmer se aproximaram das barras pretas de Colchester Gardens. Para conhecer o terreno, os dois concordaram em dar a volta no parque por direções opostas, de modo que pareceram convergir para a casa alguns minutos depois como duas pessoas se encontrando por acaso. Bulmer era um grandalhão com mãos pesadas e um terno mal-ajambrado, enquanto Laurie tinha uma constituição franzina, cabelos muito oleosos e usava pequenos óculos redondos: um podia estar pedindo horas ou direções para o outro, pois não pareciam dois homens que se conheciam.

Bulmer encostou-se na parede externa da casa e olhou para o prédio de três andares, com a fachada cor de creme.

— Como acha que vai estar a situação lá dentro?

Laurie estava olhando para um canteiro de flores perto da porta da frente. Havia uma cavidade no solo.

— Bem ruim, dado que ela era a filha favorita. — Ele acenou com a mão para as flores como se estivesse obtendo essa informação diretamente delas.

Bulmer aproximou-se e olhou para baixo, então lançou para Laurie o olhar brincalhão de suspeita que deu início a tantas conversas entre os dois.

— Não compreendo.

— Havia duas meninas brincando no parque quando eu passei. Uma delas tinha uma flor roxa no cabelo. A flor veio daqui. — Laurie enrolou o dedo indicador em torno de um caule verde de onde a flor havia sido arrancada. — Portanto, a garota provavelmente veio desta casa. Observe a pegada da criança aqui no solo. E, no entanto, apesar do fato de que houve um assassinato, aquela garotinha foi deixada do lado de fora sem supervisão. Eu sugeriria que os pais se esqueceram dela, tomados pela própria dor.

Bulmer olhou para as duas meninas e concordou com a cabeça diante do talento do colega em ação.

— Embora eu suponha que ela esteja segura o suficiente — acrescentou ele. — Há um policial em cada canto do parque.

— No entanto, era de se esperar que os pais quisessem mantê-la por perto em um momento como este. De qualquer forma, o cômodo daquela janela ali — Laurie apontou para o vidro próximo à porta da frente — parece ser o escritório do pai. Tirei a mesma conclusão pelas fotos na mesa dele, que são quase todas da filha mais velha.

Bulmer aproximou-se da janela e citou a frase que ouvira Laurie repetir em muitas ocasiões:

— Porque teorias nunca são fatos. E cada uma deve ser confirmada por várias provas. — Olhou para o colega e acenou com a cabeça, depois de ver as fotos por si mesmo.

Laurie bateu à porta da frente.

Alguns momentos depois, ela foi aberta por um policial uniformizado, com o rosto pálido como a morte. Um minúsculo cigarro branco saía da boca do homem: tinha a mesma cor de sua pele, mas de alguma forma mais sólida, apontando para cima como um interruptor de luz em uma parede. O cigarro tremia enquanto ele fumava.

— Graças a Deus vocês estão aqui — disse ele. — Não gosto desta casa e essas pessoas não gostam de mim.

O GUARDA DAVIS VINHA SEGURANDO AS PONTAS DA FAMÍLIA DESTRUÍDA NAS últimas duas horas, completamente sozinho. Ele se sentou agora e tirou um cantil do bolso. Desatarraxou a tampa, segurou-a com cuidado como uma moeda rara, e tomou um gole longo e suave.

— Meu primeiro, eu juro.

Laurie fez um gesto para afastar as preocupações de Davis. Os três homens se reuniram no escritório do senhor Cavendish, com os corpos apoiados na mobília.

— A situação está horrível lá em cima — continuou Davis. — Quando se afogou, ela soltou tudo. Sangue e fluidos pela banheira inteira. Acredite em mim, vocês não vão olhar para uma loura da mesma maneira novamente.

O corpo foi descoberto por volta de uma e meia. Elise bateu à porta do banheiro e não obteve resposta; hesitantemente, ela a empurrou. A seguir, a criada deu um passo à frente no pequeno tapete esmeralda ao lado da banheira, olhou para a água e começou a gritar. A cozinheira, que acabara de chegar, subiu correndo as escadas, viu do outro lado do banheiro o rosto submerso e sem sangue de Alice e correu para buscar o doutor Mortimer, um amigo da família que morava a algumas ruas de distância. O doutor Mortimer ligou para o guarda Davis, que ligou para a Scotland Yard.

O senhor Cavendish foi chamado e veio correndo da firma cerca de quinze minutos depois. As coisas permaneceram relativamente calmas depois disso, até que a senhora Cavendish desceu a escada engatinhando, gemendo, e exigiu ver a filha; o guarda Davis, temendo que ela pudesse prejudicar a cena do crime, recusou-se a permitir. Ela xingou e gritou com ele. Sobrecarregado por seu primeiro assassinato, e agora em estado de pânico, ele carregou a senhora Cavendish rudemente escada acima e a colocou de volta na cama, enquanto o senhor Cavendish gritava para ele que aquilo era "um exagero".

Depois disso, os pais fragilizados se trancaram no quarto como forma de protesto, a criada desapareceu no andar de baixo e o guarda Davis foi abandonando andando pelos corredores da casa sozinho, um carcereiro indeciso, sem saber o que fazer a seguir. Ele aproveitou a oportunidade para verificar o corpo cada vez que passava pela porta do banheiro — a princípio o médico ficou pairando sobre ela, depois ficou parado perto da janela, fumando, então, finalmente saiu —, até que se tornou uma compulsão, e Davis se viu voltando a ela de poucos em poucos minutos.

Laurie ofereceu-lhe outro cigarro.

— O caso é preocupação nossa agora. Apenas conte tudo o que você conseguiu descobrir, e então não precisa ficar aqui por muito mais tempo.

— Não há muito a saber. — O guarda Davis tomou outro gole. — Havia três pessoas na casa. A cozinheira estava fora no momento que o crime aconteceu. Ela tinha ido ao mercado, o que nós confirmamos. O pai estava trabalhando em sua firma aqui perto, visto por seus colegas. E a irmã mais nova ficou lá fora brincando o tempo todo. A mãe estava lá em cima, na cama. Ela não está bem de saúde. E a criada, Elise, estava fazendo faxina no andar de baixo, a alguns cômodos de distância de onde aconteceu.

— E ela não ouviu nada?

— Nada.

— A que distância estava a criada? Ela teria ouvido se a vítima tivesse gritado assustada ou berrado?

O guarda Davis deu de ombros.

— A criada disse que não ouviu nem viu nada.

Laurie franziu a testa.

— Então parece que precisamos falar com ela.

— Eu a mandei trazer o médico de volta, caso vocês quisessem fazer alguma pergunta a ele. A criada vai voltar em breve.

— Muito bem — disse Laurie. — Então vamos subir e ver o corpo.

Os três homens foram ao banheiro; não havia vapor d'água agora e a condensação havia secado. A água na banheira estava perfeitamente parada, e a cabeça de Alice estava totalmente submersa. A toalha colocada sobre o corpo para preservar sua dignidade afundou na água e acomodou-se assime-tricamente. Era uma imagem fria e nada sutil da morte. Por um momento, parecia impossível que ela pudesse ter estado viva mais cedo naquele dia.

Bulmer assobiou.

— Homem, fera ou demônio?

Laurie foi até a banheira e se ajoelhou. Havia uma pilha de roupas cuidadosamente dobradas em uma cadeira ao lado. Ele vasculhou as roupas brevemente, como se estivesse folheando as páginas de um livro, mas não havia nada de interessante ali. Laurie segurou os óculos no lugar enquanto espiava pela borda da banheira e, com a outra mão, tocou o topo da água com a ponta do dedo. Estava gelada.

— Ela era uma bela jovem — comentou ele. — O motivo provavel-mente foi sexual.

— Eu também presumi isso, mas não faz sentido para mim — falou o guarda Davis. — Ela não foi tocada, antes ou depois. Alguém veio aqui, louco de desejo, apenas para matá-la e sair imediatamente?

Laurie voltou-se e olhou para ele, com um leve sorriso condescendente.

— Alguns homens têm fascinações estranhas. Talvez ele só quisesse matar algo bonito.

Bulmer, que nunca tinha gostado de examinar cenas de crime e estava esperando pacientemente no fundo do banheiro, deu um passo à frente.

— Nós definitivamente sabemos que foi assassinato?

Laurie mergulhou o braço na água gelada e suja e virou os pulsos da garota morta para cima.

— A mão esquerda apanhou até sangrar; esta não foi uma morte tranquila. Poderia ter sido algum tipo de convulsão, mas o braço direito tem um hematoma com marcas de quatro dedos, como se tivesse sido preso com força pela mão de alguém.

De sua posição privilegiada, mais atrás, Bulmer conseguia ver um pequeno trecho embaixo da banheira.

— Laurie, ao lado do seu pé esquerdo. Tem algo aí.

— Nós vimos isso antes — disse o guarda Davis —, mas não quisemos tocar.

Laurie encostou a cabeça no chão de madeira; havia uma luva preta molhada que tinha sido chutada um pouco embaixo da banheira. Ele puxou e pegou a luva, que ficou entre dois de seus dedos como um pequeno animal morto. O guarda Davis e o investigador Bulmer se aproximaram para examinar o achado.

— Essa é a arma do crime, então — pontuou Bulmer.

Laurie ergueu a luva bem alto e cheirou; ainda pingava água e não cheirava a nada. Então ele experimentou. Não era nem muito grande nem muito pequena.

— Um homem. De estatura mediana. Presumindo que não seja uma pista falsa. — Ele deu a luva para Bulmer. — Aqui, prove.

Bulmer enfiou a luva, mas não conseguiu puxá-la além da ponta do polegar.

— Bem — disse Laurie —, podemos descartar você como suspeito.

O guarda Davis não tinha certeza se aquilo era uma piada ou não e ficou ansioso enquanto o momento passava. Bulmer não reagiu.

Houve uma batida à porta atrás deles. Laurie abriu e viu um velho com a cabeça lisa como uma bola de gude.

— Eu sou o doutor Mortimer. — Ele estendeu a mão. — Pediram para que eu voltasse, caso o senhor tivesse alguma pergunta para mim.

Atrás do velho, a criada ficou pairando nas sombras.

— Eu sou o inspetor Laurie e este é o investigador Bulmer. — Os três homens apertaram as mãos. — Há uma coisa que devo perguntar imediatamente. Quanto tempo demoraria? Para alguém deste tamanho, quero dizer?

O médico se encolheu.

— Esse é um pensamento desagradável. Eu a conheço desde que ela era criança. — O doutor Mortimer olhou para as próprias mãos. — Cerca de dois minutos para ficar imóvel, creio eu. Cinco para morte certa.

— Obrigado. Teremos mais perguntas, com certeza. Guarda Davis, faça o obséquio de conduzir o doutor Mortimer ao escritório do senhor Cavendish. Iremos para lá em breve. Primeiro, temos de falar com a criada.

O médico saiu com o policial uniformizado e Elise entrou hesitante no ambiente escuro; a cortina ainda estava fechada na janela. Ela tentou evitar olhar para o corpo na banheira, embora o tecido da toalha branca encardida continuasse chamando sua atenção.

— Não precisa ficar nervosa. — Ele fechou a porta quando a criada entrou. — Só precisamos fazer algumas perguntas. Sou o inspetor Laurie.

Havia algo de ameaçador na visão daqueles dois homens de terno parados ao lado de uma jovem morta dentro de uma banheira, e Elise engoliu em seco. Bulmer recuou contra a parede. Laurie continuou:

— Você preparou este banho para a senhorita Cavendish?

A criada confirmou, e houve um vislumbre de terror na inclinação de sua cabeça, como se eles estivessem insinuando que a tragédia era culpa dela.

— E onde você estava enquanto ela tomava banho?

— Eu estava limpando o antigo quarto das crianças.

— E onde fica esse quarto?

— Ao longo do corredor saindo daqui. — Elise estremeceu, ciente das implicações, e acrescentou com a voz fraca: — Na terceira porta.

— Mas você não ouviu nada? Nenhum grito ou som de luta?

Um balanço silencioso de cabeça. Em seguida, um esclarecimento desnecessário:

— Eu disse isso para o outro homem.

— E ele pode ter acreditado em você. Infelizmente, estou lutando para fazer isso.

Ela balançou a cabeça novamente, como se Laurie tivesse feito uma pergunta.

— O problema é... É Elise, não é? — continuou ele.

A criada concordou.

— O problema, Elise, é que assassinato não é um evento silencioso. Também não é um evento rápido. Parece-me muito improvável que você tenha estado tão perto durante os dois minutos em que o crime estava acontecendo e não tenha ouvido nada.

Um aceno de cabeça mais forte; o olhar neutro de Laurie tinha aquele indício de um sorriso novamente.

— Você é uma jovem solteira, Elise?

Ela ficou contente com a mudança de assunto e respondeu ansiosamente:

— Isso mesmo, tenho dezoito anos.

— Mas você é uma garota atraente. Deve haver um homem.

Elise ficou muito desapontada novamente.

— Não sei o que o senhor quer dizer.

— Foi inevitável notar que você está usando um bracelete que é ao mesmo tempo novo e um presente. Foi assim que ele pagou pelo seu silêncio?

Ela olhou para o próprio pulso.

— Como o senhor...?

— É um bracelete caro; além de seus recursos, eu diria. Mas você não usaria algo tão bonito para fazer faxina, pois poderia ser danificado. Você deve ter colocado o bracelete nas últimas duas horas, o que sugere que é novo e que a novidade ainda não esmaeceu. — Ele deu de ombros, como se fosse óbvio.

A criada balançou a cabeça novamente, desta vez suavemente.

— É novo, mas eu mesma economizei para comprar.

— Você não conheceu meu colega, o investigador Bulmer. — Laurie apontou para um espelho na parede oposta à janela, e Elise se virou para encará-lo. — O Bulmer tem seus próprios métodos, bem diferentes dos meus.

Ela observou pela janela traseira o investigador Bulmer deixar a parede e se aproximar dos dois por trás, com um rosto tão grande quanto uma máscara de Halloween; o medo manteve Elise no lugar como se assistisse àquilo tudo acontecer na tela de um cinema, com outra pessoa. A mão direita do homem subiu lentamente até a nuca da criada, e ele a guiou até a borda da banheira. Elise foi desequilibrada por uma rasteira do investigador e se viu caindo para a frente no pesado braço esquerdo dele. Em seguida, a criada foi baixada com a cara na direção da água fria e mortal e mantida ali, tremendo, arranhando com as mãos o esmalte e tentando empurrar para trás, mas sem sucesso.

— Um minuto — disse ele. — Deve ser o suficiente. Não haverá nenhum dano permanente.

Diante dessa ameaça, Elise ergueu a cabeça, horrorizada, e começou a falar:

— Eu saí da casa — confessou às pressas, quase gritando cada palavra.

— Estou noiva, ele mora perto daqui. Eu saí por uma hora enquanto a cozinheira estava fora. Eu faço isso todos os dias, o senhor pode conferir. Por favor, não conte para eles. Eu poderia perder o emprego. Não foi minha culpa. Eu não sabia.

Bulmer a largou, e ela encolheu-se como uma bola no tapete. Ele olhou para o parceiro: Laurie parecia ligeiramente divertido.

— O homem que fez isso fará de novo — disse ele —, se minha experiência conta para alguma coisa. Esse sangue estará em suas mãos se você atrapalhar mais a nossa investigação.

Laurie abriu a porta e continuou:

— Informe o nome de seu noivo ao guarda Davis e mandaremos que ele verifique seu álibi.

Bulmer não disse nada, apenas observou enquanto Elise saía correndo do banheiro.

— NÃO HÁ TESTEMUNHAS, ENTÃO.

— E nenhum suspeito crível.

Depois de comparar rapidamente as anotações, os dois homens subiram as escadas para bater à porta do quarto da senhora Cavendish.

Ela sentou-se na cama quando eles entraram:

— Ah, e quem são vocês?

O médico encheu a mulher de sedativos; a cabeça inchada emergia dos lençóis brancos esvoaçantes como uma decoração de bolo. O senhor Cavendish estava sentado na ponta da cama, curvado para a frente, em luto silencioso, de costas para a porta. Ao ouvir os dois homens, ele ficou de pé num pulo e se virou. Laurie cumprimentou-o calorosamente com um tapinha no ombro.

— Senhor e senhora Cavendish, sou o inspetor Laurie e este é meu colega, o investigador Bulmer.

Bulmer acenou com a cabeça, e a senhora Cavendish fez um gesto desanimado da cama.

— Vocês entendem que precisamos falar com vocês dois separadamente? Senhor Cavendish, se importaria de nos deixar e esperar lá embaixo em seu escritório? Você encontrará seu amigo, o doutor Mortimer lá, então não estará sozinho.

— Claro — murmurou o homem, que desceu as escadas arrastando os pés de lado com as duas mãos no corrimão.

Laurie fechou a porta e aproximou-se da cama. Bulmer foi até a janela e ficou olhando para a rua lá fora.

— Senhora Cavendish — começou Laurie —, infelizmente devemos fazer algumas perguntas indelicadas.

— A delicadeza não é mais um conceito neste mundo, inspetor Laurie. Não agora que minha garotinha está morta.

— Sinto muitíssimo por sua perda.

A senhora Cavendish estendeu a mão e pegou a de Laurie como um gato atacando um rato.

— Eu quero que você o mate. Com suas próprias mãos ou mande enforcá-lo. Seu colega lá embaixo engasgou quando soube que eles estavam enviando você. Ele nos contou sua reputação. Todos eles fingiram aversão. Os homens subitamente desenvolvem escrúpulos quando são confrontados com a crueldade abstrata, mas defendi seus métodos. Quero que você o torture até que ele confesse e depois o mate.

— Senhora Cavendish, tem alguma suspeita sobre quem fez isso?

— Eu só sei que foi um homem. Este é um crime de homem, de cabo a rabo.

— Mas não há ninguém de quem você suspeite pessoalmente?

Ela franziu a testa, desesperadamente.

— Se eu achasse que alguém conhecido estivesse envolvido, gostaria que ele fosse enforcado da mesma forma que um estranho. Mas infelizmente não consigo pensar em ninguém.

— Onde a senhora estava no momento que tudo aconteceu?

— Inspetor Laurie, antes de hoje, eu não saía desta cama havia quase três anos. — E ela puxou as cobertas para mostrar o corpo emaciado.

— Estava dormindo?

— Eu fecho meus olhos quando quero descansar. Raramente consigo dormir. Mas não ouvi nada, infelizmente.

— Bem, isso é útil por si só. A segunda pergunta indelicada, senhora Cavendish, é se sabe sua filha teve relações românticas com algum rapaz. Ela tinha um namorado?

A senhora Cavendish pensou por um longo tempo.

— Creio que não. Há muitos anos, ela era próxima de um jovem chamado Andrew Sullivan. Os dois eram amigos de infância, nós conhecemos os pais dele há anos. Mas ele não estava exatamente à altura da Alice.

— Eles ainda eram conhecidos?

— Sim, mas não vemos os Sullivan há um ano ou mais. Acho que não ajuda muito, não é?

— Vale a pena dar uma olhada.

— Se for ele, quero que você o castre.

— Bem, vamos começar com o endereço da casa dele, certo?

O senhor Cavendish foi encontrado esperando por eles no escritório ao pé da escada, sozinho; Bulmer entrou no cômodo atrás de Laurie como uma sombra musculosa. O senhor Cavendish havia se levantado quando a porta se abriu, mas agora que se viu cercado, voltou a se sentar, mais uma vez apreensivo a respeito daquela reunião.

— Onde está seu amigo, o médico?

O senhor Cavendish pigarreou.

— Nossa criada, Elise, entrou aqui para vê-lo. Como ela estava muito mal, ele a levou lá fora para tomar um pouco de ar.

Havia um tabuleiro de xadrez em cima de um armário de bebidas em um canto do escritório. Distraidamente, Laurie começou a brincar com as peças.

— Falamos brevemente com ela, mas apenas porque estava escondendo a verdade de nós. Senhor Cavendish, você discorda de nossos métodos?

O homem pacato não pareceu se importar.

— Ah, creio que sim. — Ele deu de ombros. — Filosoficamente, suponho, devo dizer que sim.

— Mas você quer que encontremos o assassino da sua filha?

Lágrimas se formaram nos cantos dos olhos dele.

— Claro. Isso nunca deve acontecer com mais ninguém.

— Então me faça o favor de ouvir minha explicação. Você lê muitos romances policiais, pelo que vejo. — Laurie acenou com a mão em direção a uma prateleira cheia de edições de bolso baratas.

O senhor Cavendish olhou para a escuridão embaixo da mesa.

— Esses livros pertencem à minha esposa. Ela gosta que eu os leia para ela. Também gosto deles, creio eu.

Aquela imagem de seus hábitos domésticos, agora alterados para sempre, abalaram o senhor Cavendish. Ele escorregou da cadeira e sentou-se no chão com as mãos cobrindo o rosto.

— Eu também gosto de romances policiais — continuou Laurie —, mas me preocupa que as pessoas se concentrem tanto no grande desfecho, quando o assassino é revelado, e nunca no que acontece a seguir, que geralmente envolve a confissão do criminoso ou o flagrante da repetição do crime. O autor coloca esses elementos, veja você, porque sabe que a prova nunca é suficiente: quando a pessoa se afasta dela, o que se tem? Uma mancha de nanquim, uma bituca de cigarro, a ponta de uma carta na lareira. Não se pode enforcar alguém com isso. Então, o autor inventa essa cena elaborada de confissão para tapar os buracos. Está compreendendo?

Os olhos injetados piscaram e o homem acenou com a cabeça, lentamente.

— Ótimo. O único problema é que isso nunca acontece na vida real. Ninguém confessa por sua própria vontade, e uma armadilha elaborada nunca funciona. Portanto, se temos muitas provas que apontam para um determinado caminho e precisamos de uma confissão para confirmá-lo, nosso único recurso é a violência. Entende?

— Eu só quero minha filha de volta, senhor Laurie. Torture quem você quiser. Apenas traga minha filha de volta.

Bulmer esperou até este momento para fechar totalmente a porta. Ela deu um clique alto quando ele fez isso.

— Você conhece alguém que possa ter feito isso com sua filha?

O senhor Cavendish negou com a cabeça freneticamente.

— Claro que não, eu não me associaria com animais dessa laia.

— Sua firma fica a uma curta caminhada daqui, pelo que eu soube? As pessoas devem entrar e sair o tempo todo; deve ser difícil manter o controle de quem está dentro e de quem está fora.

O senhor Cavendish ergueu os olhos para Laurie por baixo das pálpebras vermelhas e inchadas.

— Vejo aonde quer chegar com isso. Por que está sugerindo tal coisa? Eu estive na minha mesa o tempo todo.

— Então deixe-me pedir seu conselho: se eu lhe dissesse que encontramos a luva esquerda do assassino, que a viramos do avesso e percebemos que o tecido estava arranhado cerca de um terço do caminho ao longo do dedo anular, o que devemos fazer em seguida? Minha dedução é que o assassino estava usando uma aliança de casamento, um anel com uma protuberância. Uma joia simples, talvez, como a sua. Digamos que apenas um de nossos suspeitos seja casado. Bem, o que você mandaria que fizéssemos?

O senhor Cavendish engoliu em seco, balançando a cabeça.

— Não sei, garanto-lhe.

— Não se preocupe então, não vai doer nem um pouco.

Laurie abaixou-se e pegou a mão do senhor Cavendish. Sem encontrar resistência, ele empurrou a manga do paletó do homem até o cotovelo, depois abriu os botões do punho. Laurie enrolou a camisa e examinou a mão e o pulso, em seguida fez o mesmo com o outro braço. Não encontrou nada digno de nota e deixou cair o braço como se fosse nada mais do que um jornal enrolado, e não a parte do corpo de um homem; o braço bateu no chão com o mesmo estalo.

Ele se levantou e saiu, sinalizando para Bulmer que o seguisse.

— Não é culpado? — perguntou o investigador, ao fechar a porta.

— Ele nunca teria sido. Eu estava apenas sendo minucioso. Não há arranhões nos braços ou sinais de luta, e não vejo como o senhor Cavendish poderia ter matado a filha. Francamente, nunca vi um par de mãos tão bem cuidado.

Bulmer concordou com a cabeça.

— E aquela coisa sobre a aliança de casamento e a luva?

Laurie fez um sinal negativo com a cabeça.

— Não havia marcas na luva. Eu só estava tentando assustá-lo.

— Foi bem o que pensei.

A casa começava a parecer um guarda-louça velho e melancólico, cheio de objetos esquecidos; com alívio, os dois detetives saíram para a tarde de um clima perfeitamente temperado. Aproximaram-se de um policial, conhecido como Cooper, que estava batendo às portas ao longo da rua.

— Encontrou alguma coisa?

Cooper fez que não com a cabeça.

— Poucas pessoas saíram de casa hoje. Parece que eles se escondem do sol por aqui. A floricultura está fechada desde hoje de manhã. O verdureiro acha que viu um homem com um sobretudo preto andando por aí na hora do almoço, mas não conseguiu descrevê-lo.

— Nada mesmo?

— Ele só viu o homem de costas. Disse apenas que ele usava chapéu e era de estatura mediana.

Laurie olhou para o parque, onde as duas meninas ainda brincavam.

— E quanto à irmã? Alguém falou com ela?

— Ainda não. Estamos de olho nela, é claro, mas não achamos que cabia a nós contar o que aconteceu.

— A menina deve estar se perguntando onde está o almoço.

— Eu dei uma maçã para ela, tenho a impressão de que a menina está acostumada a isso.

Laurie franziu a testa.

— Bem, elas são mais jovens do que eu gostaria, mas temos que falar com as meninas. Se elas estiveram brincando aqui o dia todo, podem ter testemunhado alguma coisa.

Ele começou a andar até elas.

UMA ESPÉCIE DE EMBRIAGUEZ TOMOU CONTA DE MAGGIE E ROSE COM A FALTA DE atenção dos pais, e agora as duas estavam arrancando flores e reorganizando de acordo com seus gostos. Rose notou Laurie e Bulmer vindo na direção delas e cutucou a amiga; as duas largaram as flores e fingiram inocência.

— Meninas — chamou Laurie enquanto se aproximava —, vocês estão brincando de quê?

— Eu sou a florista — disse Rose, apontando para a loja que ainda estava fechada na rua.

— E eu sou a cliente — falou Maggie.

Ambas estavam tão cansadas que entraram em um estado de devaneio e as bordas de tudo pareciam borradas para elas.

— Bem, meninas, sou o inspetor Laurie.

— E eu sou o investigador Bulmer.

— Por que não brincamos de ser detetives da polícia por alguns minutos? Está vendo aquela casa ali, aquela com a porta vermelha? Creio que uma de vocês mora naquela casa.

— Ela mora — disse Rose, e Maggie sentou-se na grama, o coração batendo rápido.

— Qual é o problema? — perguntou ela.

— Não há problema, só precisamos fazer algumas perguntas. Você viu alguém que não conhece entrar em sua casa hoje, enquanto estava brincando aqui?

Maggie balançou a cabeça.

— Hoje não. Por quê?

Rose colocou as mãos nos quadris.

— Não, nós não vimos. Tem estado muito quieto por aqui.

— Bem, você viu alguém andando pela praça? Alguém suspeito, talvez?

Rose colocou o dedo na boca e pensou a respeito.

— Sim — disse ela finalmente.

Maggie estava sentada em silêncio agora, mexendo na grama.

— Um homem? Você pode descrevê-lo para mim?

Rose pensou sobre as perguntas.

— Ele era um homem de aparência normal, mas tinha um bigode grande. E estava vestindo um terno azul-escuro.

— Mas ele não entrou na casa com a porta vermelha?

— Acho que não. Ele apenas passou pela rua e acenou para nós.

Maggie ergueu os olhos, como se fosse acrescentar algo, mas Rose falou primeiro:

— Só isso, e depois ele foi embora.

— Entendo. Bem, meninas, obrigado pela ajuda.

Laurie voltou-se para Bulmer e abanou a cabeça, em seguida os dois foram embora dos jardins. Eles pararam do lado de fora do portão.

— Um homem de azul e um homem de preto — comentou Bulmer.

— E você de cinza e eu de marrom: que arco-íris da moda masculina este caso contém.

— Você está brincando, Laurie, mas isso é sério. Não é? Não temos suspeitos tangíveis e o tempo está passando. O que faremos a seguir?

— Damos um passo de cada vez, só isso. Eu diria que agora deveríamos fazer uma visita a — tirou de um dos bolsos a anotação que rabiscou antes — um certo senhor Andrew Sullivan, em Hampstead.

Bulmer resmungou:

— O namorado da infância.

ELES PEGARAM UM TÁXI PARA O ENDEREÇO NA ZONA NORTE DE LONDRES, ONDE Andrew Sullivan morava com a mãe viúva em uma casa no topo de uma colina. Os dois pediram ao motorista para esperá-los.

Era uma casa moderna, em frente a uma igreja. Todas as paredes eram brancas e tinham grandes janelas, com um telhado plano. O jardim em frente estava coberto de arbustos, que escondiam várias esculturas: grandes pedaços retorcidos de rocha em vários tons de cinza. Era fim de tarde e a luz estava começando a diminuir.

Laurie bateu à porta. Passaram-se trinta segundos e uma imponente criada alemã a abriu. Eles pediram para ver o senhor Sullivan.

— Infelizmente não será possível — respondeu ela, com um sotaque carregado. — A senhora Sullivan e o senhor Sullivan não estão no país.

Os dois arrancaram da criada a história: o jovem senhor Sullivan havia ficado de mau humor cerca de um ou dois meses antes, e a mãe sugerira uma viagem à Europa para distraí-lo do que quer que o estivesse incomodando. Ele concordou relutantemente, e os dois partiram havia dez dias.

Os detetives confirmaram isso com os vizinhos; ninguém via os Sullivan havia mais de uma semana. Decepcionados, eles voltaram para o táxi.

— Bem, então, para onde agora?

Laurie suspirou.

— Para a Scotland Yard, creio eu. Podemos olhar nossas anotações e conferir se perdemos alguma coisa.

— Parece um tiro no escuro.

Laurie olhou para ele.

— Deus quer justiça, lembre-se disso.

NA MANHÃ SEGUINTE, DEPOIS DE BATER EM TODAS AS PORTAS DA COLCHESTER Terrace, eles se encontraram de volta na cena do crime. Ela havia se tornado uma espécie de centro de operações, silencioso e confidencial. O corpo havia sido removido pelo médico da polícia, na noite anterior.

Bulmer estava olhando pela janela.

— O verdureiro não falou nada sobre o homem de casaco preto. Ele não conseguiu me dizer mais nada, exceto que também usava um chapéu preto e luvas pretas.

Laurie sentou-se com as costas contra a parede e os olhos fechados.

— Você acha que ele está mentindo?

— O verdureiro não tem motivo para fazer isso, acho que apenas vê muitas pessoas. A razão pela qual se lembra desse homem em especial é porque estava dentro dos jardins, que deveriam ser reservados apenas para residentes, mas o verdureiro não o conhecia.

— Entendo. Bem, luvas pretas dificilmente são incomuns. O verdureiro tem um álibi?

— Só os clientes dele, mas parece que há o suficiente. — Bulmer olhou para a rua abaixo. — Você acha que isso poderia ter sido feito por um estranho? Se ela estivesse aqui, se preparando para o banho, alguém poderia tê-la visto de fora.

— Um oportunista, você quer dizer? Um acesso frenético de loucura? É possível, mas esse tipo de coisa é incomum. Normalmente leva mais tempo do que isso para desenvolver o desejo de matar.

— Mas se ele estivesse vigiando a casa e visse a empregada sair, poderia ter concluído que era seguro.

Laurie deu de ombros, mas Bulmer não viu seu gesto. Ele ainda estava olhando pela janela, e agora os olhos haviam se desviado para os jardins, como se fossem o centro de todo o caso. Laurie ficou de pé e juntou-se a ele. O efeito foi o de duas venezianas sendo fechadas na janela, deixando a sala atrás deles na escuridão: um terno marrom e um terno cinza bloqueando a luz. Laurie falou:

— Uma pergunta que não respondemos é por que ela tomou banho, em primeiro lugar.

— A mãe disse que as mãos da filha estavam sujas de tanto colher flores.

— E, no entanto, a senhorita Cavendish não trouxe flores para dentro com ela. Há vasos vazios por toda parte.

Bulmer encarou o colega, pensou a respeito e concluiu que ele estava certo. A seguir, concordou com a cabeça, desapontado consigo mesmo. A dedução, a forma de arte do inspetor, era uma habilidade que ele nunca conseguia dominar, e ainda assim, toda vez que via a dedução acontecer, parecia tão simples. Bastava fazer afirmações evidentes, a mais acertada para cada ocasião. Bulmer olhou para os punhos inchados, constrangido.

— De que outra forma ela poderia ter sujado as mãos?

— Essa é exatamente a questão: temos que explicar as mãos sujas, mas também temos que explicar o fato de que ela mentiu para a mãe. Talvez a senhorita Cavendish estivesse escondendo algo nos jardins.

O grandalhão acenou com a cabeça.

— Vamos dar uma olhada, então.

ELES PASSARAM A PRÓXIMA HORA VASCULHANDO OS JARDINS, EMPURRANDO cuidadosamente flores e arbustos com as mãos enluvadas, pisando em trechos de grama mal aparada e sondando as bases das árvores. Os dois ficaram sozinhos nos jardins durante o trabalho, embora um público de crianças curiosas tenha se formado ao longo da borda da cerca mais distante da Colchester Terrace. Nenhuma delas tinha permissão para usar o parque, embora morassem nas proximidades, e aquele espetáculo solene parecia retificar ligeiramente a injustiça; as crianças já haviam passado entre elas a fofoca dos detalhes da morte da garota como uma bola de gude rara e valiosa.

Bulmer as ignorou, estava olhando perplexo para o avião de papel berrante preso nos galhos acima da cabeça, imaginando o que era e se alguma dedução era possível ali. Resistindo ao impulso de apenas sacudir a árvore com os punhos enormes e ver o que cairia, ouviu Laurie chamando seu nome:

— Bulmer, aqui. Encontrei uma coisa.

Laurie estava agachado em um grupo próximo de plátanos, em que três deles formavam uma espécie de tenda natural. Estava escuro lá dentro. Bulmer se aproximou e viu que o colega estava arranhando o chão com os dedos.

— A grama está achatada, alguém esteve sentado aqui. Viu que está tudo desenraizado? E a casca arrancada da base desta árvore? Deve ter sido assim que ela sujou as mãos. — Ele empurrou a terra em círculos. — Mas o que a senhorita Cavendish estava fazendo aqui? Algo que a deixou ansiosa, claramente.

Bulmer, seguindo um palpite, olhou para o alto das três árvores e viu o que seu colega mais baixo havia deixado de perceber. Havia um envelope velho e úmido enfiado entre dois galhos da árvore à direita de Laurie, logo acima da altura de sua cabeça. O envelope tinha sido empurrado bem para dentro. Ele se inclinou e o pegou. Laurie parou de cavar e ficou de pé. Bulmer abriu o envelope, tirou uma folha de papel e a leu. Seus olhos brilharam com orgulho secreto:

— É uma carta de amor. De um tal Richard Parker. Para Alice Cavendish. Não há data.

— Tem endereço?

— Tem sim.

— Então eu chamaria isso de pista.

RICHARD PARKER MORAVA NA CASA DOS PAIS NO SOPÉ DAS COLINAS DE SURREY. Os dois detetives viajaram juntos para lá. A casa surgiu enquanto o carro percorria lentamente campos de lavanda como uma gota d'água escorrendo pela vidraça de uma janela. Atrás da casa — um palácio modesto —, as colinas se assentavam na paisagem como uma coroa. Era cedo, e eles podiam ver a própria respiração no ar da manhã.

Bulmer estava dirigindo. Havia começado o dia muito entusiasmado, mas agora tinha dúvidas sobre o resultado daquela viagem. Laurie estava certo: a carta era uma pista. Era uma pista tão óbvia que parecia ser uma coincidência, uma pista falsa. Além disso, ele já havia examinado a questão de todos os ângulos e não havia nada a ser inferido: o homem estava apaixonado por ela, apenas isso. E isso não lhes dava nada, nem mesmo um motivo.

Os dois estacionaram no limite da propriedade e decidiram percorrer a pé o resto do caminho; não dava para observar nada pela janela de um automóvel, dissera Laurie. Os teixos foram colocados cuidadosamente ao longo da trilha de cascalho de modo a não formar nenhum padrão perceptível; deveriam dar uma sensação de deleite ao visitante que se aproximava, mas o efeito foi desorientador. Pareciam os vagões de um trem descarrilado.

— Isso me lembra alguma coisa — disse Laurie.

Mas Bulmer não respondeu; mal-humorado, achava que tudo aquilo era uma perda de tempo. Tão longe de Londres, ele não conseguiria nem usar as mãos porque não tolerariam esse tipo de coisa aqui. Ou era melhor não arriscar, pelo menos.

— Não consigo pensar no que é de jeito nenhum — continuou Laurie.

Todo o episódio parecia encenado, desde a descoberta da carta até a aproximação da propriedade; uma impressão que se agravou quando a primeira figura que os dois detetives encontraram — um homem de macacão manchado de óleo, consertando uma moto, com uma toalha estendida sobre o cascalho e uma variedade de ferramentas pousada sobre ela como uma bandeja de dentista — acabou por ser a pessoa que eles estavam procurando.

— Richard Parker, como vai você?

Ele era incrivelmente bonito, Bulmer notou.

Richard Parker usava uma luva de couro na mão esquerda e mostrou para os dois a mão direita descoberta, suja de óleo de motor, para ilustrar por que não poderia cumprimentá-los adequadamente.

— Perdoe-me, eu lhes daria um aperto de mãos se fosse possível.

— Mas você é Richard Parker? — perguntou Laurie.

— Sou sim. Como posso ajudá-los?

— Você não é como tínhamos imaginado.

O jovem sorriu.

— Esta máquina é um hobby meu. Posso me trocar antes de conversarmos, se isso for deixá-los mais à vontade.

— Não há necessidade.

— Bem, então, como posso ajudá-los?

— Precisamos falar com você sobre a senhorita Alice Cavendish.

Richard acenou com a cabeça.

— O que tem ela?

— A senhorita Cavendish está morta — disse Laurie.

Richard Parker caiu de joelhos.

— Oh, Deus. Isso não pode ser verdade.

Foi apenas uma atuação?

— Ela foi assassinada ontem à tarde.

O homem caído soltou um grito e levou as mãos ao rosto. Bulmer e Laurie notaram algo que parecia incompreensível de início: a luva na mão esquerda pareceu se amassar contra a cabeça de Richard, como se a mão tivesse passado por dentro do crânio. Laurie percebeu a verdade de imediato. Com delicadeza, ele pegou o braço do homem e arrancou a luva. Richard não tinha três dedos e um polegar.

— O que aconteceu com a sua mão?

O choque da pergunta, vindo do nada, fez Richard recuperar os sentidos.

— A guerra, é claro. — Ele enxugou os olhos com as costas do pulso.

Laurie e Bulmer se entreolharam; os dois estavam pensando nas séries de contusões complexas ao longo do braço de Alice Cavendish, quando seu agressor a imobilizou. Aquele homem era inocente.

Eles passaram outros quarenta minutos respondendo às perguntas do jovem e fazendo anotações sobre seu relacionamento com Alice e outros assuntos relacionados. Em seguida, foram embora, exatamente quando estava começando a chover.

Os dois estavam molhados quando chegaram ao carro. Bulmer tirou as chaves do bolso e abriu o veículo para eles. Laurie tirou o chapéu e sacudiu a água no piso do veículo.

— Ocorreu-me, enquanto conversávamos com ele, que não fomos muito meticulosos com um parente da Alice. A irmã.

— A garotinha? — Bulmer olhou para ele. — Mas nós falamos com ela.

— Nós tentamos — disse Laurie —, mas a amiga falou por ela. Acho que a irmã estava mantendo alguma coisa em segredo. Talvez se falarmos com ela a sós?

— Não me peça para usar meus punhos em uma criança.

Laurie abanou a cabeça.

— Nem sonhando.

Eles voltaram para Londres em silêncio.

Às duas da tarde, os detetives voltaram mais uma vez à Colchester Terrace, onde a casa cor de creme os acolheu como uma velha amiga. Encontraram Maggie deitada na cama com a mãe doente, as duas dormindo pacificamente.

Bulmer pegou a criança e carregou delicadamente para outro cômodo — um quarto sem uso, próximo ao da mãe, onde poderiam ficar a sós com ela. Quando apoiou Maggie em um canto, Laurie ajoelhou-se diante dela.

— Maggie, é muito importante que você se concentre em nos ajudar. Vamos encontrar a pessoa que machucou sua irmã, mas precisamos saber se você pode nos contar mais sobre o homem que viu na praça ontem. Ele estava vestindo um sobretudo preto?

Ela já estava chorando, meio por tristeza e meio por achar que tinha feito algo errado.

— Não — a menina balançou a cabeça —, as roupas dele eram azul-escuras.

— Azul-escuras? Você tem certeza?

— Sim. E sapatos marrons. E a perna esquerda estava molhada porque ele pisou em uma poça.

Laurie lançou um olhar para Bulmer.

— Você observou o homem com bastante atenção, então?

Maggie respondeu em um sussurro quase inaudível, como o som de gotas de chuva voando:

— Ele era um homem desagradável. Ele queria dar uma olhada na gente e fazer perguntas horríveis. É por isso que o homem ajudou a Rose a consertar o avião.

— O avião? — perguntou Laurie, e ela concordou com a cabeça novamente.

— Aquele avião? — indagou Bulmer, suavemente.

Ele estava olhando pela janela para o objeto roxo e pontudo que ainda estava preso em uma das árvores.

Maggie foi até a janela para se juntar a Bulmer.

— Sim, aquele. Ele colocou uma coisa lá dentro.

Laurie virou a menina para que o olhasse e tirou uma caneta e papel.

— Diga-me tudo o que você sabe sobre ele.

Vinte minutos depois, o avião roxo caiu de qualquer maneira no chão. Bulmer tentou sacudir a árvore inteira, mas, no fim das contas, foi necessário que Laurie escalasse um galho, mostrando-se surpreendentemente ágil para um homem de aparência tão séria.

Nenhum dos dois detetives estava esperando muita coisa quando desdobraram a elaborada construção de papel e encontraram o que buscavam fazendo peso no nariz: um cartão de visita rasgado, dobrado em um pequeno retângulo branco. Laurie realmente riu da audácia do ato.

O rasgo deixou um prenome, uma inicial e duas letras de um sobrenome impressas no cartão: "Michael P. Ch". Embaixo havia uma palavra: "Agente". Estava impresso em preto em um quadro branco. Laurie ergueu-o contra a luz.

— Bem — disse ele —, esta é uma linha de investigação promissora.

Levou meio dia para localizar o homem descuidado de terno azul-escuro e sapatos marrons estragados. Seu nome era Michael Percy Christopher, agente teatral; eles o encontraram no Teatro New City em West End.

Laurie e Bulmer não voltaram para a Colchester Terrace depois disso; o resto do caso foi resolvido em uma cela úmida na Scotland Yard, onde o distinto terno azul do homem ficou manchado e sujo contra um fundo de tijolos cinza frios, enquanto o cabelo louro ficava emaranhado de suor e sangue. Eles o encurralaram em seu local de trabalho: um pequeno escritório acima de um corredor mal iluminado atrás de um *pub*, com paredes finas que ecoavam risadas altas e o chão molhado de bebida derramada.

Michael Christopher começou negando ter estado sequer perto dos jardins no dia em questão, depois se recusou a explicar quando lhe foi mostrado o cartão que inadvertidamente deixou lá. Aquela atitude teimosa foi o suficiente para justificar uma prisão, e os detetives o deixaram na escuridão por cinco horas enquanto revisavam seu passado.

Michael Christopher já tivera problemas com a polícia: havia vários relatos de sua exposição a mulheres e crianças. Nada jamais havia sido provado, mas a suspeita por si só bastava para alguns indivíduos; o corpo dele estava coberto de cicatrizes das vezes em que foi flagrado e confrontado. Todos que o conheciam — e Laurie e Bulmer falaram com tantos quanto puderam encontrar — concordavam em reconhecimento a esses rumores.

Eles voltaram para a cela e encontraram Michael deitado no chão úmido e duro, com a cabeça estreita apoiada em um pequeno trecho de musgo.

— Senhor Christopher, não é hora de você nos contar a verdade?

Ele não tinha um álibi específico para a hora do assassinato. Michael Christopher apenas disse que gostava de passear por Londres, tirando o chapéu para todas as pessoas por quem passava. Bulmer riu na cara dele.

Os dois pensaram em trazer a menina para identificá-lo, mas decidiram que era desnecessário. Sua presença na cena do crime era irrefutável. Tudo que eles precisavam era mais uma coisa para ligá-lo ao assassinato em si. Laurie e Bulmer trouxeram a luva preta para a cela e forçaram Michael Christopher a vesti-la. Depois de Bulmer ter dobrado cada dedo para trás a fim de evitar que ele cerrasse o punho, a luva encaixou bem o suficiente.

— Estou sendo incriminado! — gritou ele.

Os detetives revistaram a casa dele em busca da segunda luva, mas concluíram que ele devia ter se livrado dela. Havia vários arranhões e hematomas em seus braços.

Laurie estava insatisfeito.

— As provas são esmagadoras, mas acho que quero uma confissão.

Bulmer concordou.

— Ainda não sabemos por que ele fez isso, ou como aconteceu. Tudo o que temos é um homenzinho imoral e degenerado.

— Acho que está na hora, Bulmer.

— Porque teorias nunca são fatos.

Os dois detetives apertaram as mãos. Laurie destrancou a cela com a chave instável por conta de seu nervosismo e respirou fundo, em dúvida, como se estivesse deixando um leão sair da jaula. Bulmer entrou na cela, colocando um par de luvas de couro marrom.

Laurie observou através das grades da cela. Bulmer ergueu o suposto assassino contra a parede e se limitou aos punhos; manchas de sangue brotaram como flores das rachaduras entre os tijolos. Depois de dez minutos, ele saiu para uma pausa, deixando o suspeito refletir a respeito de suas opções.

— Ele resistiu até agora — disse Bulmer para Laurie.

— Faz apenas dez minutos.

— Geralmente é o suficiente. Posso ter que tentar medidas mais extremas.

— Se for necessário, vou apoiá-lo. Afinal, este é um caso de assassinato, não um simples roubo.

Bulmer fumou um cigarro e voltou para dentro. Dessa vez, ele carregava uma navalha.

Ao longo dos trinta minutos seguintes, Michael Christopher perdeu sucessivamente, e em vários graus de permanência, a sensação de paladar, dois dentes da frente e um dente de trás, o uso desobstruído do olho direito, uma massa de cabelo, uma sobrancelha e seu bigode fino, uma única unha, meio centímetro do lábio inferior e a capacidade de levantar qualquer coisa com três dedos da mão esquerda. O rosto de Laurie não demostrou compaixão enquanto observava a cena se desdobrar sombreada pelas barras das grades, apenas expectativa. Depois de meia hora de gritos, o acusado estava pronto para confessar. Ele desmoronou no chão.

— É verdade, eu a matei.

— Como você fez isso?

— Eu a afoguei na banheira.

— Você a viu na janela.

— Eu a vi na janela, sou um homem fraco. — Cuspiu um pouco de sangue. — Vi a criada sair de fininho e sabia que a casa estava vazia. Eu subi a escada e a matei.

Bulmer olhou feio para ele, satisfeito. Quando o colega saiu da jaula, Laurie deu-lhe um tapinha caloroso nas costas.

— Salvamos vidas hoje, investigador Bulmer. Acho que você e eu merecemos uma bebida.

Mais tarde naquela noite, Michael Percy Christopher amarrou um braço de seu paletó azul sujo em volta do pescoço comprido e enfiou o outro por uma abertura no suporte de parede que mantinha as barras da cela no lugar. Ele se enforcou com os joelhos dobrados e os dedos dos pés tocando o chão, um esforço que exigiu uma renovação constante da força de vontade, como tentar dormir desesperadamente quando não se está nada cansado. Michael Percy Christopher levou vinte dolorosos minutos para se matar.

Quase à meia-noite, um dos policiais uniformizados que assombravam o prédio bateu à porta do escritório de Laurie para dar a notícia. O inspetor Laurie baixou a cabeça, fez o sinal da cruz e agradeceu ao homem por ter sido informado.

Bulmer já havia partido, cansado de seus esforços. Ele descobriria pela manhã e provavelmente ficaria satisfeito. Foi o melhor resultado, levando tudo em conta. Havia provas suficientes para que o assassinato fosse tratado como resolvido, sem a necessidade de um julgamento tedioso, e levou menos de uma semana. A justiça foi rápida, nas mãos certas. Laurie acendeu um charuto para comemorar e se serviu de um uísque.

Sozinho, o inspetor olhou ao redor do escritório: austero e reservado como ele mesmo. Em uma prateleira na parede oposta estava sua coleção de romances e contos policiais: quinze volumes esfarrapados no total. Na extrema direita estava o livro que Laurie havia tirado do escritório do senhor Cavendish — com um truque de mão ligeiro — como uma lembrança do caso. Ele ergueu o copo para a luz elétrica: o líquido tinha um tom laranja pálido e satisfatório.

— À justiça — disse para si mesmo. — À descoberta do suspeito perfeito.

"E graças a Deus por isso", pensou ele. O senhor Christopher apareceu na hora certa. Que idiota. Um burro, apenas pedindo para ser carregado de culpa; carregado de responsabilidade. E, francamente, ele também merecia. A pessoa perfeita para ser acusada. Porque em uma história de detetive, Laurie sabia, às vezes era necessário suspeitar dos detetives. E ele não queria que isso acontecesse, de jeito nenhum. Não quando Laurie investiu tanto tempo nisso. Cobriu seus rastros tão bem. Ele escolheu aquela praça com muito cuidado. Um lugar onde ninguém realmente se demorava, mas onde várias pessoas passavam a cada hora. O sobretudo preto, de forma que ele seria descrito simplesmente como "um homem de preto", caso chegassem

85

a se lembrar dele. O chapéu e a echarpe marrons para esconder o rosto. Ninguém tinha sequer notado a echarpe. E a própria Alice Cavendish, selecionada com zelo e paciência. Uma garota incrivelmente bonita, que ia ao jardim todos os dias e sentava-se lá em segredo, escondida entre três árvores. Era onde ele a teria matado, rapidamente, antes que ela pudesse gritar. Mas a irmã mais nova e aquela outra garota estavam lá. Laurie pensou que tinha perdido a chance.

A seguir, ele a viu na janela do banheiro, fechando as cortinas. E foi então que a criada saiu, e pronto. Um rápido e emocionante vislumbre do corpo nu na banheira e, em seguida, o ato de afogá-la. Deixar a luva foi um toque de mestre. As implicações sinistras seriam reconhecidas imediatamente. Ali estava um crime aleatório, sem sentido e repetível. Um crime de grande horror, que ele seria chamado para investigar. Sua reputação praticamente garantiu isso. E assim aconteceu. A carta também. Laurie pensou que escondê-la tornaria mais fácil culpar o interesse amoroso, mas não deu certo. Então o senhor Christopher apareceu, com uma abundância de provas contra si mesmo. E Alice era de Laurie agora. Em uma mesa no frio necrotério da polícia lá embaixo. Para ele visitar à vontade.

6

A terceira conversa

JULIA HART BEBEU DA TAÇA DE VINHO E TERMINOU DE LER.

— "E Alice era de Laurie agora. Em uma mesa no frio necrotério da polícia lá embaixo. Para ele visitar à vontade."

O sol finalmente havia se posto e o céu noturno estava quase preto. A lua brilhante do início da noite estava replicada em três pratos brancos colocados sobre a mesa como uma elipse. Com uma expressão de dor, Grant tirou um caroço de azeitona da boca e colocou-o na borda do prato.

— Essa foi uma história desagradável — disse ele. — Eu não gosto dela.

Os dois comeram mexilhões, e o prato do meio estava cheio de conchas de tamanhos diferentes, parecendo longas unhas pretas de criaturas míticas. Como Grant deixou metade da comida inacabada, depois de se distrair várias vezes e as coisas congelarem, então, por educação, Julia deixou uma pequena quantidade para combinar. Agora os três pratos estavam entre eles como uma prova da nova relação estranha de autor e editor.

Julia tirou o guardanapo do colo e limpou a boca.

— A descrição do assassinato torna a leitura um pouco desconfortável, é verdade. E a tortura no final é brutal.

Grant bufou sarcasticamente.

— Achei tudo muito desagradável. Não apenas a violência. Não havia personagens agradáveis e o cenário era sórdido. Logo Londres.

Ela sorriu.

— Você quase parece ofendido, mas foi quem escreveu a história.

— Isso é verdade, mas eu era jovem e tolo na época. — Ele riu e balançou no ar um palito de dente, para enfatizar a opinião. — Algumas dessas histórias parecem frívolas para mim agora. Essa aí não lhe parece um tanto quanto sórdida?

— Na verdade, não. Acho que quando a pessoa está lendo a respeito da morte como entretenimento, o leitor deve ficar um pouco incomodado, até um pouco enjoado. Achei que talvez fosse essa a intenção.

— Essa é uma interpretação generosa — disse Grant. — Não é mais provável que eu fosse apenas um jovem mórbido?

— Você saberia dizer melhor do que eu. Mas posso entender, depois dessa história, por que você precisou publicar o livro de forma independente.

— Era muito explícito e muito acadêmico para publicação convencional.

— Uma combinação incomum. — Julia tomou outro gole de vinho. — E você nunca escreveu mais nada depois disso?

— Se ninguém estava disposto a publicar a obra, de que adiantava continuar?

— Os tempos mudaram, pelo menos.

— Bem — Grant deu de ombros —, vou acreditar na sua palavra quanto a isso.

Ela pegou a taça e propôs um brinde.

— A um primeiro dia produtivo.

Ele ergueu a taça de vinho e encostou-a na de Julia.

— E que amanhã seja igual.

Depois de concluir o trabalho na segunda história no início daquela tarde, Grant disse a ela que geralmente dormia por uma ou duas horas no momento mais quente do dia. Ele ofereceu a Julia um quarto vago, caso tivesse vontade de fazer o mesmo, mas ela sentiu a pressão do volume de trabalho e, em vez disso, caminhou pela areia e se escondeu do sol na sombra de um pequeno penhasco. Lá ela trabalhou nas histórias seguintes, até que Grant acordou algumas horas depois. Àquela altura, já era fim da tarde e os dois estavam com fome. Julia se ofereceu para pagar o jantar.

— Podemos ler a próxima história enquanto comemos.

Assim, os dois caminharam por quinze minutos até um restaurante próximo, terminando não muito longe do hotel de Julia. Eles se sentaram do lado de fora em uma sacada com vista para o mar. Como havia dois outros clientes sentados a algumas mesas de distância, ela leu a história em voz baixa, quase em um sussurro.

— Acho que estou insensível em relação à violência — disse Julia, esvaziando a taça. — Devo ter lido cerca de trezentos romances policiais nos últimos anos.

Os olhos de Grant se arregalaram.

— Trezentos romances policiais? — Ele girou a taça de vinho ansiosamente, como se achasse o número intimidante. — Isso é muito.

— Não é uma surpresa tão grande, certo? Você sabia que este era o meu trabalho.

— Creio que sim — respondeu Grant —, mas não posso dizer que realmente considerei tal coisa. Você provavelmente tem mais a dizer sobre essas histórias do que eu.

O calor incômodo da manhã tinha deixado Julia letárgica durante a maior parte do dia. Agora ela estava se sentindo um pouco culpada por isso, de forma que tentava ao máximo parecer entusiasmada.

— Suas explicações foram muito úteis.

Ele tomou outro gole.

— Obrigado.

Julia pegou o caderno.

— E agora você pode continuar a me ajudar explicando o significado estrutural dessa história. Presumo que esteja no fato de que o inspetor Laurie é ao mesmo tempo detetive e suspeito?

— Sim, isso mesmo. Ele é um homenzinho malvado, não é? Na história que lemos no início da tarde de hoje, a vítima era um dos suspeitos. Nesta, o detetive também é suspeito. E isso nos leva ao nosso terceiro ingrediente.

Julia concordou.

— Um detetive?

— Sim, ou grupo de detetives. Esses personagens que estão tentando resolver o crime. Eu considerei esse grupo opcional, o que quer dizer que ele pode não conter ninguém. É por isso que geralmente falo de *romances de assassinato* em vez de *romances de detetive*. Às vezes, simplesmente não há um detetive. Portanto, não fazemos nenhuma restrição quanto ao tamanho do grupo, pode até ser zero. E permitimos que ele se sobreponha ao grupo de suspeitos, como acontece aqui. Também pode se sobrepor ao grupo de vítimas, embora seja mais difícil de fazer isso funcionar.

Ela estava anotando tudo isso, com a mão firme apesar da bebida.

— Suspeitos, vítimas e detetives. Os três primeiros ingredientes de um romance de assassinato.

— Sim. — Grant pigarreou, o vinho o tornara ousado. — E agora é sua vez.

Ela ergueu os olhos do caderno.

— O que quer dizer?

— De explicar alguma coisa para mim. Essa é a nossa rotina, não é? Eu falo sobre a teoria e depois você comenta a respeito dos pequenos detalhes que esqueci.

Ela olhou para baixo novamente e continuou a escrever.

— Certamente, Julia, você notou uma inconsistência nesta história.

Sem tirar os olhos da folha, o canto de sua boca se contraiu em diversão.

— É como se você estivesse me testando. Você plantou os quebra-cabeças nessas histórias como uma espécie de armadilha para eu cair?

— De maneira alguma — sorriu Grant. — Posso tê-los colocado lá como uma piada, nada mais.

— Os quebra-cabeças estão testando minhas habilidades de observação ao limite, tenho que admitir. Felizmente, sou uma obsessiva tomadora de notas.

— E o que você notou desta vez?

Julia parou de escrever e fez contato visual com ele.

— Bem, já que você mencionou, há uma coisa que percebi a respeito dessa história. Uma discrepância, vamos chamá-la assim.

Ele tirou o palito da boca.

— Vamos ouvir, então.

Julia bateu na mesa com o dedo enquanto falava:

— A descrição do homem de azul no final contradiz em todos os detalhes a descrição do homem de azul no início.

— Ah — suspirou Grant. — Isso é interessante, não é?

— Se voltar e ler com atenção, você verá. Ele muda de um rosto redondo com cabelos escuros, um bigode grande e pescoço curto para um rosto fino, de cabelos louros, com pescoço comprido e bigode modesto. E não há explicação para isso.

— Sim, entendo — falou ele, olhando para a água. — Isso poderia facilmente ter sido um erro, mas acho que você está certa. Provavelmente não foi.

Julia rabiscou algo no caderno.

— Fico ligeiramente incomodada em deixar sem correção. Mas, junto com as inconsistências nas outras histórias, parece se encaixar no padrão.

— Sim, eu também acho. Que senso de humor perverso eu tinha naquela época.

Ela suspirou, repentinamente exausta.

— Vamos deixar assim e encerrar o dia, que tal? Eu gostaria de guardar minha caneta e me servir de outra taça de vinho, se você não se importar.

— Por favor — disse Grant —, acabe com ele.

E Julia esvaziou a garrafa na taça, pensando no trabalho que ainda tinha a fazer. Ela se recostou e olhou para as estrelas.

— O que há de tão especial nesta ilha, Grant?

Ele pareceu surpreso com a pergunta.

— O que quer dizer? É linda.

— Sim, mas é tão tranquila, tão solitária. Você nunca fica tentado a ir embora?

— Nunca. Todas as minhas memórias estão aqui.

Julia engoliu outro gole de vinho.

— Você é um homem muito misterioso.

— Vou considerar isso um elogio.

— Você é um espião, é o que eu acho. Trabalhando em algum projeto secreto. Ou está fugindo da lei. — Ela arrastou a última palavra levemente para que durasse quase um segundo. — Você está disposto a conversar, agora que bebeu?

— Sobre o quê?

— Sobre o *Assassinato branco*. O estrangulamento de Elizabeth White, perto da Estalagem Espanhola em Hampstead Heath, em agosto de 1940. E por que você batizou o livro com o crime.

Grant ergueu as sobrancelhas em um gesto cansado.

— Eu disse a você mais cedo tudo o que sei sobre isso. É apenas uma coincidência.

— Então o álcool não lhe fez recordar tudo?

— Eu não sabia que esse era um dos efeitos colaterais do álcool.

Julia deu de ombros.

— Ele estimula a mente.

— O álcool estimula a imaginação, claramente.

— É verdade que estou um pouco bêbada — Julia ergueu a taça —, mas não foi preciso muita coisa para detectar a justaposição. Hoje de manhã perguntei por que você fugiu para esta ilha. Você não me respondeu. E hoje à tarde apontei a ligação entre seu livro e um assassinato não resolvido. Então, todas essas coisas estão relacionadas; é por isso que você está aqui?

Ele quase riu.

— Você acha que eu sou o assassino?

— Não sei o que eu acho, só estou fazendo a pergunta óbvia.

— Você deveria reconsiderar sua investigação. Está sugerindo que eu matei alguém e, em seguida, escrevi um livro com um título igual ao dado ao assassinato? E vários anos depois, eu fugi?

— Bem, você tem um álibi?

Grant sorriu.

— Não, assim de cabeça, não.

— Então você pode provar sua inocência me contando o verdadeiro motivo de ter vindo para esta ilha. Você deixou sua esposa e seu emprego e veio viver como um eremita aqui... Por quê?

O sorriso dele sumiu.

— O assunto ficou pessoal muito rapidamente.

Julia percebeu que a mão de Grant estava cerrada com força na haste da taça de vinho, tremendo ligeiramente.

— Sim — respondeu ela —, mas não estou apenas conversando. De certa forma, ao publicar este livro, vamos fazer negócios juntos. Eu tenho que poder confiar em você.

Grant fez um gesto negativo com a cabeça.

— Não quero falar sobre coisas que aconteceram há mais de vinte anos. — Ele ergueu as mãos defensivamente, com a taça de vinho em uma delas. — Você pode me perguntar sobre qualquer outra coisa.

Ele deixou cair as mãos sobre a mesa, mas o movimento foi desajeitado e um estilhaço se quebrou na base da taça, no ponto em que atingiu a superfície dura. A lasca girou sobre a toalha da mesa e parou na frente de Julia, visível apenas como um emaranhado de linhas translúcidas em cima do tecido branco.

— Você não se casou novamente em vinte anos. Posso perguntar sobre isso?

Grant largou a taça quebrada e começou a abrir os poucos mexilhões restantes com as unhas; uma compulsão inútil.

— Não, não pode.

— Por que você não escreve mais?

— Está tarde. Essas perguntas estão me deixando cansado.

Como a última concha recusou-se a abrir, para dar um ponto-final à conversa, Grant pegou o prato do meio da mesa diante de si e o esvaziou sobre a grade, fazendo os mexilhões caírem girando em direção ao mar. Seguiram-se os sons dispersos das conchas chovendo nas rochas e um barulho alto quando ele largou o prato de volta na mesa.

Julia fechou o caderno.

7

Um inferno no Bairro Teatral

NO INÍCIO, O INCÊNDIO ERA APENAS UMA COLUNA DE FUMAÇA SAINDO DE UMA janela do segundo andar, com alguns transeuntes apontando para ela e comentando. Parecia que alguém estava empinando uma pipa. Em seguida, o fogo engrossou e virou um único cacho perfeito que poderia ter saído diretamente de um anúncio de xampu. Logo o incêndio se espalhou para além daquela janela, e toda a metade superior do prédio pareceu ficar mofada de fumaça. Depois disso, o fogo se alastrou rapidamente: começaram a surgir árvores complexas e ramificadas de fumaça negra espessa, florescendo no calor fértil e sufocante. O prédio era uma das maiores e mais grandiosas lojas de departamentos de Londres — com milhares de pessoas dentro e uma fortuna em roupas e móveis — e parecia prestes a ser esmagado por uma enorme mão demoníaca, cujos dedos finos arranhavam o céu.

Helen Garrick, sentada sozinha a uma mesa para duas pessoas, vinha observando esse progresso na última meia hora; a ligeira curva na rua significava que, embora o incêndio estivesse no mesmo lado da calçada — e a cerca de duzentos metros de distância — ela conseguia vê-lo claramente do assento próximo à janela.

Para começo de conversa, parecia uma espécie de entretenimento, uma distração bem-vinda de jantar sozinha, mas quando o primeiro corpo saiu se arrastando para fora do prédio após a evacuação inicial — um idoso com uniforme de porteiro que tinha sido pisoteado na correria —, Helen sentiu-se terrivelmente culpada e envergonhada, e mal conseguiu comer o prato principal. Alguns macarrões, só isso. Mas, por mais grotesca que fosse aquela visão, não era nada comparada ao horror em direção ao topo do prédio, onde as duas últimas fileiras de janelas mostravam a atividade ineficaz e recorrente de pessoas percebendo que estavam presas. Elas estavam gritando e quebrando as janelas, repetidamente se inclinando para fora e olhando para baixo, mas não havia nenhum lugar para onde ir. E Helen percebeu então que, embora o fogo inicialmente tivesse parecido bastante inofensivo — uma fileira de bandeirolas incolores, soprando ao vento —, deve ter havido pessoas presas lá dentro desde o início, assim que a única escadaria se encheu de fumaça. Qualquer empolgação persistente transformou-se em vergonha naquele ponto, e ela comeu o resto da refeição com lágrimas nos olhos.

O CREPITAR DA CONVERSA VINDO DO INTERIOR DO RESTAURANTE FORNECEU uma trilha sonora adequada para o fogo lá fora, uma mistura de vozes altas e o zumbido baixo e contínuo do caos, enquanto a batida repetida de uma colher em uma taça de vinho dava a boa imitação de um alarme.

As batidas continuaram até que os sons do restaurante pararam e sobrou o gerente parado em um salão silencioso com todos olhando para ele, como um artista de circo prestes a engolir um ovo de vidro gigante.

— Senhoras e senhores — ele gesticulou com a taça e a colher —, temos um médico jantando conosco hoje à noite?

Ele era magro como um palito, tinha um sotaque carregado e uma barba pontiaguda; ninguém se mexeu.

— Ou um policial de folga?

Houve uma esquiva crescente.

— Um militar, talvez?

Um murmúrio discreto, mas nada conclusivo.

— Alguém que ocupe um cargo indeterminado de responsabilidade na comunidade?

Ainda assim, o salão estava em silêncio.

— Muito bem. Por favor, informem ao garçom se a situação mudar.

O homem curvou-se brevemente e deixou os clientes ocupados com as refeições.

— Ele quer alguém para ajudar na evacuação. — Um homem na mesa ao lado de Helen recostou-se na cadeira e deu sua opinião. — No caso de a situação chegar a esse ponto.

"Isso não pode estar certo", pensou ela. O incêndio ainda estava a duzentos metros de distância. Se eles evacuassem ali, por que não toda a zona oeste de Londres?

Um garçom estava passando pela mesa de Helen, que ergueu a mão para chamar a sua atenção. Ele se inclinou para ela.

— Está tudo bem, senhora?

Helen sentiu muita compaixão pelo gerente do restaurante. Ela sabia o que era pedir voluntários e não receber nenhum; era uma pedra que a pessoa empurrava colina acima e que rolava de volta para o sopé, deixando-a com a sensação de estar parada diante de uma turma prestes a chorar. E por trás disso estava a noção de que agora a pessoa teria de pegar no pé de alguém e passar o resto do dia se sentindo malvada. Foi a compaixão que a inspirou a se oferecer como voluntária ou a culpa que ela vinha sentindo nos últimos vinte minutos? Ou foi aquele impulso perverso de fazer a coisa que menos se esperava dela, que às vezes a dominava? Talvez uma mistura dos três.

Ela falou discretamente:

— Informe ao seu colega que sou professora em uma escola para meninas em Guildford, se isso for útil. Suponho que ele quisesse um homem.

HELEN FOI CONDUZIDA AO GERENTE DO RESTAURANTE, O SENHOR LAU, SENTINDO-SE como a vítima de um sacrifício ou como se tivesse treze anos novamente, sendo levada para ver a diretora. Como era nova na profissão, ela costumava passar o tempo comparando seu comportamento com as próprias experiências de escola — que, afinal, não estavam tão longe assim no passado, pois as freiras ainda assombravam os limites de seus pesadelos não tão frequentes —, e agora definitivamente sentia a mesma apreensão que havia vivenciado naquelas ocasiões. E o mesmo constrangimento oculto, que sempre vinha acompanhado pela vaga sensação de que ela não estava usando as roupas certas.

O gerente ficou esperando por Helen em um canto escondido do restaurante, ao pé de uma escada com um tapete vermelho-escuro exuberante, como uma língua pendurada no andar de cima.

— Senhor Lau?

A escada desapareceu na escuridão atrás dele; o gerente puxou Helen alguns degraus acima para que pudessem conversar mais em particular, deixando-a um pouco abaixo dele com a figura esguia flutuando contra o fundo vermelho. Aquilo deu ao senhor Lau a aparência de um reverendo ou juiz.

— Senhora? — O gerente curvou o corpo, e seus gestos preencheram a largura da escada.

— Helen, Helen Garrick. — Ela ofereceu a mão, e o homem a beijou.

— É de se esperar encontrar pelo menos uma pessoa honrada em qualquer restaurante lotado, mas devo admitir que eu tinha dúvidas.

— Eu entendo — disse Helen, aliviada por ouvi-lo falando com ela como um igual, esquecendo seus devaneios de ser disciplinada. — Como posso ajudá-lo?

— Devo pedir para realizar uma tarefa bastante delicada. — Ele parecia hesitante. — Você terá a gratidão eterna deste estabelecimento.

— Tem a ver com o incêndio no fim da rua?

— O incêndio? Não, não diretamente. O fogo é um jogo de fumaça e espelhos, uma distração.

— Ah — murmurou, ligeiramente desapontada.

Ele observou o tapete com um olhar ensaiado de preocupação, torcendo a barba entre a ponta dos dedos.

— Estes são tempos difíceis. Fico triste em informar que houve uma morte no local.

Helen arfou de susto.

— Ai, cruzes.

— Temos várias salas privadas no andar de cima. Uma delas está em uso na noite de hoje, para o que acredito ser uma festa de aniversário. Uma ocasião feliz. Mas o anfitrião foi morto. Assassinado, para ser mais preciso.

A palavra soava gloriosa no sotaque respeitável do gerente, com todas as sílabas igualmente enfatizadas.

— Assassinado? — Helen arregalou os olhos. O que exatamente ele pediria a ela? — Mas então você deve chamar a polícia.

— Temos um telefone, acabei de falar com a polícia. — O senhor Lau começou a soar tenso. — A situação é um pouco difícil. Eles vão mandar alguém, é claro, mas todos os policiais da área estão ocupados com o incêndio, fechando ruas e evacuando edifícios, pelo que fiquei sabendo. Uma espécie de emergência.

Ela concordou com a cabeça.

— É claro.

— Até que a situação esteja sob controle, é aparentemente impensável que eles consigam ceder alguém para proteger nossa cena do crime. A polícia pediu que eu providenciasse isso sozinho.

— Ah. — Helen começou a ver aonde isso estava indo.

— Eles me disseram que não é, estritamente falando, urgente. Uma vez que ninguém corre perigo imediato.

— Bem, melhor assim, pelo menos.

— Eu não tenho funcionários que possa ceder — continuou o senhor Lau. — Vários que deveriam ter chegado até agora foram atrasados pelo incêndio. Expliquei isso para a polícia. Eles me disseram que qualquer médico ou professor seria suficiente, apenas para ficar de olho nas coisas até que cheguem.

Helen tinha certeza de que a polícia não diria "professor", mas não o contestou.

— Sim, entendo. — Não havia chance de ela recusar agora, mesmo que isso significasse perder o trem. — O que exatamente eu tenho que fazer?

— Basta vigiar para garantir que a cena do crime não seja invadida, que nenhum dos convidados a adultere ou vá embora. Deve ser por pouco tempo.

— Os convidados ainda estão lá? — Helen tentou esconder a decepção. Ela teve visões de si mesma bebendo vinho sozinha com um cadáver, assistindo ao pôr do sol.

— Cinco deles. Nós recusaremos quaisquer outros que cheguem. A polícia pediu para garantir que nenhum dos cinco saia até que um agente tenha registrado suas informações.

— E o assassino foi um deles?

O senhor Lau soltou um suspiro longo e pensativo.

— É possível, sim. Mas eu não pediria que você fizesse isso se achasse que há algum perigo. Apenas fique com o grupo; quanto mais pessoas, mais segurança.

— Tudo bem.

Helen ficou nervosa de repente; em sua mente, ela estava se xingando por ter se oferecido para ajudar. Pensou que seria alguma coisa que pudesse ser concluída rapidamente.

O gerente segurou a mão dela.

— Senhora, é claro que vou convidá-la a voltar aqui em uma data de sua escolha, para jantar conosco mais uma vez. Para jantar comigo pessoalmente. E não haverá cobrança, como não haverá hoje.

— Obrigada — respondeu ela, fracamente.

— Estarei aqui embaixo se precisar de mim, basta chamar.

E com isso o senhor Lau a conduziu pela escada cor de sangue e abriu a porta diante dos dois no topo. Ao passarem lado a lado pela porta, suas formas combinadas se contraíram, como uma mão cerrando o punho ou uma garganta no ato de engolir.

Dessa vez, a sensação de ser conduzida a um sacrifício pareceu mais adequada; os cinco convidados formaram um semicírculo ao redor da sala, uma linha de horizonte feita de carne humana, e olharam com curiosidade para Helen, imaginando quem era e que autoridade ela teria. Alguns olhares foram trocados entre eles, então houve uma espécie de estalo e toda a cena ganhou vida.

O senhor Lau deu um passo à frente para falar:

— Eu conversei com a polícia pelo telefone.

Houve um aumento de interesse nos cinco rostos diferentes.

— Eles estarão aqui em breve. — O gerente andou um pouco de um lado a outro, como um apresentador no palco. — A polícia pede que todos vocês permaneçam aqui até que um agente chegue, mas o incêndio está retardando as coisas. A senhorita Garrick está aqui em nome deles.

O senhor Lau acenou com a mão; dez olhos pousaram em Helen.

— Ela vai assumir o comando enquanto isso e garantir que nada seja movido ou alterado. E que ninguém vá embora.

Esta transferência — de uma figura de autoridade natural para uma aspirante — teria mais impacto se Helen não estivesse diretamente atrás dele, eclipsada pela forma esguia do gerente. Ela se sentiu como um truque de mágica que deu errado e deu um pequeno passo à frente.

O grupo dos cinco convidados era formado por um homem e uma mulher muito glamorosos — evidentemente algum tipo de casal — parados mais próximos da porta; outro homem e outra mulher, localizados um ao lado do outro de maneira um tanto desconfortável no canto mais distante da sala; e uma terceira mulher, encostada na parede.

A mulher glamorosa falou para o senhor Lau, ignorando Helen:

— Não podemos sair para tomar um pouco de ar, enquanto ainda está claro, e voltar quando a polícia conseguir chegar?

O gerente sorriu pacientemente. Ele deu um passo para trás.

— Infelizmente é impossível, recebi instruções para detê-los no local.

— É um absurdo — disse a mesma mulher, com a voz provocante e incrédula. — É uma obscenidade ficar presa aqui, com um cadáver a menos de dez metros de distância.

A mulher no canto — de aparência fraca, com grandes olhos azuis e um vestido azul-escuro — gritou diante daquela imagem e se apoiou no homem que estava ao lado dela. A mulher passou a mão pelo ombro dele e descansou a cabeça no antebraço; era evidente que os dois não estavam romanticamente envolvidos. O homem vestia um terno marrom. Tinha sobrancelhas espessas e escuras e seu cabelo era grisalho, embora ele não pudesse ter mais de quarenta anos.

"É exatamente como uma excursão escolar", pensou Helen.

Houve uma visita a Saint Albans no início do verão. Ela teve que conduzir um grupo de meninas — mais ou menos vinte e cinco — da estação de trem até as ruínas romanas, com as cabeças balançando e formando um mosaico de cortes de cabelo precoces. Naquela excursão, Helen conheceu e passou a odiar os vários tipos de encrenqueiras que eram característicos daqueles passeios, e essas pessoas ali não eram diferentes. A mulher que havia falado era do tipo calmo e aparentemente razoável que instintivamente se opunha à autoridade e usava perguntas constantes como um meio de perturbar. Nunca era possível discutir com aquele tipo, era como falar com a maré.

— Concordo com você — disse Helen. — Eu mesma não gosto de estar aqui, mas devemos obedecer.

A mulher de azul, com os olhos cheios de lágrimas, falou ao ouvi-la:

— Você está dizendo isso porque não viu o corpo. Não viu o que fizeram com ele.

Olhando para Helen, a mulher provocante sorriu.

— E quem é você, exatamente? Não é da polícia?

— Eu subi aqui apenas para vigiar. — Helen riu e arriscou uma piada: — Acho que estou mais sóbria do que a maioria de vocês.

Não houve reação.

Um leve rangido veio de trás dela. Helen se virou. O senhor Lau, evidentemente satisfeito com a situação, estava saindo de mansinho da sala. Ele curvou o corpo em um ângulo tão sutil que foi quase invisível, depois abriu a porta e saiu.

HELEN SE VOLTOU PARA A SALA; OS CINCO ROSTOS AINDA ESTAVAM OLHANDO para ela.

O companheiro da mulher glamorosa — um jovem atraente, com cabelos louros e sedosos sobre as feições bem definidas — deu um passo à frente com um sorriso encantador e estendeu a mão.

— Onde estão meus modos? Meu nome é Griff, Griff Banks.

Eles apertaram as mãos calorosamente.

— Obrigada. Eu sou Helen. — Ela se virou para os outros, a situação lhe era familiar. — Talvez todos vocês possam me dizer seus nomes.

Griff deu um passo para trás e colocou um braço em volta da mulher ao lado dele, que desviou o olhar.

— Esta aqui é Scarlett.

Helen se virou para o outro casal, que era mal-ajambrado em comparação. O homem de marrom estava olhando pela janela, provavelmente vendo o incêndio, com a luz do dia refletida no cabelo ralo. Ele se virou lentamente para Helen, como se estivesse se arrastando para longe do momento crítico de uma luta de boxe, e pareceu por alguns segundos ter esquecido suas falas.

— Ah, meu nome é Andrew Carter. É um prazer conhecê-la. — Ele deu um sorriso que mostrou os dentes desgastados e apertou a companheira chorosa como se fosse uma fruta madura demais; toda a tristeza pareceu derramar dela enquanto o vestido azul amarrotava. — Esta é minha irmã, Vanessa. Lamento, ela está enfrentando muito mal essa situação.

— Ah, não há nada para se desculpar — falou Helen.

Ela estava, de fato, se perguntando por que os outros não estavam enfrentando ainda pior. "Choque", supôs ela. Vanessa secou os olhos e se aproximou para apertar a mão de Helen, mancando ligeiramente.

— Prazer em conhecê-la.

Helen se virou para a terceira mulher, que usava um vestido verde e estava parada na parte mais escura da sala, nervosa, tomando uma taça de vinho escuro gelado; era a que encerrava o grupo. A mulher pousou o copo em uma das várias mesinhas espalhadas pela sala e pigarreou.

— Olá, meu nome é Wendy Copeland. — Sem saber o que fazer, ela acenou indistintamente para os outros convidados. — Oi, pessoal.

— Obrigada — disse Helen. — E alguém pode me dizer onde está o corpo? Infelizmente, recebi poucas informações.

Griff ergueu a mão.

— Está no lavabo.

— Pode me mostrar? Se não se importa.

Ele franziu a testa.

— Tem certeza? Não é agradável.

Helen foi guiada principalmente por uma curiosidade mórbida. Mas também achou que, se insistissem, ela poderia argumentar que precisava conhecer a extensão da cena do crime para ser capaz de vigiá-la, então foi insistente de um jeito fora do comum.

— Sim, por favor. Tenho certeza.

Griff a olhou de cima a baixo.

— Bem, então...

Ele se virou para a parede que estava à esquerda dela e abriu a pequena porta que havia ali. Helen foi se juntar a ele. Scarlett, deixada sozinha perto da janela, olhou-os com desconfiança.

O LAVABO ERA MAIOR DO QUE ELA ESPERAVA, COM UMA PIA E ESPELHO EM FRENTE à porta e o vaso sanitário na parede direita. Entre os dois existia uma pequena janela quebrada. Havia uma prateleira com toalhinhas à direita da privada e uma lixeira ao lado da porta. Realçando todas essas características, estava o corpo, deitado diagonalmente no chão com a cabeça na extremidade mais próxima aos dois.

Era o cadáver de um homem deitado de costas com o rosto coberto por um paletó preto, que havia sido colocado em cima dele. Um canal de sangue granuloso escorria mais ou menos de onde o queixo estaria, como se ele tivesse recentemente comido alguma coisa indigesta e cuspido tudo de volta.

— Quem é ele? — perguntou Helen.

— Esse é o nosso anfitrião, Harry Trainer. O dramaturgo. Hoje é o aniversário dele.

Ela se ajoelhou para levantar o paletó e viu o rosto de um homem de trinta e tantos anos; um rosto pálido sem marcas, rodeado por uma barba bem cuidada e costeletas. Ele estava olhando ligeiramente para a esquerda, com a cabeça toda inclinada para aquele lado; a parte de trás do crânio fora golpeada e agora estava encostada no chão em um ângulo oblíquo. Uma poça de sangue espesso lhe dava um halo escuro e sinistro. Helen colocou o dedo indicador e o polegar em cada lado da testa dele e tentou virá-lo nas duas direções, notando a maneira irregular como a cabeça rolava sobre o piso.

Ao redor do corpo havia várias manchas de sangue.

— Vocês o encontraram assim?

— Nós o encontramos deitado de bruços. O ferimento na parte de trás da cabeça era insuportável, então rolamos o Harry de costas. Verificamos a pulsação. Em seguida, tiramos o paletó para cobri-lo. Mas todo o resto está intocado.

Nenhuma das roupas do morto estava aberta.

— Ele não parece alguém prestes a usar o banheiro.

— Não. O assassino deve ter atacado rapidamente.

— A menos que ele tivesse acabado de usar. — Ela se levantou. — Pobre Harry.

— Acho que isso é tudo — disse Griff, indo em direção à porta.

Helen estava hesitando se deveria deixar o assunto como estava ou fazer mais perguntas. Seu instinto era ceder à impaciência de Griff, mas ela também sabia que, se pudesse absorver o máximo possível de detalhes agora, isso poderia ajudá-la mais tarde, quando as próprias testemunhas tivessem ficado confusas.

— Então essa era a festa de aniversário dele?

Griff suspirou.

— Uma pequena reunião. Ele não era um homem fácil de conviver, mas alguns de nós gostávamos dele.

— Posso perguntar qual de vocês descobriu o corpo?

— Todos nós, creio eu. O Harry pediu licença. Em dado momento, percebemos que ele estava ausente há muito tempo. Batemos e não houve resposta, então eu arrombei a porta.

Ela se virou e examinou a fechadura. Era um ferrolho simples. Um suporte de metal pregado no batente da porta foi forçado para fora da madeira por uns dois centímetros; agora pendia precariamente na ponta dos dois pregos, como algo andando sobre pernas de pau.

— Então vocês cinco estavam aqui quando o corpo foi descoberto?

— Sim. — Ele deu de ombros, como se não tivesse pensado muito nisso. — Acredito que sim.

— Mas não havia funcionários do restaurante presentes?

— Não. Tínhamos acabado de chegar. Acho que deveriam servir um pouco de comida mais tarde, porém, enquanto as pessoas estavam chegando, eles apenas nos deixaram sozinhos com muito vinho.

Helen foi até a janela. À primeira vista, parecia que dava para um quintal escondido atrás da rua, mas na verdade a janela estava instalada na lateral do prédio e dava para o telhado plano da loja vizinha.

— Se a porta estava trancada por dentro, o assassino deve ter saído pela janela.

— Sim, e entrado dessa forma também.

Ela imaginou o culpado esperando no telhado, à vista dos prédios em frente, espiando o banheiro sempre que ouvia um som vindo de dentro.

— Harry tinha seus difamadores, como eu disse — continuou Griff. — Não sei quem mais ele convidou para esta reunião, mas muitas pessoas deviam estar sabendo a respeito dela. Teria sido bem fácil para uma delas subir naquele telhado e ficar esperando por ele. O Harry teria que usar o banheiro em algum momento.

Helen achou a imagem um pouco absurda.

— Mas você não viu ninguém?

— Infelizmente, não.

Ela inspecionou a janela. A maior parte do vidro não estava mais lá e os fragmentos pontiagudos cobriam o peitoril e o piso abaixo. Ela tinha sido quebrada pelo lado de fora. Com o lenço, Helen pegou um triângulo de vidro que ainda estava no batente: havia sangue na ponta.

— Alguém se cortou.

— Tome cuidado — disse ele.

Ela abaixou a cabeça e deu uma espiada lá fora. Havia um martelo de aparência enferrujada do outro lado do telhado, mas Helen achou que estava além de sua responsabilidade pular para fora e recuperá-lo. Um gato preto estava sentado ao lado da ferramenta, lambendo as patas, com o pelo escurecido pelas cinzas. O dia estava quente e o céu acima dos telhados parecia coberto por finas nuvens negras.

— Eu me pergunto se ele sofreu muito.

Griff ficou agitado.

— Esta conversa está ficando muito mórbida. Harry gostaria que estivéssemos celebrando a vida dele, e não imaginando sua morte.

— Desculpe — falou Helen.

Ela interagia pouco com homens na vida cotidiana e ficava ansiosa quando o humor deles se alterava dessa forma, embora supusesse que tinha falado de forma insensível. Deu uma última olhada ao redor do banheiro, tentando assimilar todos os detalhes. O espaço apertado começava a chei-rar a fumaça.

— Você acha que devemos bloquear esta janela? Tudo isso ficará coberto de cinzas em pouco tempo.

— Eu sei exatamente o que fazer — respondeu Griff.

Ele saiu e voltou com duas grandes cartas de vinhos retangulares: elas encaixaram perfeitamente no batente e os poucos fragmentos de vidro remanescentes as mantiveram no lugar.

Helen deu um sorriso recatado.

— Obrigada por toda a sua ajuda… Griff, não é?

— Ora, o Harry era meu amigo, se houver algo que eu possa fazer para ajudar… — Os dois se cumprimentaram novamente; ele apertou os dedos de Helen ao soltá-la. — E agora que transferi todo esse conhecimento para o cérebro de outra pessoa, posso finalmente beber.

QUANDO HELEN SAIU DO BANHEIRO COM GRIFF, ENCONTROU ANDREW CARTER esperando do lado de fora.

— Minha irmã está se sentindo fraca, você pode ajudá-la?

— Claro — respondeu Helen.

Era uma ocorrência comum na escola. Ele a conduziu até Vanessa Carter, que estava sentada a uma mesa, e Helen a inclinou para a frente. Depois lhe serviu um copo d'água.

Andrew a observou trabalhar.

— Ela normalmente não é assim, sabe?

Helen não estava acostumada com as pessoas se justificando e consi-derava isso constrangedor.

— Está tudo bem, realmente, essa é uma reação perfeitamente razoável.

— Por outro lado, este não é um crime normal, como você provavel-mente notou.

Helen percebeu que ele queria lhe dizer algo.

— Como assim?

— A cena do crime lhe pareceu incomum?

Ela tentou parecer pensativa.

— Parece que o assassino entrou pela janela, mas é difícil imaginar como ele poderia ter pegado Harry de surpresa daquele jeito.

— Em outras palavras — Andrew balançava a cabeça com um entusiasmo que tentou disfarçar como uma resignação cansada —, o crime é impossível.

— Ou o assassino poderia ter enfiado a mão pela janela e golpeado Harry com alguma coisa.

Andrew agarrou a mesa, dando à aparência ligeiramente tresloucada o efeito completo:

— Há uma coisa que devemos contar a você, mas até que reconhecesse a impossibilidade do crime, não pensávamos que poderia acreditar em nós.

Sem saber como reagir àquilo, Helen riu de nervoso e falou:

— Vou tentar.

— O que Griff não terá lhe contado — disse Andrew, com uma rápida expressão de desprezo passando pelo rosto — é que, pouco antes de acontecer o assassinato, houve um lamento terrível e inumano. Foi baixo, mas durou quase um minuto. O som foi idêntico ao guincho de um cão gigante.

Helen tentou disfarçar o interesse.

— Quando foi isso exatamente? Pouco antes de acontecer o assassinato, você disse, mas o quanto antes?

— Mais ou menos três minutos antes de todos nós notarmos a ausência do Harry. Apenas a Vanessa e eu ouvimos.

Vanessa levantou a cabeça dos joelhos; a cor tinha retornado ao rosto.

— Eu vi — afirmou ela, que parecia estar falando sem mentir. — Veio do fogo. Eu estava na janela, vendo as primeiras chamas se firmarem, e de repente ele simplesmente saltou: um cachorro preto gigante, indistinto e fosforescente, como se fosse feito de fumaça.

Seus olhos azuis estavam arregalados.

— Alguma coisa ímpia aconteceu aqui hoje.

Helen falou em um tom muito neutro:

— Você acha que ele foi morto por um espírito?

Quando ela estava na escola, fantasmas e espíritos formavam uma espécie de moeda com a qual as meninas podiam comprar o interesse umas das outras; eles estavam em toda parte. Mas Helen nunca tinha visto nada, apenas formas ocasionais na escuridão e, claro, as irmãs rondando os corredores escuros. E mesmo em seu momento mais crédulo, ela nunca tinha ouvido falar de um fantasma fazendo algo tão direto quanto o que eles pareciam estar sugerindo: bater em um homem até a morte com um martelo.

— Não — disse Vanessa. — Provavelmente ele foi morto por uma mão humana, mas controlada e auxiliada por algo maligno. O próprio diabo, talvez.

— Harry era um homem atencioso — comentou Andrew. — Eu também sou do teatro, conversávamos sobre a arte por horas a fio. Eu o considerava um amigo, mas havia uma imoralidade no resto da vida dele que não suportava. Tudo girava em torno de bebida e mulheres. Mesmo a minha irmã não estava a salvo disso.

Vanessa olhou para o chão, envergonhada.

— Ele foi muito charmoso quando o conheci. Eu era jovem, e ele era deslumbrante.

— O que acreditamos ter acontecido — continuou Andrew — é que o incêndio na rua se tornou brevemente uma porta para o inferno, e o diabo viu uma chance de retomar um dos seus.

Helen fez um gesto falso de concordância com a cabeça. Deixou passar um pouco de tempo e então se atreveu a fazer uma pergunta:

— Você mencionou mulheres. Houve alguma na vida dele recentemente?

Andrew balançou a cabeça. Ele olhou para Vanessa, que deu de ombros.

— Não que saibamos.

— E quanto a ela? Está aqui sozinha. — Discretamente, Helen indicou a outra convidada, com quem ainda não havia falado: a mulher tímida de vestido verde, ainda encostada na parede.

— Não a conhecemos — respondeu Andrew.

— Ela estava com vocês quando encontraram o corpo?

— Sim, estava — falou ele. — Pelo menos, acho que estava.

HELEN EMPURROU UMA MESA PARA A FRENTE DA PORTA DO BANHEIRO E LEVOU uma cadeira até ela. Serviu-se de uma taça de vinho, sentou-se e fechou os olhos. Tentou imaginar as diferentes maneiras pelas quais o crime poderia, em teoria, ter sido cometido, no caso de o senhor Lau perguntar suas impressões mais tarde. O som de vozes suaves quase fez Helen pegar no sono.

Ela abriu os olhos.

Wendy ainda estava pairando no lado oposto da sala: a mulher tímida de vestido verde. Helen chamou a atenção dela e acenou para que se aproximasse.

Wendy chegou à mesa, sorrindo agradecida.

— É difícil estar em uma festa e não conhecer ninguém.

Helen devolveu o sorriso.

— Isso aqui ainda deve ser considerado uma festa com tudo o que aconteceu?

Wendy não respondeu diretamente:

— Bem, posso imaginar que seja ainda mais difícil com a responsabilidade que você recebeu. Manter a ordem, quando tudo lá fora está um caos.

— Eu sou Helen. — Ofereceu a mão.

— Wendy. Prazer em conhecê-la. Eu estive pensando se deveria me aproximar nos últimos vinte minutos, mais ou menos.

— Estou contente que tenha vindo. Como você conheceu essas pessoas?

— Ah, sou atriz. — Ela parecia envergonhada. — Bem, como um passatempo, na verdade. Somos todos atores, acho eu. A questão é que eu realmente não conheço ninguém deste grupo, apenas conhecia o Harry.

Helen se endireitou, interessada ao descobrir que não era a única isolada ali. As coisas correram tanto que ela não havia considerado que aquele pequeno grupo era apenas composto pelas primeiras pessoas em uma festa — reunidas pela pontualidade — e talvez nem todas se conhecessem.

— Por favor, sente-se.

Wendy puxou uma cadeira e se juntou a ela com uma taça de vinho.

— Imagino que você normalmente não brinque de detetive.

Ambas já haviam estado naquela situação antes, sentadas à margem de uma reunião e buscando a solidariedade de colegas introvertidos. A sensação era reconfortante e familiar, e Helen riu da pergunta.

— Não, eu sou professora.

— Ah, isso deve ser bom.

Helen pensou em negar e dizer que muitas vezes era infernal, que as fileiras de garotas sentadas diante dela todos os dias, com suas atitudes precoces e observações fulminantes, pareciam as barras de sua jaula. Mas ela era tão incapaz de expressar tal coisa quanto era adequada à profissão em si.

— Sim — respondeu ela —, é muito gratificante.

— Escute, é melhor eu lhe contar isso, embora não tenha contado para mais ninguém. — Wendy pegou a mão dela e confessou em um sussurro forte: — O Harry e eu éramos noivos.

Ela ergueu um dedo com uma aliança mal ajustada na base, um anel de prata fininho. Estava manchado de condensação e suor.

— É muito grande, eu sei. Pertencia à mãe do Harry, uma mulher muito maior do que eu. Mas os homens não entendem essas coisas, não é? — Wendy deu um meio sorriso, derrotada pela implausibilidade das próprias palavras. — Bem, você é a primeira pessoa para quem contei.

Helen olhou para Wendy com uma espécie de espanto, enquanto a mente transbordava de perguntas e clichês.

— Sinto muito pela sua perda.

— Ah, sim. — Wendy franziu a testa. — A situação é um pouco mais complicada do que isso, devo dizer.

Helen não falou nada.

— Não sou de Londres, entende? Eu o conheci quando Harry estava em Manchester para uma peça, há cerca de dois meses e meio. Foi uma espécie de romance relâmpago, durou apenas duas semanas, então ficamos noivos. Esta seria a ocasião gloriosa em que contaríamos para todo mundo. Todos os amigos dele, pelo menos. Mas parece que cheguei tarde demais.

— Sim, concordo. Meus sentimentos.

— Obrigada — falou Wendy hesitantemente, em dúvida da própria resposta. — Sei que é horrível, eu deveria estar tremendo. Acontece que foi tudo tão rápido que estou em dúvida a respeito dos dois meses desde que noivamos. Esse tempo gasto na dúvida equivale a quatro vezes o tempo gasto no amor. Entende? Aí, sempre que eu contava às pessoas sobre o noivado, parecia que cada uma delas tinha uma história tenebrosa a respeito do Harry Trainer. Eu andava tão ansiosa, essa situação simplesmente estava me matando. Eu estava procurando uma saída. Então, quando eles encontraram o corpo, uma pequena parte de mim ficou feliz. Não é horrível?

Helen deu um olhar reconfortante para ela, sem aprovação nem desaprovação.

— Não cabe a mim julgar.

— Acabei de dizer para todos que sou uma amiga dele do Norte. Não falei nada sobre o noivado.

— Bem, obrigada por me contar. Você está se sentindo bem?

A pequena boca nervosa de Wendy se contraiu em concentração.

— Sim. Foi difícil quando encontraram o Harry, mas também um alívio. Infelizmente, não consigo ir além do alívio. Fui a última a entrar aqui. Cheguei depois que o Harry desapareceu no banheiro, mas antes que o corpo fosse descoberto. Então, eu nem o vi hoje. Quase esqueci como ele era, para ser sincera.

— Então você não viu o corpo?

— Ai, cruzes, não. Eu não suportaria.

— Posso saber se você ouviu alguma coisa antes de o corpo ser descoberto?

— Claro — respondeu Wendy. — O som de vidro se quebrando. Muito vidro. Acho que fui a única que ouviu porque ninguém mais reagiu. Por outro lado, todos eles estavam parados perto da janela, então talvez tenham pensado que o barulho veio lá de fora.

— Estavam todos perto da janela?

— Isso mesmo. Pensei que tinha entrado na sala errada no começo, porque não vi o Harry. Eu estava parada na porta, e eles estavam olhando para algo lá fora. O incêndio, presumo. Então nenhum deles me viu. Eu me perguntei se devia bater ou simplesmente recuar, e foi então que ouvi o vidro quebrando. De onde eu estava, deu para dizer que vinha do banheiro. De qualquer forma, aquele tal de Griff deve ter pressentido algo porque se virou. Eu disse a ele que estava procurando pelo Harry, e o Griff me convidou para entrar. Isso os fez comentar que o Harry tinha se ausentado por muito tempo, aonde ele teria ido, e assim por diante. Um minuto depois, eles estavam arrombando a porta.

— E todos eles estavam lá, perto da janela? Todos os quatro?

Wendy olhou ao redor da sala.

— Sim — respondeu ela. — Acho que sim.

MAIS QUINZE MINUTOS SE PASSARAM E A POLÍCIA AINDA ESTAVA AUSENTE. O conforto inicial que Helen sentira com Wendy havia desaparecido e, nos últimos minutos, uma pausa incômoda se estendeu entre elas como um gatinho se deleitando diante de uma lareira: a inevitável morte térmica de dois introvertidos conversando.

Uma ideia pareceu ocorrer a Wendy, que se levantou e disse com uma voz gentil e ilustre:

— Preciso usar o banheiro. Tem problema?

Helen ficou surpresa com isso; estava sendo tratada como uma professora por alguém da mesma idade.

— Sim, claro — gaguejou Helen. — Por favor, vá.

Wendy deu um sorriso torto.

— Bem, devo descer e usar o banheiro de baixo ou devo me contentar com o masculino?

Helen se virou para a porta simples ao lado dela, com um cadáver do outro lado. Não havia nada que indicasse a natureza do banheiro.

— Esse não é o masculino?

— Esse é o banheiro feminino — disse Wendy. — O masculino fica no corredor.

Helen se virou novamente e viu, pelas manchas desbotadas na madeira, que devia haver algumas letras ali. Algumas delas estavam no chão, soltas de pequenos pregos no centro da porta. Ela pegou as letras e as encaixou nos lugares.

Harry Trainer foi morto no banheiro feminino.

Wendy ainda estava parada ali.

— Use o banheiro masculino, por favor — disse Helen.

Wendy agradeceu e desapareceu.

"O banheiro feminino", pensou Helen, com ideias girando na mente.

A imagem que Griff tinha colocado em sua cabeça — de alguém subindo no telhado vizinho e esperando por horas, porque Harry teria que usar o banheiro em algum momento — pareceu um pouco absurda antes; mas agora, sabendo que ele foi morto no banheiro feminino, a hipótese simplesmente não era crível. Por que ele precisaria usar o banheiro feminino? Isso deixava duas opções: ou alguém havia mexido nas letras ou, de alguma forma, obrigou Harry a entrar lá. Ambas exigiam a participação de alguém naquela sala.

Mais tempo se passou enquanto Helen tentava analisar as possibilidades. Perguntou-se o quanto seria capaz de se lembrar desses pensamentos e conclusões. Helen fechou os olhos e apoiou o queixo na palma da mão.

— Vamos beber com você — disse Griff ao se sentar diante dela. A taça de vinho vazia era a única coisa na mesa, como uma peça de xadrez solitária em uma partida perdedora. — Odiamos ver alguém parecendo tão desamparado em uma festa. Era para ser uma ocasião feliz. O Harry quereria que a gente a mantivesse assim.

Scarlett estava parada atrás dele. Ela acenou com a cabeça, dando consentimento a esse único ato de bondade e se sentou à mesa. Helen os considerou um casal incrivelmente bonito.

— Obrigada — disse ela. — É muita gentileza.

Scarlett encheu as três taças.

— Você tem alguma atualização de quanto tempo ainda seremos mantidos aqui? O mundo está praticamente acabando lá fora.

— Não — respondeu Helen, confusa com a pergunta. — Eu não saí da sala.

Scarlett ignorou esse detalhe.

—Você é de fora da cidade? — perguntou Griff.

— Sim, de Guildford. Como soube?

— Eu sempre sei. — Ele sorriu. — O que está fazendo aqui?

— Compras — disse ela. — Na verdade, eu estava naquele prédio antes de pegar fogo.

Ele soltou um assobio de admiração.

— Essa foi uma fuga de sorte, então.

— Sim. — Helen se viu no interior do prédio em chamas, escuro e tomado pela fumaça espessa, com crianças em pânico correndo em volta dela. — De muita sorte.

Scarlett apoiou os cotovelos na mesa.

— E o que você faz em Guildford?

— Sou professora.

— Ah. — Scarlett levou em consideração a informação. — Então falta um pouco de qualificação para bancar a detetive?

Helen tomou um gole. Não estava mais sóbria, e o álcool havia lhe dado uma imprudência muito contida.

— Na verdade — falou Helen —, eu tenho uma teoria. Pode ser do seu interesse.

Griff se recostou com uma gargalhada e deu um tapa na mesa.

— Então, vamos ouvir.

— Bem — começou ela —, você sugeriu anteriormente que o assassino esperou pelo Harry no telhado, fora da janela do banheiro. O que não estava claro, naquele momento, era que este é o banheiro feminino.

Helen apontou para a porta que se agigantava sobre eles: o quarto convidado à pequena mesa.

— Harry foi enganado e levado a usá-lo em vez do banheiro masculino, o que requer o envolvimento de alguém nesta sala.

— Talvez — falou Griff.

— Mas isso me fez pensar — continuou Helen. — Se alguém nesta sala esteve envolvido, talvez uma solução mais caprichada pudesse ser considerada.

E se o assassino estivesse dentro do banheiro, atrás da porta? Assim que o Harry entra, é pego de surpresa com um golpe puro e simples. Em seguida, a pessoa quebra a janela e posiciona os cacos para fazer parecer que foi quebrada por fora. O assassino espera até que o resto de vocês arrombe o banheiro, se escondendo atrás da porta novamente, e se junta ao grupo sem comentários. Alguém teria notado?

—Sim — disse Griff —, acho que eu teria. Quando abri a porta.

Helen tomou um gole do vinho com desdém.

— Claro. A menos que você estivesse trabalhando com o assassino.

Pousando a taça na mesa, Helen sorriu. Griff caiu na gargalhada.

— Ela está realmente nos acusando ou isso é apenas um tipo estranho de piada? — sibilou Scarlett.

Griff se virou para Scarlett.

—Ah, você não, querida. Ela sabe que você nunca sujaria as mãos assim.

— Isso é uma infantilidade. — Scarlett se levantou e voltou para a janela.

— Desculpe, ela é muito sensível — disse Griff, que tremeu suavemente de tanto rir, como se um trem subterrâneo estivesse passando naquele momento por baixo do restaurante.

Griff ainda estava rindo enquanto ia embora.

A cabeça de Helen estava confusa e a noite, cada vez mais longa. Ela olhou para a janela, que ocupava quase toda a extensão da parede: Scarlett e Griff estavam em uma extremidade, Andrew e Vanessa, na outra. Helen se levantou e cambaleou até o meio dela. Lá fora, tudo estava um caos. O incêndio estava queimando sem a menor vergonha agora; não havia nenhum sinal de movimento dentro do edifício, além da tremulação amarela das chamas. A rua estava tomada pela fumaça. Não havia carros e poucas pessoas que não fossem da polícia ou dos bombeiros circulavam.

"Fomos esquecidos?", pensou Helen, de repente com medo. "Estamos presos aqui, no topo deste restaurante?". Uma tosse forte veio de sua direita. Vanessa estava curvada, com a mão no parapeito da janela.

— Minha irmã é muito sensível à fumaça — explicou Andrew Carter, franzindo a testa.

"Talvez ela não devesse ficar perto da janela", pensou Helen, mas não disse nada.

— Seria uma barbaridade nos manter aqui por muito mais tempo.

Helen foi em direção a eles.

— Vocês viram mais alguma coisa no incêndio? Alguma outra silhueta? Era sarcasmo ou simplesmente vinho?

— Não — soluçou Vanessa, entre tosses. — Mas se houvesse alguma dúvida de que é obra do diabo...

Ela apontou para uma fileira de corpos que haviam sido colocados na calçada em frente.

— Alguns caíram, outros estão queimados. Não acho que poderia haver uma mensagem mais clara.

Helen discordou. Franziu as pálpebras para observar as chamas, tentando detectar o contorno de alguma coisa. Qualquer coisa mesmo, mas o incêndio apenas fez os olhos doerem.

Ela estava prestes a fazer outra pergunta, quando um grito agudo e alto chegou de baixo. Vanessa saltou para trás, como se um pássaro em pânico tivesse entrado voando na sala. Helen espiou através da fumaça e tentou localizar a origem do som. Na rua, dois criados caminhavam calmamente, com os braços carregados de gaiolas contendo pássaros exóticos. Havia papagaios e cacatuas, até mesmo uma caixa de codornas vivas. Atrás deles, um terceiro criado passeava com um leopardo na coleira. Era o zoológico de um excêntrico sendo evacuado de uma casa próxima; um microcosmo perfeito da confusão causada pelo incêndio.

Helen observou o desfile dos criados na rua e se perguntou para onde iriam.

— Parece que o mundo está acabando — disse, mais para si mesma, e percebeu um movimento na sala atrás de si, refletido na janela.

O inconfundível vestido verde de Wendy se moveu de onde estava, deu meia-volta com cuidado e seguiu rapidamente para a porta que levava para baixo. A porta se abriu e o vestido desapareceu.

Helen ficou pasma diante daquela audácia, então se virou e correu atrás dela.

HELEN A ENCONTROU NO CORREDOR DO LADO DE FORA; WENDY SÓ TINHA chegado ao segundo degrau.

— Wendy — a mulher se virou —, aonde vai?

Prestes a partir, Wendy deu de ombros.

— Ah, Helen, eu ia contar a você. Tenho um trem para pegar. Acho que contribuí com tudo o que podia aqui.

— Mas não temos permissão para sair.

Wendy trocou o pé de apoio nervosamente.

— Não conheço nenhuma dessas pessoas. Eu mal conhecia o Harry.
— Havia um tom suplicante em sua voz. — E, segundo todos os relatos,
ele foi morto antes de eu chegar aqui.

— Você era a noiva dele, é uma testemunha-chave.

— Não quero ser rude, Helen, mas você é apenas uma professora. Não
me peça para dar corda às suas ilusões de ser uma detetive.

Helen corou diante do comentário grosseiro vindo dessa mulher anteriormente educada.

— O gerente do restaurante não vai deixá-la sair.

— Não, mas eu esperava que ele não notasse.

— Eu contarei a ele.

Wendy suspirou, cansada.

— Sim, pensei que você provavelmente faria isso. — Ela caminhou de
volta até Helen e tirou o anel de noivado, derrotada; a aliança saiu como
a echarpe de um boneco de neve derretendo. — Se estou sendo obrigada
a ficar, é melhor contar a verdade.

Wendy entregou o anel para ela inspecionar.

— Peguei emprestado de uma amiga, por isso é muito grande para mim.

Helen olhou para o anel de prata simples, arranhado em vários lugares.

— Vocês não estavam noivos?

— Eu realmente sou uma atriz. E sou de Manchester, isso também
é verdade. O Harry me conheceu enquanto estava lá para uma peça, mas
não houve romance, foram só negócios. Pediram que eu viesse aqui hoje e
posasse publicamente como a noiva dele.

— Quem pediu?

— O Harry, é claro. Ele me mandou uma carta. Alguém o estava
incomodando, outra mulher. Ela estava sendo persistente demais, estava
até assustando-o um pouco. Ele pensou que, se eu viesse a essa festa e fin-
gíssemos estar planejando um casamento, isso mandaria um recado para
a mulher. Então, ele discretamente terminaria o noivado assim que ela
tivesse arrumado outra pessoa. Não é o esquema mais agradável, admito,
mas, francamente, eu precisava trabalhar.

Helen ficou intrigada.

— E você não sabe o nome dessa mulher misteriosa?

Wendy fez um gesto negativo com a cabeça.

— O Harry não me contou.

— Não entendo. Você mentiu para mim, mas por quê? Por que continuou com a encenação depois que ele foi morto?

— Eu queria ver como você reagiria. Veja bem, você não é a única que sabe brincar de detetive. Assim que entrou na sala, eu me perguntei se poderia ser você a mulher que estava incomodando o Harry.

— A outra mulher? — Helen riu diante da impossibilidade da situação. — Mas eu nunca conheci o Harry.

— Bem, você apareceu de repente, estava nervosa. Percebo agora que cometi um erro. — Ela se aproximou e pegou as mãos de Helen, falando de forma conspiratória: — Nenhuma dessas pessoas sabe meu nome verdadeiro. Você não pode simplesmente me deixar escapar antes que a polícia chegue? Isso nos pouparia muito trabalho.

— Não posso culpá-la por querer ir embora, mas temos de fazer o que nos foi dito.

AS DUAS MULHERES VOLTARAM PARA A SALA; OS QUE ESTAVAM ALI ERGUERAM OS olhos momentaneamente e depois voltaram às conversas cada vez mais tensas. Helen se sentou à mesa perto da porta do banheiro e Wendy, como se estivesse um pouco envergonhada, se sentou sozinha a uma mesa separada. Havia quase um silêncio no ambiente agora, todos esperavam que algo acontecesse.

E algo aconteceu. A porta se abriu e uma voz alta veio de fora:

— Esta festa é mais difícil de entrar do que o Palácio de Buckingham.

Um jovem refinado e enérgico — com vinte e tantos anos e muito bonito — entrou pelo corredor. Ele foi saudado por um silêncio atordoado. O rapaz tirou o cachecol do pescoço com um giro e o pendurou junto com o chapéu em um suporte atrás da porta.

— É tanta fumaça lá fora que parece a minha avó fumando, eu deveria ter trazido a velha máscara de gás do meu tio. E os caras lá embaixo não conseguiam decidir se essa festa tinha sido cancelada ou não, então concluí que devia haver alguma coisa que eles não estavam me contando. Tive que esperar até que todos estivessem ocupados com tigelas de sopa e subir de mansinho.

Com o chapéu no suporte e uma cabeça de cabelo negro reluzente revelada, ele se virou para o grupo.

— Bem, onde está o aniversariante?

Griff deu um passo à frente.

— James, esse realmente não é um bom momento. Você deveria ter ouvido os caras lá embaixo.

— Bobagem — disse James, enquanto se servia de uma taça de vinho negro e deixava a garrafa na mesa de Helen. — Nenhuma ocasião social é uma causa perdida; se eu não acreditasse nisso, não falaria tanto.

Helen percebeu que Andrew revirou os olhos e voltou para a janela.

— James, há algo que preciso lhe contar — Griff estava falando novamente — em particular.

Os dois homens foram para o canto da sala, mas, tão claro quanto o cheiro de fumaça, todos conseguiram ouvir James expressar:

— O Harry está morto? Meu Deus! — Ele se virou para a sala e ergueu a taça. — Bem, um brinde aos amigos ausentes.

A resposta foi apática, e James engoliu a bebida.

— Então, como isso aconteceu?

— Ele foi assassinado — sussurrou Griff.

— Você disse assassinado? Não pela Rhonda, espero.

— Rhonda? Quem é Rhonda?

— Rhonda, a última paixão de Harry. Uma linda mocinha, com mais ou menos dezenove anos. Estava ficando um pouco possessiva, pelo que eu soube. — Ele tocou com o dedo a testa. — Casamento na cachola.

Andrew Carter olhou diretamente para a irmã.

— Mas Rhonda é o nome que a Vanessa usa no palco...

Helen interrompeu as atividades derrubando a garrafa de vinho tinto no chão. Ela caiu com um golpe violento, deixando uma mancha não muito diferente daquela no banheiro, toda feita de sangue ralo e cacos de vidro. O grupo se virou e a olhou; James finalmente ficou em silêncio, com o corpo virado e uma expressão de surpresa. Se havia alguma dúvida de que derrubou o vinho no chão de propósito, Helen sanou ao empurrar uma taça de vinho pela borda com a ponta dos dedos. Ela estava sentada em meio a uma ilha de vidro quebrado.

— Acredito que não nos conhecemos. — James se aproximou de Helen e ofereceu a mão. — Sou James.

Helen olhava fixamente para ele.

— Eu já vi você antes, James.

Ele ficou um pouco surpreso.

— Numa peça, talvez?

— Pode-se dizer que sim. — Ela se virou para os outros. — Eu já vi todos vocês antes. E reconheço vocês, reconheço todos vocês. Eu reconheço toda essa situação. O mais quieto da sala sendo perseguido pelos demais.

Helen se virou para James.

— Não dizem que nunca se deve deixar o público assistir à preparação dos artistas? Depois de ver os atores fumando e brigando fora do teatro, chutando os adereços cênicos, a ilusão é arruinada.

Helen estava bêbada. James deu uma olhada de relance para os outros convidados, sem saber como proceder.

— Desculpe, não entendo o que quer dizer.

— Chegando aqui depois de todo mundo, você deveria pelo menos ter fingido que não sabia onde ficava o suporte de chapéus. Está bem escondido atrás da porta.

Ele parecia insultado, mas aliviado por ter uma acusação concreta que pudesse negar.

— Bem, eu já estive neste restaurante antes.

"Dizendo a primeira coisa que lhe veio à cabeça", pensou Helen, "todos voltam à infância quando mentem". Ele não era diferente de uma menina de cinco anos alegando que um pássaro jogou o brinquedo roubado dentro do quarto pela janela aberta.

— Isso é verdade — disse Helen. — A entrada que todos nós acabamos de testemunhar foi realmente o seu retorno. Você esteve aqui antes.

James trocou o pé de apoio desajeitadamente, isolado por esta acusação, enquanto os outros se reuniram em torno da mesa de Helen. O vidro quebrado os manteve afastados. Quando eles formaram mais ou menos um semicírculo — até mesmo Wendy se aproximou, atraída pela curiosidade —, Helen foi encarando um atrás do outro.

— O que você está sugerindo? — perguntou Griff.

— Agora eu sei quem são todos vocês — afirmou Helen, pressionando a cabeça contra a parede. Tentava se concentrar na sobriedade, sabendo que era a embriaguez que a estava obrigando a falar. — Vejo seis extrovertidos. Todos vocês, mesmo os tímidos.

Ela olhou para Wendy.

— Seis extrovertidos que pensam que podem manipular alguém mais reservado do que eles, apenas sendo mais incisivos ao falar.

— Ela está bêbada — reclamou Vanessa.

— Um pouco, mas isso não afeta meu discernimento. Era melhor vocês subestimarem o quanto eu conheço bem esta cena. Ocorre com mais frequência envolvendo vendedores. Eles percebem que estão falando com alguém quieto e pensativo e os olhos acendem; os vendedores acham que serão capazes de tomar as decisões pela pessoa, como se não estar inclinado a expressar uma opinião fosse a mesma coisa que não ser capaz de ter uma.

Helen teve um momento de dúvida. Por que ela não guardou isso para uma conversa aconchegante com um detetive da polícia, tomando uma xícara de chá?

— Então, eu ouvi pacientemente as mentiras de vocês a noite toda; foi como uma tarde na escola. Mas seu plano, por mais implausível que parecesse, foi totalmente descuidado em um aspecto: não ocorreu a nenhum de vocês que, antes de me pedirem para vir e vigiá-los, eu estive sentada lá embaixo por cerca de uma hora. Neste mesmo restaurante, bem perto da porta.

A sala estava escurecendo, com o sol se pondo e as janelas quase pretas de fumaça. Ela falava para um público de silhuetas.

— Devo ter ficado sentada lá enquanto o assassinato ocorreu, tomando uma tigela de sopa. E acho que estava sentada lá enquanto cada um de vocês chegou. Não prestei muita atenção, é claro, mas não deixei de perceber a imagem de um homem bem vestido carregando outro para o interior de um restaurante lotado.

Um suspiro de susto preencheu o ambiente. Alguém no fundo do círculo deixou cair uma taça.

Ela se dirigiu a James:

— Se você não tivesse feito uma entrada tão dramática agora mesmo, essa lembrança poderia nunca ter voltado a mim, mas voltou. E assim posso amarrar as pontas. O que vi no início da noite foi você acompanhando Harry ao interior do restaurante; o pobre homem estava tão bêbado que mal conseguia andar. Eu só vi a parte de trás da cabeça dele, no estado original e imaculado, é claro, mas tenho certeza de que era o Harry. Era a compleição física dele, a barba, as costeletas e o terno preto característico. Você, por outro lado, eu reconheço, sem dúvida.

— É verdade — disse Vanessa. — O Harry estava excessivamente bêbado quando chegamos. Suspeitamos que ele tivesse bebido o dia todo.

O irmão concordou com a cabeça.

— Isso mesmo, ele estava em um estado lastimável.

Griff deu um passo à frente e esmagou um caco de vidro.

— Qualquer um que o conhecesse esperaria que Harry estivesse completamente bêbado por volta das seis horas do seu aniversário. Não consigo ver como isso muda alguma coisa.

— Vocês todos andaram mentindo para mim — argumentou Helen incisivamente. — Eu ouvi uma série de histórias hoje, de cães demoníacos a mulheres fanáticas, mas nenhuma delas explica o fato de que Harry foi deixado nesta sala bêbado demais até para ficar de pé. Eu posso ver o que aconteceu. Quando entrei aqui hoje à noite, todos ficaram surpresos. Vocês estavam esperando a polícia, mas em vez disso receberam a mim. Então um de vocês viu uma oportunidade. Imaginou que, se cada um me contasse uma história, sem duas histórias iguais, eu ficaria completamente confusa quando falasse com a polícia. Eu repetiria todas as mentiras e bagunçaria a investigação. Eu era apenas uma maneira de adicionar alguma confusão à cena do crime, foi assim que vocês me viram. E por quê? Porque eu não me imponho muito.

Houve um silêncio incômodo, como se a sala tivesse se enchido de água.

— Já me disseram — continuou Helen —, pelo menos uma vez esta noite, que o Harry tinha muitos inimigos. Parece uma coisa estranha para seus amigos insistirem em dizer. A menos que vocês não sejam amigos dele. Vocês são os inimigos do Harry.

Olhares culpados foram trocados pelos convidados; a seguir, os seis olharam para os próprios sapatos.

— Não sei o que ele fez com vocês individualmente; noivados e abandonos teriam desempenhado algum papel, imagino, pelo jeito que vocês o descreveram, mas acho que cada um guardou algum rancor contra o Harry. Então vocês se reuniram, compartilharam as queixas e decidiram que o mundo seria um lugar melhor se o matassem. Assim sendo, organizaram esta festa, no aniversário do Harry, e todos vieram para se passar por amigos dele. Presumivelmente, ele não tinha amigos reais suficientes para se opor, ou para ter feito quaisquer outros planos.

Ninguém falou. Helen se levantou.

— Será que aconteceu assim? O James aqui esbarra em Harry em algum lugar na hora do almoço e sugere beber, fazendo com que pareça uma coincidência. Ele é o tipo de pessoa que faz com que todos se sintam desejados, de forma que Harry topa o convite.

James enrubesceu.

— James o embebeda e o traz aqui, Harry não está em condições de se opor. Os demais chegam. Então, a cena do crime aparentemente inacessível é preparada: basta um de vocês se trancar no banheiro e deixar outro arrombar a porta, com Harry aqui o tempo todo, provavelmente tirando uma soneca. A seguir, um quebra a janela e posiciona o vidro, caco por caco, no chão e no peitoril, para fazer parecer que foi quebrada por fora. Então, quando o último chega, o procedimento começa. Ele é levado ao banheiro e apoiado na privada, com a testa apoiada nos joelhos. Um de vocês surge com um martelo. Teria sido fácil trazer um secretamente para dentro do restaurante, sob o paletó de um homem. Um martelo simples, como aquele ensopado de sangue e caído no telhado lá fora. Vocês seis passaram esta arma entre si e se revezaram para bater na parte de trás da cabeça do Harry, embriagado. Seis golpes ousados. O pobre homem quase não tem mais crânio. O que mais? Há uma mancha de sangue reveladora em um caco de vidro no batente da janela, presumo que seja apenas uma distração para fazer parecer que o assassino saiu por ali. Nenhum de vocês tem cortes visíveis, mas, Vanessa, você está mancando um pouco. Você tirou o sapato e arranhou a planta do pé com aquele pequeno triângulo de vidro? Uma bela jogada para desorientar. Então, James, você deve ter levado o resto das provas consigo e saído escondido do restaurante. Com o quê? Um trapo ensanguentado, talvez?

James parecia desamparado.

— Uma toalha de mesa manchada de vômito. — Ele soltou um longo e inútil suspiro. — Fui ao prédio em chamas e a joguei nas labaredas, depois saí correndo parecendo um herói. E fui para casa me trocar.

Os seis convidados ficaram em silêncio. Helen encarou um de cada vez.

— E a seguir, todos vocês passaram o resto da noite me contando histórias, nenhuma delas nem um pouco verdadeiras.

Houve uma batida forte à porta, que se abriu. A cabeça do gerente do restaurante apareceu na porta e Helen teve a sensação de que ele voltou para o último ato. Havia um sorriso no rosto travesso dele.

— Lamento incomodá-la, senhora, mas nos mandaram evacuar o prédio imediatamente.

Ele desapareceu, e Helen se virou para encarar os acusados. Eles a olharam. James quebrou o silêncio com uma gargalhada.

— Bem, todos nós ouvimos o homem. Parece que estamos livres para sair daqui.

A sala relaxou. Andrew pegou o paletó, James, o chapéu, e Vanessa deu uma boa olhada para os sapatos pretos como se pensasse em como deixá-los mais confortáveis. Então, todo o grupo seguiu em direção à porta.

— Você talvez descubra — disse Scarlett ao passar — que sua história parece menos plausível depois que todos nós sairmos da sala.

O resto dos convidados passou por Helen.

— Não se preocupe muito — concordou Griff. — O Harry realmente era um homem horrível. Fizemos um favor ao mundo.

Ele partiu e Helen ficou sozinha.

Andrew tinha aberto a janela em um pequeno ato de sabotagem e a fumaça estava entrando. "Uma metáfora apropriada", pensou Helen. Então ela se levantou, vestiu o casaco e deixou a sala. O restaurante estava assustadoramente vazio quando desceu a escada e saiu pela porta.

Ela caminhou até o fim da rua e olhou para o prédio em chamas. Era tão horrível: quem se importaria com um simples cadáver no banheiro, quando o assassinato tinha acontecido tão perto daquela abominação? E ainda assim, apesar de todo o caos que se espalhava, o incêndio foi essencialmente um ato de Deus, enquanto o assassinato foi planejado e executado a sangue-frio. Os dois eventos pareciam cobrir todos os casos de maleficência, como se aquela simples rua da zona oeste de Londres fosse um diorama em exibição numa aula de catecismo. Ela olhou para o fogo e sentiu o calor lavá-la.

8

A quarta conversa

— "Os dois eventos pareciam cobrir todos os casos de maleficência, como se aquela simples rua da zona oeste de Londres fosse um diorama em exibição numa aula de catecismo. Ela olhou para o fogo e sentiu o calor lavá-la." — Julia Hart terminou de ler e se serviu de uma segunda xícara de café.

Grant bateu duas vezes na mesa.

— Bem — disse ele, sonolento —, o que você acha dessa história?

— Todo mundo é um assassino. — Ela folheou as páginas com a mão esquerda, segurando a xícara com a direita. — Uma história apocalíptica, com um cenário apocalíptico. Eu gostei.

— É o caso em que todos os suspeitos são culpados.

Julia concordou.

— A ideia já foi feita antes.

— De uma forma notória. — Grant bocejou. — Mas, mesmo assim, é uma das permutações da ficção policial. A definição permite isso, então não pode ser ignorada.

— Devo dizer que eu não esperava esse final.

— Ótimo. — Ele a encarou com os olhos injetados. — Mentir é frequentemente usado em demasia nos romances policiais, mas se todos os suspeitos forem culpados, eles podem mentir a respeito de tudo. Com impunidade.

— Pensei que a Helen seria a culpada, quando li pela primeira vez. Ela parecia — Julia procurou a palavra — inquieta.

— O detetive como matador, de novo? — Grant balançou a cabeça. — Seria um truque barato usar o mesmo final duas vezes.

— Mas não contra as regras. — Julia sorriu.

Os dois estavam sentados a uma mesa de madeira rústica, um de frente para o outro. Entre eles havia um grande jarro d'água, com dois limões reluzentes cortados pela metade balançando ritmicamente na superfície. Ao lado, havia um frasco de vidro com café preto espesso. Na outra extremidade da mesa havia uma janela, estampada com gotas de chuva.

Era o segundo dia de Julia na ilha. Ela havia sido acordada naquela manhã com o som da chuva; com um pouco de ressaca, seguiu para a cabana de Grant, meio caminhando e meio correndo. Ele estava do lado de fora quando chegou, comendo uma pera e observando a chuva cuspir no mar, com uma expressão azeda no rosto.

— Eu não sabia se você viria — disse ele, com a camisa branca encharcada.

— Temos trabalho a fazer. — Julia se aproximou. — Está se sentindo bem?

Grant sorriu sem entusiasmo e jogou o âmago branco da pera nas pedras da praia.

— Eu dormi mal.

A própria Julia mal chegou a dormir, mas não disse nada. Decidiu que seria paciente com ele.

— Espero que ontem não tenha sido muito cansativo para você.

Ele a conduziu para o interior da cabana sem responder e, juntos, se abrigaram na cozinha.

— Vou fazer um café.

Julia o observou, pensando se deveria ajudar. Quando a chaleira foi colocada no fogão e Grant encheu uma jarra com água, ela falou:

— Lamento se fui intrusiva na noite passada. Acho que o vinho subiu à cabeça.

Ele estava cortando um limão, para a água.

— Não foi nada — respondeu.

Grant estava olhando pela janela, e Julia viu o rosto dele de relance no vidro. Não parecia que era nada.

— Desculpe, foi rude da minha parte. Não farei mais perguntas pessoais.

Grant pressionou com força demais e a polpa do limão explodiu sob a lâmina da faca. Uma gota de suco de limão pousou no pulso de Julia, que decidiu mudar de assunto.

— Devo começar a próxima história enquanto você está fazendo isso?

Grant se virou e fez um sinal positivo com a cabeça.

Ainda estava chovendo quando Julia terminou de ler, mas apenas um pouco.

— Estou mais acostumada com esse tempo — disse ela. — Ontem eu senti que estava carregando o sol comigo, como se fosse um buraco de bala na parte de trás da minha cabeça. Não sei como você aguenta todos os dias.

— Com o tempo, vira uma coisa menos impessoal do que um buraco de bala. Um tumor, talvez. — Ele riu baixinho para si mesmo. — Você se acostuma. Devo lhe avisar que o sol provavelmente vai voltar hoje à tarde.

— Então vou aproveitar esse tempo enquanto durar.

De dentro da bolsa, ela tirou o caderno que estava embrulhado em uma toalha. A chuva não o tinha afetado.

— Ontem — lembrou Julia —, você listou os três primeiros ingredientes que um romance de assassinato deve incluir.

— Sim. Dois ou mais suspeitos, uma ou mais vítimas e um ou mais detetives opcionais.

— Então o quarto componente deve ser o assassino?

O humor de Grant melhorou visivelmente quando engoliu a primeira xícara de café. Agora o escritor estava sorrindo novamente.

— Isso mesmo, como esta história demonstra muito bem. Um matador, ou grupo de matadores; aqueles responsáveis pela morte das vítimas. Sem isso, certamente não é um romance de assassinato.

— Não um romance de assassinato de qualidade, com certeza. — Ela fez algumas anotações. — E deve haver pelo menos um matador?

— Sim, pelo menos um. Se a morte foi acidental ou feita pelas próprias mãos da vítima, consideramos a vítima responsável e a consideramos o matador. Por esse motivo, usei o termo *matador* em vez de *assassino*. Pareceu cobrir mais casos.

— Um jogo de palavras intencional. — Julia tomou outro gole de café. — E não há limite máximo para o número de matadores, tomando-se essa história como referência.

— Não há. A única condição é que o matador, ou matadores, seja retirado do grupo de suspeitos. Em matemática, chamaríamos de *subconjunto* e diríamos que os matadores devem ser um subconjunto dos suspeitos, mas voltaremos a isso mais tarde. Isso significa que todos os que são revelados como matadores devem ter sido parte dos suspeitos.

— Então é isso que permite ao leitor tentar adivinhar a solução por si mesmo, o que parece ser uma característica definidora do gênero?

Grant estava concordando com a cabeça.

— Mas, fora isso, não estabelecemos mais restrições ao matador ou grupo de matadores. Já vimos que as vítimas e até os detetives podem se sobrepor ao grupo de matadores. Também vimos o caso em que apenas um dos suspeitos é um matador e podemos, claro, imaginar o caso em que dois dos suspeitos são matadores. Esta história cobre o caso limite em que todos os suspeitos são matadores.

Julia levou a caneta aos lábios.

— Uma coisa, no entanto... — Ela se prolongou, pensando enquanto falava. — Concordo que não é exagerado dizer que o matador ou os matadores devem primeiramente ter sido os suspeitos, mas isso não é irrelevante a menos que o leitor saiba quem são os suspeitos? O narrador da história, por exemplo, pode acabar sendo o matador. E pode nunca ter ocorrido a ninguém que ele era o suspeito.

— É uma boa pergunta — disse ele —, embora nos afaste da matemática. A única resposta que posso dar é que cada personagem deve ser considerado suspeito, a menos que fique claro que o autor pretende que ele não seja. Um detetive moderno investigando um crime centenário não deve ser considerado suspeito.

Julia anotou isso.

— Qualquer um que o leitor aceitaria como o matador deve ser considerado um suspeito, mais ou menos?

— Correto. — Grant estava olhando pela janela. — Acho que parou de chover.

Através do vidro turvo, ela conseguia ver o mar e as colinas, as duas mãos do horizonte que faziam malabarismos com o sol e a lua, esperando ansiosamente com as palmas voltadas para cima. O céu estava nublado.

— Espere um momento — pediu ele —, deixe-me esvaziar o pó de café.

Grant pegou a xícara de café da mesa e saiu para despejar o conteúdo no mato.

Julia olhou em volta.

Havia uma cigarreira de prata no parapeito da janela, deslocada no cômodo mobiliado com simplicidade. Ela a pegou e olhou dentro. Estava vazia, mas havia um texto gravado na parte interna da tampa: "Para Francis

Gardner, pela formatura". Julia franziu a testa e colocou a cigarreira de volta ao lugar.

Grant voltou e se sentou diante dela.

— Agora, onde estávamos?

Julia queria perguntar para ele quem era Francis Gardner, mas temia a reação depois da noite anterior.

— Eu não sabia que você fumava — disse ela.

Grant riu, imaginando o que Julia poderia ter visto através da janela que poderia ter interpretado de forma tão desatinada.

— Eu não fumo, na verdade.

— Mas isso não é uma cigarreira?

Ele se virou para o recipiente fino de prata, que havia esquecido que estava lá, e ela percebeu a rápida expressão de pânico em seu rosto.

— Eu fumava, é claro. Quando era jovem. Mas isso está vazio há muito tempo.

Julia concordou com a cabeça e pegou a caneta.

— Então esse é o fim da definição?

— Sim. — Grant sorriu, se recompondo. — Esses são os quatro ingredientes. Podemos entrar em mais detalhes quando estivermos um pouco mais acordados.

— E então as permutações da ficção policial cobrem os diferentes casos em que os ingredientes se sobrepõem? Portanto, temos o caso em que o detetive também é o matador e assim por diante?

— Isso mesmo. A definição é simples o suficiente para que haja um número relativamente pequeno de variações estruturais. Ingredientes sobrepostos são responsáveis por algumas, grupos de tamanhos diferentes são responsáveis por outras. E então há este caso, em que o grupo de matadores é igual ao grupo de suspeitos.

O manuscrito estava no banco ao lado dela. Julia o pegou novamente e começou a folhear as páginas.

— Você notou que houve vários pontos nessa história em que a palavra *negro* ou *preto* foi usada, embora a palavra *branco* fosse a intenção óbvia?

Ele ergueu uma sobrancelha.

— Não, não notei.

— A certa altura, o texto fala de *vinho negro*, por exemplo. — Ela encontrou outra passagem em que havia sublinhado algumas palavras. — Há uma descrição de um dia claro com *finas nuvens negras*. Então esta é outra discrepância intencional?

Julia continuou a pesquisar as páginas.

— Tem um cachorro *preto fosforescente*. Um *terno preto característico*. E um gato preto com o pelo *escurecido pelas cinzas*. Essas descrições estão deslocadas, mas todas se encaixam perfeitamente se a pessoa substituir preto ou negro por branco. Pode explicar isso?

— Não mais do que você.

Ela parecia pensativa.

— Já são quatro histórias, então acho que agora podemos estabelecer a regra geral. Durante a escrita, você acrescentou alguma coisa a cada uma delas que não faz sentido. Um detalhe, uma discrepância. É como se todas pudessem se encaixar para formar algum tipo de quebra-cabeça, com peças espalhadas pelas sete histórias. Você acha que isso seria possível?

Grant franziu a testa.

— Já se passaram mais de vinte e cinco anos desde que escrevi essas histórias. Eu esqueci quase completamente aquela época da minha vida. Mas garanto a você, os detalhes são apenas piadas. Não há quebra-cabeça a ser resolvido. Eu teria me lembrado de algo assim.

— Sim, creio que sim. — Julia riscou uma anotação no caderno.

Ele esfregou os olhos.

— Ontem à noite eu tive um pesadelo. Publicamos este livro e a ilha foi tomada por jornalistas. Não consegui voltar a dormir depois disso.

— Desculpe — disse ela. — Eu perturbei sua rotina. Você recebe muitos visitantes aqui?

— Não muitos, na verdade. Mas eu gosto assim.

— Deve ser uma boa mudança, então, ter alguém com quem falar inglês?

— Algumas pessoas aqui falam inglês muito bem.

— Mas nenhuma delas é britânica, imagino...

Grant concordou com a cabeça.

— Isso é verdade. Você é uma novidade nesse aspecto. E é bom ouvir um sotaque semelhante ao meu. Diga-me — ele se inclinou sobre a mesa e pegou a mão dela —, você acha que *Os assassinatos brancos* venderá?

Julia respirou fundo. O rosto estava ilegível.

— É difícil dizer. É bem diferente da maioria dos livros que publicamos.

— O que seu patrão acha? Ele deve pensar que tem potencial, se estava disposto a mandar você até aqui.

— Victor é um homem rico. E a ficção policial é a paixão dele. Ele fundou a Tipo Sanguíneo por amor, não por dinheiro. Mas acreditamos que este livro conquiste um público dedicado, certamente ele não tem igual.

— Espero que sim — disse Grant. — É doloroso dizer isso, mas estou quase falido.

Ele pegou a xícara de café e perguntou:

— Você costuma ser enviada para o exterior para trabalhar?

— Nunca — respondeu Julia. — Eu estava particularmente ansiosa para conhecê-lo.

Ela parecia prestes a dizer mais, mas Grant se levantou e levou a xícara para a pia.

— Estou lisonjeado.

Julia examinou a cozinha escura. Estava malconservada, com sujeira em todos os cantos.

— Espero que não se importe que eu pergunte, mas como você consegue viver aqui? Você trabalha?

Grant suspirou e balançou a cabeça.

— Dinheiro da família. Meu avô possuía fábricas. O negócio não é mais o que era, porém meu tio ainda me envia uma mesada regularmente.

Julia pousou o manuscrito e massageou a mão que escrevia.

— Claro. — Ela olhou novamente pela janela. — Se parou de chover, talvez devêssemos tomar um pouco de ar fresco enquanto podemos.

9

Apuros na Ilha da Pérola Azul

O PAI DE SARAH ESTAVA MORRENDO EM UM QUARTO DO SEGUNDO ANDAR. ELA o observava da porta. A cabeça dele, balançando acima dos lençóis, alternava expressões de pavor, sofrimento e confusão; era como se Sarah estivesse vendo um nadador se debatendo na superfície enquanto terrores desconhecidos o atacavam por baixo.

— Sarah — resmungou o pai, quando ela lhe servia uma tigela de sopa —, meu pequeno gênio.

Sarah passava a maior parte do tempo cuidando do jardim, esperando que tudo aquilo acabasse. Depois que escurecia, ela andava pelos cômodos do andar de baixo e tentava esquecê-lo. Estava jogando três partidas diferentes de xadrez por correspondência, fingindo ser um homem. Na manhã seguinte à terceira vitória, Sarah subiu as escadas e encontrou o pai morto.

UM MÊS DEPOIS, ELA DESCOBRIU A EXTENSÃO DAS DÍVIDAS DO PAI E LOGO TUDO se foi: a casa, os móveis, o negócio. Sarah foi deixada na miséria aos 25 anos.

Ela passou uma tarde curvada no canto de um restaurante frio — ainda usando os trajes de luto como uma aparição de preto —, candidatando-se a um cargo de governanta. Além de ajudar o pai, ela nunca havia trabalhado antes.

— Vai ser como Jane Eyre — disse Sarah para si mesma.

Seu currículo era impecável; ela falava quatro línguas, sabia matemática, história e gramática inglesa, além de tocar piano. Mesmo assim, Sarah estava apavorada ao enfiá-lo na caixa de correio.

Duas semanas se passaram e, então, ela conheceu o possível patrão em uma sala com papel de parede com uma padronagem de diamante. Ele tinha vindo passar o dia na cidade.

— Isto não é uma entrevista — disse o homem ao se sentar com uma folha de papel e uma caneta. — Só uma conversa amigável.

Sarah se curvou, esperando parecer obsequiosa.

— Eu era do exército — começou o velho coronel —, sou aposentado agora. Tenho apenas uma filha. Minha esposa não está mais conosco.

Ele era o tipo de homem que só se sentia à vontade falando se estivesse fazendo outra coisa ao mesmo tempo; o velho coronel tirou os óculos e começou a lustrá-los com a manga.

— Meu nome é Charles.

— Sarah. — Ela abaixou a cabeça.

Ele tinha chegado depois do almoço e, durante a reunião, arrancou um pedaço de comida que estava alojado entre os dentes, com uma tentativa meia-boca de discrição, como se o bigode pudesse ser uma cortina eficaz.

— Se você vier morar conosco, gostaríamos de considerá-la parte da família. A Henrietta está — escolheu as palavras com cuidado — querendo companhia.

Sarah se curvou novamente.

Quando os dois terminaram de falar, ele a olhou, apavorado.

— Acho que perdi meus óculos.

Sarah os pegou da mesa, onde Charles os havia deixado, e entregou-lhe os óculos.

Ele morava em uma aldeia incrivelmente pequena em um trecho selvagem da costa. E ela nunca tinha vivido fora da cidade antes, mas era isso ou morrer de fome.

Os pertences de Sarah cabiam perfeitamente em uma única mala.

Ela foi levada de carro até a casa, a última ao longo de uma alameda arborizada. Charles ajudou Sarah a carregar os pertences para dentro e a conduziu por um passeio pela residência. Era pequena e escura, as árvores bloqueavam a maior parte da luz, mas era a casa de infância do velho coronel. Ele passou com entusiasmo pelos cômodos, sem perceber que Sarah era mais alta e precisava se curvar, e que a cada passo o teto se aproximava dela como um punho.

O quarto destinado a ela tinha um tapete marrom, uma mesa e uma cama de solteiro. Quando Sarah parou ao lado da janela, sentiu um ar frio, mas a vista era de tirar o fôlego. Do outro lado do pequeno jardim, podia ver uma área coberta de vegetação no topo de um penhasco e, logo depois, o mar repentino e mortal, reluzindo como mármore.

A FILHA, HENRIETTA, FICOU TÍMIDA NA PRESENÇA DE SARAH NAS PRIMEIRAS semanas, mas nunca perdeu uma aula. As duas cumpriam três horas de manhã e duas à tarde — "não há escolas por aqui", dissera Charles —, em uma sala com cavalos de balanço no papel de parede. Henrietta tinha quase treze anos, embora seu conhecimento fosse avançado e estivesse claro que era excepcionalmente inteligente. Não se parecia em nada com o pai, com seus olhos verdes e pele acobreada, e Sarah se perguntou se a menina era realmente filha do coronel. A mãe morreu de malária quando Henrietta era muito jovem.

Sarah não sabia nada sobre crianças e falava com Henrietta como uma adulta. A garota floresceu, e as duas se tornaram amigas íntimas.

CHARLES PASSOU A MAIOR PARTE DO TEMPO TRABALHANDO EM UM LIVRO RECHE- ado de memórias a respeito da época em que passou na Índia. O trabalho foi exaustivo e, durante o inverno, ele contraiu uma doença desconhecida; Sarah cuidou do velho coronel como fizera com o pai, levando a sopa para o quarto frio no topo da casa.

Ele ficou febril. No seu pior momento de saúde, Charles foi capaz de dizer apenas uma única frase lúcida ao pegar a mão de Sarah quando lhe trouxe um pouco de água:

— Se eu morrer, cuide da Henrietta.

Ela achou surpreendente que essa fosse a principal preocupação dele no momento em que a consciência do velho coronel estava reduzida a um sussurro. Raramente via os dois juntos no mesmo ambiente e tinha começado a pensar em pai e filha como duas entidades não relacionadas. Ela também ficou surpresa com a reação de Henrietta; a garota estava quase em silêncio, tremendo quando Sarah se sentou diante dela à mesa de jantar.

Poucos dias antes do Natal, houve uma mudança na sorte de Charles. Ele tomou uma tigela inteira de sopa, se sentou e se declarou saudável novamente. Sarah estava ao seu lado. O velho coronel agradeceu a gentileza e devoção dela durante o período da doença, e então — ainda com a barba por fazer e de pijama — ele lhe propôs casamento, como se fosse um presente que estivesse dando a ela.

— Desculpe — murmurou Sarah. — Não acho que isso daria certo.

Charles pareceu momentaneamente chocado, depois baixou suavemente a cabeça.

— Compreendo.

O segundo pedido foi indireto e veio algumas semanas depois, quando ele já estava vestido e recomposto; o pedido veio escondido em um ato de humildade.

— Sarah, devo me desculpar por minha indiscrição há algumas semanas. Eu estava com febre. Meus pensamentos ainda não estavam claros. Foi inapropriado colocar você sob pressão daquela maneira.

Ela se sentiu tomada por uma onda de alívio.

— No entanto — continuou Charles —, devo lhe dizer que o sentimento em si não era um delírio, mas uma expressão honesta do meu coração.

O alívio dela virou um nó na garganta.

— Não posso negar que tenho uma certa afeição por você. Você é realmente uma mulher notável.

O velho coronel tirou o relógio de bolso e começou a brincar com ele, movendo os ponteiros como se não significassem nada.

— Deixe-me lhe dar algum tempo para absorver o que eu disse. — Charles lambeu a ponta do dedo e passou no mostrador de vidro manchado do relógio. — Você pode demorar o tempo que precisar. Minha única preocupação é que um dia a sua presença aqui se torne muito dolorosa para mim, como uma promessa não cumprida. Então pode ser melhor para nós dois se tomarmos providências alternativas, e que você arrume um emprego em outro lugar.

Sarah interpretou isso como uma ameaça velada que a deixou sem escolha; uma carta de referência ruim seria capaz de destruir suas perspectivas de emprego. Os dois se casaram na primavera; o cabelo grisalho de Charles estava bem penteado e o dela, amarrado em um laço. Ele disse as palavras dos votos fora de ordem. Sarah expressou os seus como um papagaio sombrio, vestido de azul-acinzentado. "É isso ou miséria", pensou ela.

O VERÃO CHEGOU. SARAH E HENRIETTA LEVARAM AS AULAS PARA A CASA DE verão, uma estrutura atarracada de madeira e vidro no ponto mais alto do jardim, com uma vista clara do mar. Havia um telescópio em um canto, um presente de aniversário para Henrietta.

Em uma manhã tranquila de junho. Sarah entrou na casa e encontrou Henrietta agachada perto do telescópio, examinando a linha da costa. A garota ouviu o clique da porta por trás e se virou.

— Sarah, venha dar uma olhada. Alguém está em apuros na Ilha da Pérola Azul.

Ela foi para o lado de Henrietta.

— O que você está vendo?

— A porta da frente está aberta. Está batendo com o vento. Há uma janela quebrada e uma pilha de roupas na grama.

A Ilha da Pérola Azul era um pedaço de pedra teimoso, a cerca de trezentos metros mar adentro, localizado no centro de um anel de rochas negras afiadas que ficava logo abaixo da superfície da água, o que o tornava quase inacessível de barco. Era possível chegar à ilha quando a maré estava alta o suficiente, duas vezes durante o dia, mas somente se a pessoa conhecesse o caminho pelas rochas. Quando a maré baixava, a água que passava por aqueles dentes de pedra parecia estar fervendo, por isso o lugar era conhecido por alguns como Ilha do Inferno. Mas o coronel achou esse nome desagradável e sempre a chamou pelo nome que usava na infância: Ilha da Pérola Azul.

Vinte anos atrás, um milionário americano, impressionado com o cenário dramático, mandou construir uma casa no topo da ilha. A pedra era inflexível e a casa caiada ficou com todos os ângulos ligeiramente fora de prumo, como um bloco de gelo derretido. Uma loucura cara, que mais tarde foi abandonada por conta da impraticabilidade e ficou vazia por anos. A casa deve ter sido anunciada em algum lugar, porque ocasionalmente alguém assumia a ocupação. Um artista havia morado lá durante um verão, trabalhando em uma série de pinturas marítimas. Uma família austera havia sobrevivido um ano antes de partir. E a Marinha havia usado a casa uma vez como base para algum tipo de exercício de treinamento. Mas, na maioria das vezes, as janelas estavam escuras.

— Tem um barco ali?

Henrietta verificou o pequeno cais onde os barcos costumavam atracar.

137

— Há metade de uma corda que foi cortada, mas nenhum barco.

— Como você é capaz de dizer que a corda foi cortada?

— Está amarrada a um poste, mas não é comprida o suficiente para alcançar a superfície da água. Isso não faz sentido, a menos que tenha sido cortada.

Sarah acariciou o cabelo da garota.

— Você está certa. Isso pode ser sério. Todo o resto pode ser devido à libertinagem, mas se o único barco tiver sido solto, isso sugere que há outra coisa em andamento. Posso olhar?

Ela sabia que algo estranho estava acontecendo na casa quando viu os visitantes chegarem alguns dias antes; geralmente a habitação era tomada por gente buscando solidão ou comunhão com a natureza, e não por grandes grupos de pessoas conversando alegremente umas com as outras. Sarah se perguntou se o grupo era uma sociedade secreta ou um partido político, embora certamente não tivesse a aparência de nenhuma das duas opções. Ele parecia, em vez disso, algum tipo de reunião social.

Tudo começou na quarta-feira, quando o senhor e a senhora Stubbs chegaram a tempo para a travessia daquela noite. Um pescador local estava com o casal para ensinar o caminho, sendo seguido de perto por um cachorro caramelo. Sarah lia do lado de fora na última luz do dia, em uma cadeira no ponto do jardim onde se fazia fronteira com a alameda arborizada, que descia a colina. No final da alameda havia um pequeno trecho de areia no qual muitas pessoas mantinham barcos. Ela os cumprimentou — era raro ver alguém passando tão tarde —, e eles pararam para dizer como a casa de Sarah era bonita.

— Uma parte tão notável do mundo — falou o senhor Stubbs.

— Com uma beleza tranquila — acrescentou a senhora Stubbs.

— Vocês estão indo para a ilha? — perguntou Sarah.

O pescador balançou impaciente atrás deles — o cachorro dando voltas em suas pernas —, enquanto o senhor Stubbs explicava o propósito da viagem. Ambos estavam em serviço; pediram que eles chegassem cedo e preparassem a casa para um grande grupo na sexta-feira seguinte. O senhor e a senhora Stubbs não sabiam dizer quem estava chegando ou quem era o empregador, mas seria uma ocasião muito importante.

— Esperamos ver você ao voltarmos para casa. — E dito isso, eles seguiram em frente.

Os convidados chegaram dois dias depois, em vários momentos ao longo daquela sexta-feira. Vinham aos pares, segurando folhas de papel amarelas que Sarah presumiu serem instruções. Ela ficou do lado de fora a maior parte do dia, cuidando do jardim. Contou oito convidados; homens e mulheres, velhos e jovens, embora todos relativamente ricos. Eram dez ao todo, somando com o casal Stubbs. Um número grande para uma ilha tão pequena.

A única pista que Sarah teve a respeito da identidade deles foi apenas um nome.

— Como você conhece esse homem, Unwin?

Um deles havia perguntado para o outro enquanto passavam.

— Não conheço, na verdade. — Foi a resposta.

Eles não tinham ouvido nada sobre a provável festa desde então. Chovera nos últimos dois dias e nem Sarah, Charles ou Henrietta se aventuraram no jardim; de dentro da casa, a vista era bloqueada por rododendros. Agora, olhando pelo telescópio, parecia que uma onda terrível tinha levado os ocupantes embora.

Sarah encontrou o marido no escritório com um jornal e uma garrafa de café. O livro de memórias semiacabado se equilibrava na beira da mesa, lançando uma sombra comprida no chão abaixo dele.

— Precisamos ir à Ilha da Pérola Azul — disse ela. — As pessoas lá estão em apuros.

Ele olhou para o relógio e depois para um gráfico na parede.

— Faltam duas horas para a maré desta manhã. Que tipo de apuros?

— É impossível dizer, mas a porta da frente está aberta e o lugar parece vazio. Pelo menos uma das janelas está quebrada.

— Talvez as pessoas que estavam lá tenham ido embora?

— O barco deles foi solto.

Charles a olhou como se os pensamentos da esposa estivessem escritos em vidro, transparente e frágil.

— Sarah, querida, você sempre pensa o melhor a respeito das pessoas. Eles provavelmente deram uma festa, bagunçaram o lugar e depois fugiram de suas responsabilidades.

— Charles — ela respirou fundo, com desdém —, ninguém foge de uma janela quebrada.

— Então o que você está sugerindo?

— Eles podem estar mortos. Pode ter começado um incêndio. É impossível dizer. Há roupas espalhadas na grama.

Henrietta apareceu na porta atrás de Sarah.

— Um deles pode ter ficado doente e espalhado a doença para os outros.

Charles se levantou e bateu o jornal em uma rara explosão de energia.

— Você também, Henrietta? Não vou tolerar nada disso.

Ele ficou subitamente desapontado. Teve um devaneio a respeito de um segundo casamento como se fosse a aquisição de outra peça de xadrez para seu lado do tabuleiro; em vez disso, a nova esposa não apenas o dominava na maioria das discussões, mas encorajava a filha a fazer o mesmo.

— Roupas espalhadas na grama podem significar todo tipo de imoralidade. — Os pensamentos do coronel ficaram sombrios, e ele afrouxou o colarinho. — Se alguma coisa indecente aconteceu, devemos enviar um dos homens locais para investigar. Aquilo não é lugar para uma mulher.

— Não há tempo — argumentou Sarah. — Se subirmos para a aldeia, perderemos muito da maré. Charles, preferia que você viesse comigo, mas estou indo para a ilha agora. A Henrietta ficará bem sozinha.

Ele suspirou, mais uma vez levando xeque-mate das mulheres de sua vida.

— Bem, se devemos ir, então vamos nos apressar.

— Obrigada.

Ele pegou um revólver e uma capa de chuva, embora o dia estivesse claro e tranquilo. Deixaram Henrietta com um sanduíche para o almoço e um livro para mantê-la entretida, então desceram apressados para a enseada arenosa no final da estrada, onde guardavam um pequeno bote e dois remos. Charles o arrastou para a água e os dois entraram.

Tendo crescido na região e sido um menino aventureiro, ele sabia de cor o caminho através das rochas. Aprendera, antes mesmo de a casa ser construída, quando a ilha era segura para as brincadeiras das crianças.

— O que acha que vamos encontrar lá? — perguntou ele, pegando os remos.

— Problemas — disse Sarah, sentando-se sozinha na popa do barco. — Mas, por favor, deixe-me concentrar e memorizar a rota.

Charles riu baixinho, como sempre fazia quando se tratava dos constantes esforços da esposa para adquirir conhecimento.

— No caso de eu precisar voltar sozinha...

A esta distância, o efeito das rochas negras à espreita sob a maré foi espalhar uma fina espuma branca pela extensão do mar. O barco simples de madeira cortou a espuma como uma faca cortando um bolo de casamento. O coronel não virou a cabeça, mas foi guiado pelas coisas que viu no rastro do bote, com o arrojo traiçoeiro de um adolescente.

"De vez em quando", Sarah pensou, "há coisas para admirar nele".

A ROTA LEVOU O CASAL PARA A DIREITA DA ILHA, VISTO DA COSTA, E DEPOIS PARA desembarcar no lado esquerdo. Atrás da ilha — a parte que apontava para o mar, longe do sol —, as rochas aglomeradas se erguiam a uma altura surpreendente: uma seção delas era cortada em uma queda repentina e acentuada, formando uma espécie de penhasco. Isso deixou uma parede plana de pedra escura com vista para o mar, como um tapa-olho. No sopé desse penhasco havia alguns metros de declive arenoso que descia até a água, muito íngreme para ser chamada de praia.

Sarah, olhando para a frente, foi a primeira a ver. Aquele pequeno trecho de areia cinza, com grama áspera e algas marinhas espalhadas, continha dois cadáveres inclinados para a frente, a fim de serem exibidos. Charles olhou por cima do ombro e enxugou o suor da testa. Ele se virou para Sarah, com o rosto contraído no que era claramente um ponto de interrogação.

— Eles estão mortos, Charles. Precisamos nos apressar.

Ele pegou os remos novamente. Ao se aproximarem da praia, ficou claro que eram os corpos de um homem e de uma mulher, ambos torcidos em ângulos impossíveis, como se tivessem sido pegos por alguma criatura marinha monstruosa e espremidos como maiôs molhados deixados para secar na areia.

Sarah se inclinou para a frente e os reconheceu.

— Ai, Deus, são o senhor e a senhora Stubbs. Ele era tão amigável e ela parecia tão doce. — Fez o sinal da cruz.

O coronel estava agora no centro da embarcação minúscula, perturbando o equilíbrio do bote com a confiança casual de sempre. A pistola apontava para o céu.

— O que aconteceu? Eles foram assassinados?

— Eles caíram — disse ela. — Pode ter sido suicídio. Ou um acidente. Ou eles podem ter sido assassinados.

— Os dois? — Ele parecia confuso.

— Parece que sim. — Sarah não contou para o marido a imagem que estava se formando em sua mente, dos oito convidados bêbados jogando os servos do penhasco.

— Então seria uma loucura continuar. O assassino do casal ainda pode estar na ilha.

— A casa parecia abandonada.

— Hoje de manhã? O assassino poderia estar simplesmente dormindo. Sarah sabia que essa era uma possibilidade, mas o perigo a atraía.

— A prova sugere o contrário.

Houve um som alto de raspagem. O coronel prontamente se sentou outra vez e inclinou os remos na direção do queixo. O bote tinha ficado à deriva.

— As rochas! Não é seguro ficar aqui. Devemos continuar ou voltar?

Eles chegaram ao único local de desembarque da ilha alguns minutos depois. Nenhum sinal de vida havia se mostrado naquele momento. Massageando as mãos cansadas como se fossem barro, o coronel ergueu os olhos para a casa no alto da encosta gramada.

— Ilha do Inferno. — As palavras chocaram a esposa, como se ele tivesse praguejado.

Charles sinalizou para que ela esperasse enquanto desembarcava, com a arma apontada à frente. Em seguida, amarrou o barco, virou-se para a casa e estendeu o braço para trás, oferecendo-lhe a mão. Sarah aceitou apenas para agradá-lo. O gesto terminou com Charles segurando a mão dela enquanto a esposa subia a colina e se agigantava sobre ele: uma mãe com uma criança pequena. Viu-o franzir a testa e ajustar os óculos.

— Espere aqui, minha querida.

O velho coronel avançou hesitantemente, um passo de cada vez. Havia um cheiro forte de excremento vindo de um pedaço de grama próximo, e ela esperava que o marido se apressasse.

No topo da encosta, Charles gritou. Um grito de repulsa mais do que de medo ou dor, com uma leve ânsia de vômito sufocada por trás. Sarah correu para a frente. Charles gesticulou para que ela não se aproximasse e repetiu o gesto até que a esposa estivesse ao seu lado, então tirou um lenço do bolso e o segurou sobre a boca. Ele estava olhando para outro cadáver, um homem deitado de bruços no chão.

Sarah falou quando percebeu:

— Há pilha de roupas espalhadas na grama.

O marido ergueu os olhos e confirmou que a própria casa de verão estava quase perceptível, se a pessoa soubesse onde procurá-la, com uma visão direta para aquele ponto.

— Henrietta — disse ela, imaginando se a menina os estava observando agora.

O coronel deu um passo à frente do corpo.

— Eu não gostaria que ela visse isso. Não tenho certeza se você mesma deveria ver. Talvez devesse esperar no barco, meu narciso, onde é seguro.

Sarah olhou para ele com uma expressão divertida.

— Charles, você ficaria completamente perdido em casa sozinho. Além disso, não há razão para pensar que é mais seguro no barco.

Ele franziu a testa.

— Há um fio em volta do pescoço. Terá sido disso que ele morreu?

— Um garrote, preso a um peso. Foi ajustado para puxar com força quando o peso caísse, com uma trava para que não pudesse ser afrouxado. Uma morte dolorosa. — Sarah estremeceu. — É uma armadilha especialmente desagradável, o tipo de coisa que se usaria para pegar um coelho.

O coronel examinou o pequeno fecho de metal na nuca do corpo e se perguntou como a esposa havia inferido todo aquele mecanismo.

— Afaste-se — falou ele. — Esta é uma visão horrível.

Ela ignorou Charles.

— Temos três cadáveres agora.

— Você acha que foram mortos pela mesma pessoa?

— Talvez, embora os métodos sejam muito diferentes.

Sarah ponderou se um dos convidados teria enlouquecido e tentado matar os demais, e então o resto fugiu, ou se todos se voltaram uns contra os outros.

— Mais de um assassino? Uma ideia perturbadora.

— É possível.

Ela se ajoelhou e olhou atentamente para o corpo. Sarah estava se lembrando dos rostos que passaram por ela ao longo da estrada na sexta-feira, enquanto podava as flores mortas das roseiras. Rostos sorridentes e animados. Será que esse tinha sido um deles? Sarah acreditava que sim. Conseguiu vê-lo vestindo um terno marrom, caminhando na companhia de um jovem, a folha amarela de instruções dobrada no bolso da camisa. Ele usava óculos na ocasião. O jovem foi quem mencionou Unwin, e este homem foi quem confessou não conhecê-lo. Sarah ficou de pé.

— As roupas dele estão secas, embora tenha chovido nos últimos dois dias. Ele morreu recentemente.

Charles franziu a testa.

— Hoje de manhã, você quer dizer?

— Possivelmente.

A porta da casa bateu atrás deles. O vento estava ficando mais intenso agora, espalhando um jato fino de água pela ilha; eram milhares de gotículas, como peixinhos. Com a arma apontada, Charles se aproximou da casa silenciosa e branca como a neve. Parou por um momento, como uma silhueta cinza discreta diante da sombria porta preta. Quando a porta se abriu novamente, ele entrou.

— Olá? Tem alguém aí? Estou armado. Por favor, apresente-se.

A casa devolveu um silêncio tão desagradável quanto uma tigela de sopa fria.

Sarah seguiu o marido até o saguão principal. Era um cômodo de formato estranho que chegava ao topo da casa, com azulejos pretos e brancos no chão. Um banco baixo, para troca de sapatos, foi colocado à direita da porta, mas não havia outros móveis. Do lado oposto, uma escada de madeira conduzia a um andar superior. Havia uma lata de feijão fechada no degrau inferior.

Uma série de pegadas lamacentas de patas cobria o chão. Alguma coisa havia entrado pela porta aberta e andado em círculos sobre os azulejos.

Charles e Sarah vasculharam o saguão, e seus passos ecoaram. Todas as portas estavam fechadas, exceto por uma portinha deformada, escondida sob a escada, inclinada no topo e com uma simples trava magnética em vez de uma fechadura. O ímã se mostrou fraco demais para o vento e agora a porta balançava para frente e para trás ritmicamente, como se a casa estivesse respirando. Do outro lado, veio um som parecido com ratos correndo.

Charles foi até a porta e enfiou o cano do revólver pela brecha, depois a abriu com o pé esquerdo. O cômodo escuro e sem janelas lá dentro estava forrado de mostruários. Um museu em miniatura cheio de relógios. Relógios de cores diferentes, idades diferentes, alguns com mecanismos elaborados e outros, simples. Muitos deles ainda estavam funcionando. E, deitada no chão, embaixo dos mostruários, colocada com capricho e respeito — com a cabeça coberta —, estava uma figura humana. Uma mulher, a julgar pelas roupas.

Sarah se ajoelhou e removeu o véu. Era uma mulher de meia-idade com aparência jovem; o rosto gasto, mas o cabelo ainda viçoso. Vestia um cardigã vermelho sobre uma camisa branca, que estava manchada de sangue na parte superior. O rosto tinha uma leve expressão de tristeza, com olhos grandes e assustados; havia dois brincos verdes extravagantes apoiados nas bochechas. Sarah se lembrou de quando aquela mulher passou pelo jardim dois dias antes, principalmente do cardigã vermelho. Ela estava acompanhada por um homem mais velho; os dois discordavam de alguma coisa, envolvidos em uma disputa acirrada.

Como o corpo da mulher era um pouco comprido demais para o cômodo, foi deixado na diagonal com a cabeça apoiada em um canto. Sarah apalpou a garganta, tocou o sangue seco nos cantos dos lábios e abriu a boca à força.

Charles estava vigiando o saguão atrás deles, virando-se de vez em quando para olhar o cômodo.

— Todos esses relógios mostram horários diferentes, Sarah. Você acha que existe algum tipo de código?

— Acho que os relógios são apenas decorativos.

Ele deu um grunhido expressando dúvida.

— Muito bem, então, o que a matou?

— Não consigo dizer. Algo interno. Ela parece ter engolido alguma coisa.

Charles sentiu ânsia de vômito e levou as costas da mão aos lábios, deixando os dedos pendurados no rosto de uma forma absurda, como se fosse uma espécie de criatura marinha com tentáculos.

— Venha — disse Sarah, passando por ele.

— Temos que encontrar todos os dez mortos?

— Talvez — respondeu ela. — Embora nove seja mais provável.

Uma inspiração rápida.

— E o décimo?

— Escapou, provavelmente. Ou isso ou se escondeu.

As duas maiores portas no fim do saguão de entrada davam para uma grande sala de jantar com teto alto e cantos perdidos em teias de aranha. As janelas de um lado chegavam a três quartos do caminho até o teto, oferecendo uma vista magnífica do mar furioso e espumante. Assim que entraram, os dois fecharam as portas e Charles fez uma barricada tosca com uma mesa de serviço e uma cadeira.

A sala em si estava uma bagunça. A mesa havia sido posta para uma grande refeição, usada uma vez e nunca retirada. Os comensais nem tinham chegado à sobremesa; pratos salgados comidos pela metade se espalhavam por toda a mesa, restos de molhos estavam secos em formas crescentes empoeiradas e rachadas, como feridas de uma doença especialmente desagradável. Charles os contou. Oito lugares. Esse seria o grupo inteiro, menos os dois criados. Oito cadeiras estavam afastadas da mesa: algumas bem arrumadas e outras em desordem, duas estavam caídas.

— Irrompeu-se uma discussão no jantar — disse ele, raspando uma mancha de sangue, ou possivelmente molho, da toalha de mesa.

— Algo deve ter acontecido com os criados — acrescentou Sarah —, para evitar que essa bagunça fosse limpa.

"Jogados do penhasco", pensou ela.

Sarah estava examinando uma faca e um garfo. Um dos dentes do garfo estava faltando, com um buraco perfeito no lugar. Ela largou o talher e ergueu um prato. Um quadrado de papelão branco estava escondido embaixo dele.

Havia uma mensagem curta impressa de um lado. Sarah leu em voz alta:

— "A senhora Annabel Richards, uma professora, é acusada de sentir gratificação sexual pela tortura de crianças pequenas."

Charles estremeceu diante da escolha das palavras. Não havia nada impresso no verso.

— Acho que é ela na sala dos relógios — disse Sarah.

— Como você pode saber?

— Por causa da menção a crianças. Quando o grupo passou por mim, há dois dias, ela e outro homem estavam discutindo sobre educação de crianças. Deduzi que ele era um médico, e ela parecia uma professora.

— Olhe, tem outro aqui.

Charles tirou uma bolsa da mesa; embaixo havia um guardanapo manchado de sangue e um cartão branco limpo. Leu a mensagem impressa:

— "Andrew Parker, um advogado, é acusado de matar a própria família." — Charles segurou o cartão contra a luz, não havia outras pistas. — Será que é o homem lá fora, pego na armadilha?

— Não sei. Possivelmente.

Enquanto ele ficava hipnotizado pela brutalidade da situação, olhando para o cartão em sua mão, Sarah encontrou outros dois no chão sob a mesa.

O primeiro dizia: "Richard Branch, um socialista, é acusado de perseguir um velho até a morte". O segundo: "Thomas Townsend, um alcoólatra, é acusado de assassinar a própria esposa".

— Esses cartões não fazem sentido — opinou Charles, com um suspiro. — O mistério só se aprofunda.

Sarah fez que não com a cabeça.

— Esses cartões explicam tudo. Essas pessoas foram trazidas aqui para serem julgadas.

— E por que elas viriam se seriam julgadas?

— Suponho que essas pessoas foram enganadas por alguém com um senso de justiça corrompido. Ou alguém com necessidade de vingança.

Charles grunhiu.

— Isso era para ser uma espécie de tribunal, então?

Ele a olhou com espanto só de pensar naquilo, e Sarah deu-lhe um tapinha no ombro.

— Algo do gênero, Charles. E parece que pelo menos quatro deles foram condenados à morte.

No outro extremo da sala, duas portas levavam a uma sala de estar decadente, que corria ao longo da lateral da casa fazendo um ângulo reto com a sala de jantar. As janelas ali tinham cortinas vermelho-escuras como manchas espessas de sangue. Todos os móveis estavam voltados para as janelas, olhando para as ondas em direção à costa, ou apontados para uma lareira no centro da parede oposta. O estofamento vermelho-sangue estava por toda parte, como vinho derramado.

O centro da sala estava coberto de cinzas; um semicírculo de manchas cinzentas se espalhava da lareira e cobria o tampo da mesa e as almofadas. Sarah seguiu a trilha de destroços queimados e encontrou pelos de animais e lascas de madeira carbonizadas espalhadas pelo assoalho, pedaços de carvão e vários pequenos fragmentos de cartão branco.

Uma das acusações deve ter sido jogada no fogo.

— Olhe isso — disse ela, pegando um pedaço de lenha da cesta ao lado da lareira e oferecendo a Charles.

Uma pequena abertura foi perfurada em uma extremidade e preenchida com um pó preto e arenoso. Ele tocou e levou o dedo indicador ao nariz.

— Pólvora. Eu reconheceria o cheiro em qualquer lugar.

— Um truque desagradável para pregar em alguém. A lenha queimaria normalmente por alguns minutos e depois explodiria. — Sarah passou a mão pela cadeira mais próxima da lareira e sentiu uma massa de lascas de madeira saindo do pano, apenas vagamente visíveis contra o tecido escuro. — Não há sangue aqui, parece que ninguém caiu nessa.

— Foi sorte que a casa inteira não pegou fogo.

— Isso nos diz que a violência não foi necessariamente direcionada. Qualquer um poderia ter sido morto por essa armadilha, o que significa que todos foram trazidos aqui para morrer.

— Então quem era o acusador?

Ela levou a pergunta em consideração.

— Vamos continuar procurando.

Uma porta menor levou Sarah de volta ao saguão de entrada. Ela esperou lá por Charles, que olhava pelas janelas da sala de estar tentando localizar a própria casa. Quando o marido terminou, Sarah abriu a porta para a próxima sala.

— Cuidado — disse ele.

Ela entrou. Era um escritório, mas quase sem móveis. Havia uma escrivaninha e uma estante com portas de vidro; inexplicavelmente, ambas estavam cobertas por uma espessa fuligem negra. Sarah passou o dedo sobre a escrivaninha e deixou uma linha na sujeira preta.

De um lado da estante havia uma pequena janela e, embaixo dela, mais dois cadáveres. Eles foram dispostos como verduras de feira, deixados de qualquer maneira em uma pilha rasa. As vítimas eram mulheres, uma jovem e outra velha. Sarah se lembrava delas claramente; estava arrancando ervas daninhas das dedaleiras enquanto ambas passaram pela casa, dois dias antes. Uma senhora rica e sua companheira de viagem, isso estava claro. A mais velha era mandona, até mesmo intimidante; aquilo ficou óbvio pela forma tímida como a mais jovem respondia a tudo com poucas palavras conciliatórias, e a maneira como a mais velha continuava falando mesmo assim, jamais sendo impedida pela falta de interesse.

Charles entrou na sala atrás da esposa.

— Está cheirando a fumaça aqui dentro. — Ele deixou a porta aberta e ficou rondando o limiar. Seus modos se tornaram os de uma criança que passou muito tempo em uma galeria de arte.

Os dois corpos estavam saturados de fumaça, que tinha deixado grisalho o cabelo da jovem e quase preto o da velha. Charles passou por Sarah e abriu a janela, deleitando-se com a brisa do mar. Ele olhou para os corpos e resmungou:

— Com esses, eu conto seis. E o assassino ainda está desaparecido. Acho que já vimos o suficiente deste lugar, deveríamos ir embora.

— Há mais para descobrir.

— Não é seguro aqui.

Sarah não respondeu, examinava um pequeno buraco na parede em um lado da sala. A presença dele ali era inexplicada. Havia algumas latas de comida, uma Bíblia, um frasco de comprimidos e um jarro d'água enegrecida escondidos debaixo da escrivaninha, era muito pouca coisa no cômodo. Examinou superficialmente as duas mulheres, mas os bolsos estavam vazios. Ambas carregavam sacolas quando Sarah as viu na sexta-feira, mas provavelmente as perderam em algum lugar por causa do pânico.

Ela andou em direção à porta.

— Podem ter sido essas duas que queimaram as acusações contra elas.

— Pode muito bem ser. — Charles interrompeu os passos da esposa. — Sarah, eu sei que você gosta de mostrar determinação, mas está realmente bem com todo esse horror e perigo? Talvez devêssemos descansar um minuto antes de seguirmos em frente.

Sarah sentiu o embaraço suplicante por trás das palavras dele.

— Charles, querido, estou perfeitamente bem. — E com uma mão no ombro do marido, conduziu-o para fora da sala.

Ao saírem, Sarah passou a outra mão pela parte interna do batente da porta, que a fuligem não havia alcançado.

— Interessante — disse para si mesma.

A PRÓXIMA SALA ERA UMA PEQUENA BIBLIOTECA. NÃO HAVIA NADA NOTÁVEL LÁ dentro, exceto por uma grande mesa, feita de uma combinação de madeira e metal. Uma prateleira de ferro incongruente emergia da parede acima dela, na altura da cabeça, e parecia estar ligada à mesa de alguma forma. Sarah estudou a prateleira cuidadosamente enquanto Charles permanecia parado à porta.

A casa não era excessivamente grande e, além de um *closet*, que parecia intocado, os demais cômodos do térreo eram todos dedicados ao preparo de alimentos. Os azulejos pretos e brancos do saguão principal continuavam nessa parte da casa, onde estava visivelmente mais frio e seus passos eram nitidamente mais altos. Charles foi à frente, com a arma apontada diante de si e o outro braço mantido protetoramente na frente da esposa, enquanto ela caminhava pacientemente atrás. Juntos, os dois vasculharam as cozinhas e as poucas despensas pequenas, mas não encontraram nada. Não havia mais corpos e ninguém mais vivo, apenas caos e bagunça.

Ficou claro que havia chegado um momento, durante as convulsões que a casa tinha sofrido, no qual os ocupantes decidiram ser relevante armazenar armas e suprimentos. As cozinhas foram invadidas para ambos os objetivos, por isso enlatados haviam desaparecido, exceto onde eles caíram dos braços desesperadamente lotados e rolaram para os cantos ou foram chutados pelo piso. Havia uma lata de peras em calda no capacho perto da porta dos fundos, ao lado de um enlatado de carne e um par de galochas. Facas caíram dos ganchos e panelas foram usadas como recipientes para água.

Em uma pequena despensa, o chão estava pantanoso, coberto por farinha derramada e potes de mel quebrados. Rastros de carne congelada estavam derretendo ao longo dos corredores, com marcas de dentes onde haviam sido mastigados nos cantos. Os escassos suprimentos que ambos viram embaixo da escrivaninha na sala manchada de fumaça, e tudo o que talvez encontrassem no andar de cima, foram obtidos ao custo de toda essa bagunça. Em muitos aspectos, ela era um testemunho mais terrível da provação sofrida ali do que os próprios corpos.

— Em algum momento, a civilidade cedeu — disse Sarah. — E eles devem ter se abrigado nos quartos com suprimentos. Isso confirma o que estive pensando.

— E o que foi que pensou, minha querida?

— O acusador era um dos dez convidados. Se fosse outra pessoa, os convidados teriam se unido contra ela. Mas, em vez disso, voltaram-se uns contra os outros. Portanto, o assassino deve ter mantido sua identidade em segredo.

— Enquanto ele matava os outros nove, um por um? Então você acha que uma das acusações era falsa?

— Ou falsa ou uma confissão.

Charles engoliu em seco, incomodado.

— Então, pode haver mais três corpos para encontrar. E para onde acha que o assassino foi depois que terminou?

Ele ficou ansioso enquanto esperava a resposta dela.

— Talvez o assassino tenha pegado o barco e ido embora. Ou talvez ainda esteja aqui.

O ANDAR SUPERIOR DA CASA ERA MENOS IMPONENTE. A ESCADA GIRAVA PARA chegar a um patamar com uma grande janela e, de lá, dois corredores se estendiam em direções opostas para as extremidades da casa.

Cada cômodo neste andar era um quarto ou um banheiro. Os quartos variavam muito em tamanho e opulência, e alguns tinham banheiros próprios.

— Se sobrou alguém vivo — disse Charles —, provavelmente está em um desses quartos.

Precavido, insistiu que Sarah abrisse a primeira porta com a ponta dos dedos, encostada na parede ao lado dela, enquanto ele ficaria parado segurando a arma com as duas mãos. Sarah fez a vontade do marido, achando o método um tanto cômico; a porta se abriu de maneira anticlimática para revelar os aposentos dos dois criados.

Havia duas camas, com lençóis de um tom sem graça de cinza. O resto da mobília era mínimo. O quarto, perto do topo da escada, provavelmente fora escolhido para que os criados pudessem entrar e sair de manhã cedo sem incomodar ninguém. Ambas as camas estavam feitas e as cortinas, cerradas; exceto por uma Bíblia aberta, os Stubbs não deixaram vestígios de sua ocupação.

Do lado oposto havia outro quarto simples, com uma cama de solteiro marrom. A janela acima do leito estava quebrada. Era a janela vista pelo telescópio, embora estivesse claro agora que muito do vidro fora removido manualmente.

— Talvez tenha havido uma briga — sugeriu Charles.

Sarah olhou dentro das gavetas de uma pequena escrivaninha; vazias. Havia uma lata de lixo ao lado da escrivaninha contendo uma vela verde grossa.

— Ou alguém criou para si uma rota de fuga.

Havia mais dois quartos daquele lado da casa: um extremamente grande, com banheiro e varanda próprios, e outro mais modesto, sem nenhum apêndice. Ambos continham camas que foram usadas para dormir, embora apenas uma delas tivesse sido feita, e ambos tinham penteadeiras cobertas por uma série de acessórios femininos.

— Os aposentos das duas mulheres lá embaixo — comentou Sarah. — Consegue adivinhar qual é qual?

Charles grunhiu, meio achando graça e meio desaprovando.

— Elas são iguais aos olhos de Deus agora.

O último cômodo daquele corredor era normal, com vaso sanitário, pia e chuveiro. A cortina do chuveiro estava arrancada e o chão, coberto de água, mas não havia outros sinais de danos.

OS DOIS SE VIRARAM E CRUZARAM O PATAMAR PARA O OUTRO CORREDOR. CINCO portas olhavam para eles de lados alternados, todas fechadas.

A primeira dava para um banheiro, com um tapete verde-oliva sem graça. Um armário acima da pia tinha sido revistado às pressas, mas não havia mais nada que despertasse interesse.

A próxima porta estava trancada. Charles bateu nela por vários minutos com a coronha da arma, mas não houve resposta. Ele procurou por uma chave, mas não encontrou nada.

— Isso parece sinistro — comentou.

— Restam três portas — respondeu Sarah. — E três corpos faltando. Teremos que voltar a esta depois.

A próxima porta também estava trancada. A seguinte se abriu e revelou um quarto estreito e claro, com uma cama de solteiro rente à parede. Havia uma mulher na cama, vestida com roupas informais. Ela ainda estava de sapatos. A mulher parecia estar dormindo, mas ambos sabiam que não era o caso. As outras poucas coisas no quarto eram uma escrivaninha ao lado da cama e um livro de contos russos pousado ali, em um ângulo que indicava ter sido lido recentemente. A bolsa de viagem estava ao pé da cama, mas nada foi retirado. Havia um punhado de outros livros em uma prateleira acima da escrivaninha, com a lacuna notável de um volume removido.

— Eu me lembro dela — falou Sarah ao se recordar da sombra azul-brilhante que aquela mulher estava usando dois dias antes. — Ela passou por mim com um jovem bonito. Ele estava muito calado, e a mulher era a que mais falava. Dava suas opiniões a respeito do campo.

Charles concordou com a cabeça.

— É muito triste, ela tem mais ou menos a sua idade. Mas não posso dizer que estou surpreso.

Ele não esclareceu o comentário enigmático, e ambos saíram do quarto.

Atrás da última porta, encontraram o corpo de um jovem também morto na cama, embora usasse pijama e estivesse sob as cobertas. O quarto tinha igualmente poucos móveis.

— O jovem calado?

Sarah concordou. A mala dele estava totalmente desfeita; ela considerou comovente o otimismo daquele gesto, à luz dos fatos posteriores.

— Tão triste — comentou Sarah. — Ele parecia um tipo muito legal.

— Bem, certamente um tipo atraente. — E Charles puxou os lençóis para cobrir o rosto.

Ela se ajoelhou para pegar alguma coisa debaixo da cama; outro livro. *Contos de mistério e imaginação*. Sarah se virou para a escrivaninha em frente à cama. Uma vela verde-escura fora colocada ali, meio derretida. Ela correu o dedo com cuidado sobre a cera escorrendo.

— O quarto ao lado tinha uma vela verde como esta, que também havia sido acesa. Estes dois últimos cômodos não possuem iluminação elétrica. Acho que a vela deve conter algo venenoso.

— Que é liberado quando é acesa, você quer dizer?

— Sim. Um veneno misturado à cera, que cria um vapor mortal. Deve ser o que matou os dois, este homem e a mulher do quarto vizinho. É a única coisa que os cômodos têm em comum. Eles provavelmente foram os primeiros a morrer. Eu vi uma vela na lixeira em um dos outros quartos.

Charles parecia cético.

— Como sabe que eles foram os primeiros?

Sarah apontou para a cama.

— Os dois corpos foram examinados e dispostos de maneira arrumada e respeitosa. Todos os outros cadáveres simplesmente foram deixados onde morreram, exceto a mulher na sala com os relógios. Os três devem ter morrido antes que o pânico se instalasse, antes que alguém soubesse o que estava acontecendo. E esses dois devem ter morrido ao mesmo tempo; a vela envenenada é um truque muito óbvio para funcionar duas vezes.

Ele pegou a mão da esposa.

— Isso é muito inteligente, minha querida, mas não podemos ficar aqui e teorizar o dia todo. Há um barracão do lado de fora, que pode conter um machado ou algo do gênero para derrubar aquelas duas portas trancadas. Então, devemos partir.

— Vou esperar aqui. — Ela queria investigar mais.

Charles balançou a cabeça.

— Céus, não! Não é seguro. O assassino pode sair de trás dessas duas portas a qualquer momento.

— Vai ficar tudo bem, Charles. Cada movimento nesta casa é anunciado por um rangido alto. E aquelas duas portas estão trancadas. Se eu ouvir um único passo ou uma chave colidindo com metal, sairei correndo imediatamente e encontrarei você.

— Muito bem. — Ele suspirou. — Creio que haja uma lógica nesse argumento. Mas tenha cuidado, minha pétala.

— Além disso — acrescentou ela —, é mais provável que o assassino esteja escondido no galpão.

Charles empalideceu, tentando parecer corajoso.

— Muito bem então.

Beijou a esposa e saiu antes que ela pudesse afastá-lo.

SARAH FICOU SOZINHA NO FINAL DO CORREDOR; O SILÊNCIO PARECEU-LHE UM banho quente.

Ela pressionou a testa contra a parede. Era um hábito nada feminino — Charles teria desaprovado —, mas a ajudava a se concentrar. Sem distrações, apenas Sarah, seus pensamentos e a sensação quente na testa por causa da fricção enquanto ela deslizava imperceptivelmente ao longo do papel de parede. E então Sarah compreendeu:

— Onde é o melhor lugar para esconder uma folha? Em uma floresta. E onde é o melhor lugar para esconder um pedaço de papel?

Ela entrou no quarto da jovem morta.

— Contos russos — disse para si mesma, apanhando o pesado volume da escrivaninha. — Perdoe-me, mas você não parecia uma leitora. Este livro foi escolhido por causa do tamanho.

Vasculhou as páginas.

— E ainda assim, em muitos aspectos, você foi a mais astuta.

Escondidos nele estavam uma carta manuscrita dobrada e um pequeno quadrado branco de papelão, com linhas esmaecidas que indicavam ter sido amassado em uma bola em algum momento.

— "Scarlett Thorpe, uma vadia, é acusada de seduzir um homem e persuadi-lo a cometer suicídio em benefício próprio."

A acusação parecia ainda mais brutal no silêncio do quarto.

A carta era mais acolhedora em seu tom. Sarah se sentou na cama para ler.

"Eu me encontro em circunstâncias das mais extraordinárias. Fui convidada a passar o fim de semana aqui por um homem chamado Unwin, que obteve meus dados de um empregador anterior. Ele não especificou qual. Unwin precisava de alguém para agir como sua sobrinha enquanto encontrava clientes em potencial. Ele queria enfatizar que sua empresa era tradicionalmente familiar. Tudo o que eu precisava fazer era causar uma boa primeira impressão, parecer competente, esse tipo de coisa. Então segui as instruções e me vi viajando com várias outras pessoas, todas abordadas por esse Unwin. Não estava claro para mim se eram os clientes em questão, por isso me apresentei como sua sobrinha só por precaução. Eu não sabia que estávamos indo para uma ilha. Isso pareceu estranho, mas não pensei em voltar atrás. O dinheiro era bom demais. O Stubbs, criado de Unwin, conduziu o barco. Ele nos disse que Unwin estava atrasado e se juntaria a nós mais tarde. Somos oito, mais o Stubbs e sua esposa."

Sarah virou a página.

"Foi tudo muito estranho desde o início. Havia um excesso de conversa fiada e uma sensação geral de confusão. Então, no jantar, a senhora Stubbs distribuiu a todos nós envelopes com nossos nomes escritos, só que ela não sabia quem éramos ainda e teve que nos chamar em voz alta como se fosse a chamada da escola. Cada uma das cartas acusava o destinatário de algum crime não descoberto. Isso causou um grande alvoroço. Um homem leu a sua e houve uma briga se o resto de nós deveria fazer o mesmo. Todos nós lemos, no final. Exceto por duas senhoras que causaram um rebuliço. Uma velha exótica, senhora Tranter, e sua companheira enjaulada, Sophia. Ela é um daqueles tipos religiosos insuportáveis que nunca admitem ter um defeito. Eu estava atrás das duas, no entanto, e consegui ler a maior parte. Algo a respeito de elas estarem viajando em Amsterdã e terem empurrado um mendigo em um canal. Bastante horrível. Então o médico — um homem de cuja aparência não gosto — tomou a atitude muito viril de assumir autoridade."

Sarah conhecia o homem a quem a moça se referia; o sujeito passou pela casa dela com a professora de cardigã vermelho. Até agora, o corpo do médico ainda não tinha sido descoberto.

"Ele se voltou contra o Stubbs, mas o criado insistiu que estava apenas seguindo instruções e nunca conheceu Unwin. Quase houve uma luta. Aquele médico é um selvagem. Também recebi algumas perguntas embaraçosas, sendo sobrinha do homem, então esclareci tudo. O engraçado é que minha acusação era basicamente verdadeira. Dizia que seduzi o Benny e depois o convenci a se matar. Bem, a sedução foi mútua, mas é verdade que lhe dei os comprimidos e mandei usá-los. O mundo está melhor sem um homem como Benny, que tinha mãos muito afoitas. Poucas pessoas sabiam sobre isso, no entanto. Unwin com certeza fez uma boa pesquisa. Então, no meio daquilo tudo, como se não houvesse caos suficiente, uma senhora rabugenta sentada à mesa começou a engasgar. A princípio pensamos que era apenas nervosismo, mas depois a coisa ficou séria. Deram-lhe água, mas a mulher voltou a ficar muito vermelha. Tentaram dar tapinhas nas costas dela, mas isso só pareceu piorar a situação. Em seguida, a mulher percorreu a sala inteira, batendo nos móveis e fazendo os sons mais horríveis. Por fim, desabou nas cortinas, morta. De certa forma, ela fez um favor para o resto de nós. Qualquer que seja o tipo de chantagem que Unwin planejou, a polícia terá que se envolver agora. O Stubbs disse que irá de bote para o continente na primeira oportunidade amanhã de manhã. Uma fuga de sorte, considerando tudo. Não vou conseguir dormir esta noite. Alguém está tossindo no final do corredor."

A carta terminou aí.

CHARLES VOLTOU ALGUNS MINUTOS DEPOIS.

— Minha querida, você mudou de lugar. Achei que o pior tivesse acontecido.

Ela mostrou a carta para o marido, que segurava um pequeno machado em uma das mãos e a arma na outra. Pousando os dois ao lado do livro, Charles leu com atenção.

— Então, a morte que ela descreve no final é a mulher que encontramos com os relógios?

— Parece que sim.

— Você acha que ela pode ter sido envenenada? Algo na comida dela?

— Encontrei um garfo na mesa de jantar sem um dente. Acredito que a mulher se engasgou com aquilo. Havia um buraco onde o dente poderia ter sido encaixado. Uma vez enfiado em um pedaço de carne duro, ele simplesmente saiu e foi engolido. — Charles franziu os olhos e fingiu comer com um garfo. — O buraco era em forma de cunha, como se a extremidade oculta tivesse sido afiada. Uma lâmina projetada para ficar presa na garganta.

— Isso é abominável. Pobre mulher.

Sarah deu de ombros.

— Ela era uma torturadora, aparentemente. Você encontrou alguma coisa lá fora?

Ele encolheu os ombros.

— Procurei em toda a ilha, no final das contas. Quando estive no barracão, ouvi um movimento e fui investigar. Era apenas uma gaivota, mas decidi conferir todos os lugares. Não há vestígios de ninguém vivo, nem mais corpos. O único lugar em que não olhei foi a praia, onde o Stubbs e sua esposa estão. Há uma maneira de chegar lá, mas é um caminho precário e eu queria voltar para você.

— Nós sabemos agora que Stubbs e sua esposa morreram em quarto e quinto lugares. Eu estava errada, é claro, sobre eles. Não foram os primeiros a morrer. Foi a professora. Então, quando todos foram para a cama, depois de todo o drama da noite, os dois acenderam velas e permaneceram acordados: uma para escrever e outro para ler. Ambos morreram envenenados pela fumaça das velas. Com as três mortes, todos devem ter compreendido a situação. Uma pessoa podia ter sido azar, mas não três. Suponho que o Stubbs e sua esposa já estivessem mortos quando esses dois corpos foram descobertos. Eles devem ter sido mortos na manhã seguinte, antes que a sala de jantar pudesse ser arrumada. A explicação óbvia é que Unwin pediu para encontrá-los no topo do penhasco, talvez para combinar as histórias antes de contar à polícia sobre o pequeno acidente no jantar, e empurrou-os enquanto estavam desprevenidos.

— A carta não menciona o Stubbs sendo acusado de nada, nem a esposa dele, aliás. Por que trazê-los, afinal?

— Para ajudar com os preparativos. Depois disso, devem ter sido vistos como dispensáveis. Teria sido impraticável, suponho, tentar encontrar um criado com um crime não descoberto em seu passado que também estivesse disposto a trabalhar por uma ninharia.

— Entendo. — Charles parecia taciturno. — Pelo menos a morte do casal foi relativamente rápida e indolor. Talvez isso explique tudo.

— Unwin tem coração, mais ou menos.

— Precisamos verificar os outros quartos. Venha.

CHARLES BATEU NA PRIMEIRA PORTA COM O MACHADO, GOLPEANDO AS DOBRAdiças até que tudo escapou das mãos. Ele perdeu o controle da arma e começou a entrar em pânico, a porta tombou e imprensou seu corpo contra a parede — como uma criança construindo um forte feito de móveis —, mas ninguém saiu correndo para cima dele. Sarah passou por cima da porta e entrou no quarto vazio. Não havia corpos, apenas uma cama e uma lâmpada. Diante dela havia uma pequena janela. Não havia nem sequer uma vela. Um mosquito solitário observava do teto, ao lado da lâmpada.

Atrás da porta havia uma mala, nem aberta nem totalmente fechada, e uma pilha de comida enlatada. No chão, próximo às latas, havia um garfo, uma grande faca de trinchar e uma bacia cheia d'água.

— Alguém fez preparativos — disse Charles —, trancou o quarto e nunca mais voltou.

Eles retiraram a porta do próximo quarto de maneira semelhante. Dessa vez, Charles recuou assim que ela começou a tombar e esperou com as duas armas.

— Estes quartos teriam oferecido pouca proteção, se a situação se complicasse.

O aposento era maior, com uma cama de casal e um banheiro nos fundos. Eles notaram uma série de arranhões, ensanguentados e lascados, ao redor do batente da porta.

— Houve violência aqui — pontuou Charles.

— Claro — concordou Sarah —, esse é o quarto mais seguro. Tem abastecimento de água, sem varanda ou outra entrada. Eles provavelmente brigaram pelo cômodo.

A cama estava uma bagunça: desfeita, cheia de latas de milho doce. O conteúdo de uma mala estava espalhado pelo chão.

— Há uma silhueta na banheira.

Charles caminhou lentamente em direção ao banheiro com a arma apontada. Quando chegou à porta, olhou para baixo.

— Outro.

Sarah estava se aproximando do marido, que se virou.

— Você não deve...

Passando por ele, viu o cadáver nu de um homem jazido na banheira, que ainda estava cheia d'água. O corpo estava coberto de trechos de carne chamuscada e empolada; o cabelo cheirava a queimado. Havia água no chão.

— Venha — disse ela. — Isso pode não ser seguro.

Os dois se sentaram na beira da cama, onde a figura esquelética estava oculta.

— Será que esse era o senhor Townsend? — indagou ela, referindo-se ao cartão que encontraram na sala de jantar.

Charles concordou com a cabeça:

— Nove corpos, deixando apenas um convidado desaparecido.

Sarah parecia preocupada.

— Eu me lembro do décimo. Era um médico, acredito. Não parecia muito agradável.

— Então você acha que ele era o Unwin? O décimo convidado matou os outros nove?

— Essa parece ser a única conclusão. — Ela suspirou. — Não parece muito certo.

— Por que não?

Sarah balançou a cabeça.

— Estão faltando peças que ainda não posso explicar.

— Bem, há um lugar que não exploramos.

— A praia, onde o Stubbs e a esposa dele caíram.

— Sim — falou Charles. — Eu costumava brincar lá quando criança. Está maculado agora.

Ele olhou para a esposa.

— Aquele homem ali, na banheira… Como acha que ele morreu?

— Queimado — respondeu ela, abruptamente.

— Você acha que talvez tenham feito um macete na banheira para sair água fervente tanto da torneira quente quanto da fria?

Sarah fez que não com a cabeça.

— Ele conseguiria sentir isso antes de entrar. Não, o homem foi eletrocutado. A banheira é de porcelana, mas o dreno lateral é de metal. Daria para passar uma corrente pelo meio do dreno. É um truque inteligente. Ele poderia ter testado a água com a mão e visto que estava perfeitamente segura, então somente quando seu corpo entrasse totalmente é que o nível da água subiria o suficiente para alcançar o dreno lateral. É quando a eletrocussão começaria. Ela também se desligaria quando o dreno fizesse seu trabalho e o nível baixasse novamente. Pelo estado do corpo, imagino que ele demorou muito para morrer.

Uma barreira rompeu dentro de Charles, que correu para o banheiro e vomitou na pia, com o cadáver fervido em sua visão periférica. Sarah entrou atrás, sentou-se na beira da banheira e esfregou as costas do marido.

— Cuidado — balbuciou Charles, apontando para a água.

— Estou sendo cuidadosa — suspirou. — Quando você estiver pronto, vamos explorar essa praia.

JÁ ERA TARDE AGORA. A MARÉ BAIXAVA RAPIDAMENTE E, NO ENTORNO DA ILHA, a água estava marcada por pedras. Elas pareciam uma congregação de monstros dormindo sob as ondas. Era uma visão conhecida, mas Sarah nunca tinha visto tão de perto assim antes.

O céu estava nublado e um vento incessante soprava em direção à costa. "Que lugar desolador para morrer", pensou ela.

Charles liderou o caminho pelas poucas colinas que formavam o lado distante da ilha e, quando chegaram ao penhasco, ambos ficaram com medo de se aproximar demais.

— Aqui.

Ele mostrou para Sarah uma trilha que passava entre os arbustos: o caminho serpenteava para frente e para trás ao longo do penhasco; depois de uma curta escalada por uma rocha, saía nas areias do sopé.

Procederam com passos cautelosos, um atrás do outro. Quando chegaram ao topo da rocha, Stubbs os estava encarando, com olhos mortos vidrados de medo e o queixo apoiado em uma ligeira elevação na areia. O resto do corpo acompanhava o ângulo de subida da encosta, o pescoço devia estar quebrado. A senhora Stubbs parecia mais serena, com o rosto voltado para baixo em um halo de areia úmida. Ambos os braços e ambas as pernas pareciam quebrados.

— Ela deve ter caído como um gato — disse Charles.

Ele ergueu o corpo da senhora Stubbs com uma mão e descobriu que a areia embaixo dela estava vermelha. O impacto puxou a mandíbula para cima, ligeiramente longe do corpo, e o pescoço macio foi rasgado. As roupas estavam molhadas. Charles procurou nelas e encontrou um quadrado úmido de papel-cartão branco no bolso do avental. O senhor Stubbs tinha caído mais perto da água, e Sarah encontrou uma versão mais empapada do mesmo cartão em um dos bolsos dele, embrulhado em um lenço manchado de sangue. Os cartões pareciam iguais às acusações, mas traziam impressas as palavras: "Você não é mais necessário".

— Isso é especialmente cruel — julgou Charles.

— Corresponde à minha teoria.

Como não havia mais nada de interessante a respeito dos corpos dos criados, ou mesmo nos cadáveres em si, Sarah e Charles subiram com dificuldade ao topo do penhasco.

— Precisaríamos de equipamento para removê-los — disse ele, sem razão aparente.

Quando chegou ao topo, Charles se virou e olhou para a dimensão fria do mar como se a visão fosse purificadora, embora em volta da ilha as águas parecessem doentes.

— Foi um ano excepcionalmente frio — comentou, em tom melancólico.

Essa declaração despertou alguma coisa na mente de Sarah, que observou os movimentos mecânicos das ondas distantes e procurou conexões. O rosto ficou corado.

— Isso é o que deixamos de perceber.

Sarah correu em direção à casa. Charles, sem compreender, se esforçou para acompanhá-la.

Ao passarem pelo corpo na grama perto da porta da frente, ele segurou a esposa e diminuiu a velocidade dela.

— Aquele homem ali, estrangulado pelo fio — disse enquanto tomava fôlego —, você falou que parecia ter morrido recentemente, possivelmente hoje de manhã. Ele poderia estar envolvido na situação com o Unwin?

— Já vamos falar sobre ele. — Sarah tirou a mão do marido de seu ombro, passou pela porta da frente, subiu as escadas e seguiu pelo corredor à esquerda, até o quarto vazio que encontraram trancado antes. — Diga-me o que há de errado aqui, Charles.

— O quarto não foi usado e a cama está feita, mas há uma mala.

— Isso é verdade, mas há uma discrepância mais óbvia. É um ano frio, como você disse. Eu ainda não vi um único mosquito, exceto aquele lá em cima.

O mosquito solitário ainda estava no teto, ao lado da lâmpada.

Ela testou a cama com a mão: o móvel suportaria seu peso. Então Sarah subiu na cama e inspecionou o inseto, que não se mexeu. Com um peteleco, o mosquito caiu no chão e quicou até um canto do quarto.

Charles o pegou.

— É um brinquedo, um modelo. Feito de arame. Você acha que isso significa alguma coisa?

Mas ela já estava ocupada tirando os lençóis da cama. Não havia colchão, apenas uma estrutura de metal duro coberta com tecido.

— Ajude aqui.

Eles fizeram pressão na barra no topo da cama e conseguiram levantá-la; a cama estava coberta por uma espécie de tampa de metal. Por dentro, era oca. Uma rede fina tinha sido esticada na abertura, com uma grande fenda no meio, e através dela o casal viu o décimo corpo que faltava. Charles foi para o lado da esposa.

— O médico?

Sarah concordou com a cabeça.

— Ele é o Unwin, então?

Ela discordou.

— Ninguém faria isso consigo mesmo. Já vi esse tipo de rede sendo usada como um equipamento barato de acampamento. A pessoa consegue se sentar ou se deitar sobre ela, que a rede aguentará o peso, mas se tentar ficar em pé, a pessoa vai cair direto com a pressão. A tampa devia estar aberta, disfarçada como parte da parede. Então, quando ele ficou em pé na cama, ficou em pé sobre a rede. — Sarah arrancou o resto da rede das extremidades. — A base está coberta por espinhos farpados, de forma que o homem ficou preso neles. E essa alavanca teria liberado aquela trava assim que ele colocasse o peso sobre a base, o que fez a tampa se fechar. Assim sendo, o médico sangrou até a morte no escuro.

Um centímetro de sangue preenchia a base da cama oca.

— E o mosquito?

— Era um truque para fazê-lo ficar de pé na cama.

Charles bateu com a mão na parede.

— Que truque diabólico. Então Unwin talvez não fosse um dos convidados. Já lhe ocorreu que ele poderia ter vindo semanas atrás e instalado essas armadilhas? Ele não precisava estar aqui para vê-las em ação.

— Isso não faz muito sentido. As armadilhas não seriam suficientes por si só. Pense no homem estrangulado do lado de fora, por exemplo.

— Mas todos os dez estão mortos.

Ela levou a mão à testa.

— Eu sei, mas um deles deve ser culpado. É apenas uma questão de descobrir qual.

— Bem, se chegamos a um impasse, então acho que a esta altura devemos deixar a polícia assumir. A maré ainda parece alta o suficiente.

Sarah revirou os olhos.

— Não, Charles. Venha comigo.

Os dois desceram as escadas e foram à sala coberta de cinzas e lascas de madeira.

— A cronologia é bastante fácil de estabelecer, mas vamos ser explícitos a respeito dos fatos e o resto deve se encaixar. O primeiro dia é dedicado às chegadas. Depois, ocorrem todas as acusações durante o jantar e a primeira morte, a mulher que engoliu o dente do garfo. Imagino que os convidados se retirem cedo, abalados demais para passar uma noite conversando com estranhos. E os criados presumivelmente ficam ocupados demais arrumando o corpo para retirar o jantar. Isso poderia ser resolvido ao amanhecer. Enquanto isso, dois dos convidados se envenenam com velas. Os outros cinco convidados acordam na manhã seguinte e descem até aqui, mas os criados já foram eliminados, e o café da manhã não é servido. Talvez eles presumam que o casal Stubbs tenha ido ao continente, mas a suspeita se instala. Dois dos convidados estão dormindo até tarde, de maneira implausível. Eles vasculham os quartos e encontram os corpos, fica claro que algo sinistro está acontecendo. Eu sugeriria que a essa altura os cinco convidados procuram por intrusos na ilha e encontram os corpos do casal Stubbs. É quando a situação perde o rumo; houve cinco assassinatos e há cinco sobreviventes. Os convidados não encontram mais ninguém enquanto vasculham a ilha, então sabem que um dos cinco deve estar tramando alguma coisa. Há uma conferência urgente na sala de estar, com toras de lenha explodindo. Em vez de se manterem em segurança juntos, eles reúnem suprimentos e se trancam em seus quartos. Há até uma luta pelo melhor quarto. Está me acompanhando até agora?

Charles concordou com a cabeça ansiosamente.

— Isso pode ter feito com que os convidados sobrevivessem até a segunda noite ou a manhã seguinte — continuou Sarah —, mas em algum momento as duas mulheres abandonam seus quartos e levam o estoque de suprimentos para o escritório ao lado. Por quê? Porque os quartos não são seguros. Um homem está fervendo na banheira, enquanto outro sangra lentamente até a morte dentro da própria cama. Os gritos combinados deles preenchem todo o último andar da casa. E ambos estão atrás de portas trancadas. O homem mais velho, o que está na grama do lado de fora, é o único convidado vivo neste momento. As duas mulheres se conheciam antes de virem, então as suspeitas caem sobre ele. Com razão ou não, elas correm para o escritório e empurram a mesa contra a porta.

— Então como elas morreram?

— Ah, essa é fácil. — Ela caminhou até a lareira e empurrou um tijolo solto. — Quando isso aqui é retirado, cria-se uma brecha na parte de trás da chaminé e a fumaça entra na sala ao lado, através de um buraco na parede. A porta daquele cômodo não tem fechadura, mas trava sempre que a janela está aberta. Você abriu a janela, e eu vi o ferrolho deslizar para fora do batente da porta, deu para ouvir as polias correndo pelas paredes.

— E a janela era muito pequena para passar — acrescenta ele. — Então elas estão sendo asfixiadas e a maneira de se salvarem é fechando a janela, a única coisa que nunca vão tentar? Unwin tem um senso de humor pútrido. Isso significa que o homem mais velho lá fora provavelmente acendeu a lareira que as matou? E você não acha que ele seja o Unwin?

— Deixe-me pensar nisso por um momento.

Ela se sentou em uma das poltronas de veludo e retomou o hábito de aplicar pressão na testa para induzir a concentração, dessa vez com a base da palma da mão. Não importava agora que Charles pudesse vê-la fazendo isso, não a interromperia. O marido apenas observou, de boca aberta. Ele não conseguia ouvir a respiração dela e começou a ficar preocupado, então Sarah se endireitou de supetão, como se acordasse de um pesadelo. A fala, porém, foi totalmente calma.

— Não, ele não era o Unwin, embora seja verdade que a morte dele seja a mais difícil de explicar. Houve outra presença aqui o tempo todo, e eu não consegui ligá-la a nada. A professora, senhora Richards, engasgou-se com um dente do garfo. Foi o que eu lhe disse, mas olhei o interior da boca da mulher, apalpei-lhe a garganta e não havia obstrução. Ou eu estava errada ou alguém removeu o dente de garfo depois. Encontramos duas velas que foram acesas ao lado de dois cadáveres, mas não encontramos fósforos. O corpo dentro da cama estava coberto por uma tampa, ela própria coberta com lençóis para parecer uma cama. A tampa foi ajustada para se encaixar com muita velocidade e, no entanto, quando a encontramos, os lençóis em cima estavam perfeitamente arrumados. E isso tudo estava dentro de um quarto trancado, mas não encontramos nenhum vestígio da chave. Da mesma forma, as duas mulheres que morreram na sala cheia de fumaça foram trancadas pelo mecanismo da janela ao ser aberta, mas quando as encontramos a janela estava fechada. E a mesa foi bem colocada contra a parede.

— Bem, o último homem que sobrou poderia ter feito essas coisas. O sujeito caído na grama do lado de fora. E se ele fosse o Unwin, teria a chave de todos os quartos.

— Sim, mas a morte dele se parece muito com assassinato. Foi a mais difícil de resolver, porque sobrou tão pouco do mecanismo. Unwin não o teria atacado diretamente, mesmo com um garrote, pois muita coisa poderia dar errado. Tinha que haver um truque envolvido. E, claro, é óbvio quando a pessoa se distancia e pensa a respeito da cena. Encontramos o corpo do homem perto do local onde costumam ficar os barcos, e ele não teria motivo para estar ali, a não ser que estivesse prestes a levar um. E como se induz um homem prestes a fazer uma viagem de barco a colocar um arame em volta do próprio pescoço?

Charles não tinha resposta para a esposa.

— Entregando a ele um colete salva-vidas, ou algo feito para se parecer com um, que tivesse um arame no forro. Bastaria um pouco de papelão e tecido barato. O colete passa pela cabeça, a seguir, o arame fica em volta do pescoço e o peso é liberado. E isso nos leva a outra coisa que me intriga: por que nenhum deles tentou pegar um barco no segundo dia, quando metade dos companheiros foi encontrada morta? O mar estava tempestuoso na ocasião, eles não teriam sobrevivido. Eu esperava que um dos convidados tentasse mesmo assim, é uma morte mais palatável do que qualquer uma daquelas. A menos que houvesse alguém lá para dissuadi-los, para persuadi-los a esperar outro dia, alguém cuja autoridade sobre o assunto foi recentemente demonstrada para eles.

— Você quer dizer?

— O Stubbs.

Ele ofegou de susto.

— Estava claro o tempo todo, não vou me perdoar por não ter percebido. Ele era o único que conhecia a rota através das rochas. Quando as tempestades começaram no segundo dia, o Stubbs convenceu todos a ficarem na ilha. Ele tinha a confiança dos convidados porque sua esposa havia morrido, por isso o consideraram como uma das vítimas. As mortes na cama e no banho devem ter acontecido naquela noite ou na manhã seguinte; depois, as duas mulheres foram mortas pela lareira de manhã. Na maré alta, o Stubbs anuncia que é seguro sair e eles descobrem que só há dois sobreviventes. O truque do colete salva-vidas resolve essa questão, e assim o Stubbs solta o barco e vai se juntar à esposa. Ele tem um molho completo de chaves para que possa arrumar o lugar primeiro. Deveria ser óbvio, a morte do Stubbs é a única que parece de longe com suicídio.

— Mas eu não entendo. Qual foi o motivo dele?

— Acho que Stubbs estava morrendo. Houve tosse à noite, e encontramos um lenço em seu bolso manchado de sangue. E se o Stubbs decidiu levar alguns outros consigo? Pessoas culpadas de crimes sem punição. Apenas um criado saberia tantos segredos. E ele era um homem devoto; lembre-se da Bíblia que encontramos em seu quarto. Se o Stubbs viu sua missão como justiça ou vingança, eu não sei.

Charles estava quase chocado demais para falar.

— Meu Deus, o sujeito era um demônio. Eu não consigo compreender.

Sarah olhou com compaixão para o marido.

Ele fez uma pausa e pegou a mão da esposa.

— Sarah, estou muito orgulhoso de você. Você realmente tem cabeça para esse tipo de coisa.

Ela concordou, timidamente.

— Mas não vamos ser muito prestativos com a polícia. Não queremos dar a eles a impressão de que estivemos bisbilhotando. Tenho certeza de que eles vão resolver tudo sozinhos.

O SOL TINHA ACABADO DE SE PÔR QUANDO O CASAL ENTROU NO BARCO. A MARÉ estava subindo novamente, depois de uma tarde longa e cansativa, e o pior dos rochedos estava coberto.

— Charles — falou Sarah —, acaba de me ocorrer: devemos prender um bilhete na porta da frente, dizendo que fomos buscar a polícia? Caso mais alguém venha antes de voltarmos?

Ele grunhiu.

— É uma ideia nobre, mas não tenho caneta nem papel. Não é muito provável que alguém venha aqui neste momento.

— Mas podem vir de manhã. E não sabemos quando estaremos de volta. Havia uma escrivaninha na biblioteca, ao lado da cozinha. A gaveta de cima tinha uma caneta e um pouco de papel, eu verifiquei lá mais cedo.

— Muito bem, então. Espere aqui e tente se aquecer. — Charles se levantou, o barco balançou. — Estarei de volta logo.

Ele subiu a ligeira inclinação e passou pela porta da frente da casa.

A janela da biblioteca dava para o pequeno atracadouro de madeira onde Sarah estava sentada no barco. Estava escuro lá dentro, o gerador havia desligado havia muito tempo, mas ela viu a silhueta desigual do marido entrar no cômodo. Notou a mancha escura quando ele passou pela janela e, em seguida, o ouviu xingar enquanto puxava a gaveta emperrada. Escutou o baque metálico e o ganido de uma dobradiça quando a armadilha que ela tinha visto lá mais cedo foi acionada, então o grito breve no momento em que a cabeça de Charles foi decepada do corpo. Foi uma morte rápida.

— Charles, eu disse que não ia funcionar. — Sarah pegou os remos. — Perdoe-me, Henrietta.

E ela olhou na direção de sua casa, se perguntando se a garota ainda os estava observando pelo telescópio. Era praticamente certo que estava escuro demais para ver qualquer coisa.

Enquanto Sarah navegava pelas rochas, ao longo da rota que havia memorizado naquela manhã, viu-se remando para longe da pequena praia com seus dois cadáveres. E com o brilho do luar na água, houve alguns momentos em que parecia que Stubbs estava piscando para ela.

10

A quinta conversa

JULIA HART TERMINOU DE LER A QUINTA HISTÓRIA.

— "E com o brilho do luar na água, houve alguns momentos em que parecia que Stubbs estava piscando para ela." — Abaixou o manuscrito.

A chuva tinha passado e o céu estava limpo, com um leve tom de azul e algumas nuvens de diferentes formas e tamanhos, como uma série de chapéus em uma vitrine. Grant e Julia estavam sentados em um períbolo tranquilo no topo de uma pequena colina, a cerca de um quilômetro e meio da cabana. Eles subiram lá depois do almoço, o solo já estava seco.

— Essa foi uma história desoladora — opinou Julia.

— Sim, foi. — Grant ergueu o chapéu e enxugou a testa com um lenço. — Dez cadáveres descobertos em uma ilha. É uma homenagem ao meu romance de assassinato favorito.

— Foi o que pensei.

— Esse final foi particularmente desagradável, quando Sarah matou Charles sem motivo.

— Suponho que não tenha sido um assassinato totalmente injustificado — comentou Julia —, dado o contexto.

Grant fez que não com a cabeça, discordando.

— É outra representação do detetive como uma figura malévola, um personagem arrogante que se considera acima da lei.

— E é outra história ambientada à beira-mar. — Ela pegou o caderno. — O mar é uma obsessão sua?

— Não, eu não diria isso. Ele apenas me faz lembrar da minha infância.

Julia falou com hesitação, lembrando-se da explosão do escritor na noite anterior:

— Você cresceu perto do mar, então?

Grant pareceu momentaneamente perdido, vendo a caneta dela se mover para frente e para trás.

— Passávamos o fim de ano lá, só isso.

Julia esperou que ele dissesse mais alguma coisa, mas não disse.

— Acho que essa história é a minha favorita — falou ela. — Por mais desoladora que seja.

Grant puxou o chapéu sobre os olhos.

— Fico satisfeito por ouvir isso.

Julia estava observando uma pilha de pedras, a poucos metros deles. Pensou ter visto uma cobra deslizando entre as pedras alguns minutos antes. Uma cobra pequena. Mas podia ter sido um truque de luz.

Ele se levantou e empurrou o chapéu até a linha do cabelo.

— Vamos usar a matemática. Acho que é hora de passar à definição real, não é? É simples, realmente.

Julia ergueu os olhos.

— Eu gostaria de ouvir mais sobre isso.

— Bom.

Grant encontrou um galho de oliveira quebrado, caído na terra perto das pedras. Sentou-se e começou a desenhar no chão arenoso entre os dois.

— Isso vem diretamente do meu artigo de pesquisa, *As permutações da ficção policial*. Seção um, subseção um.

Ele desenhou quatro círculos na terra arenosa e os rotulou de *E*, *V*, *D* e *M*.

— Você sabe o que é isso? — indagou.

Julia franziu os olhos para as letras, sem saber como interpretar a pergunta.

— É chamado de diagrama de Venn — continuou Grant. — Este se encontra em uma forma embrionária. Cada círculo representa um conjunto ou coleção de objetos.

Ele desenhou uma grande linha oval ao redor dos quatro círculos menores, cobrindo todos eles, e riscou um *E* no canto mais próximo de Julia.

— Os conjuntos são todos compostos por membros do elenco. O *elenco* é apenas o nome coletivo que damos aos personagens do livro. Mesmo os secundários. Portanto, os conjuntos são coleções de personagens.

— Continue — disse ela.

— Os círculos representam os quatro ingredientes que já discutimos: um conjunto de personagens chamado de *suspeitos*, outro chamado de *vítimas*, os *detetives* e depois os *matadores*. A isso adicionamos quatro requisitos. O número de suspeitos deve ser dois ou mais, caso contrário não há mistério, e o número de matadores e vítimas deve ser pelo menos um cada, caso contrário não há assassinato. Expressamos isso matematicamente falando a respeito da *cardinalidade*, ou tamanho, dos conjuntos: a cardinalidade de S é pelo menos dois, e as cardinalidades de M e V são pelo menos um.

— Sim — respondeu Julia. — Isso é simples.

— Então, o requisito final é o mais importante: os matadores devem ser escolhidos entre o conjunto de suspeitos. M deve ser um subconjunto de S.

Para ilustrar este último argumento, Grant apagou o círculo rotulado M e o desenhou novamente, menor, dentro do círculo rotulado S.

— É assim que mostramos subconjuntos em um diagrama de Venn.

— E até agora isso é apenas um resumo do que conversamos ontem e hoje de manhã, correto?

— Correto, mas está declarado formalmente agora. E isso define uma estrutura matemática simples que vamos chamar de *assassinato*. A próxima frase é muito importante. Pensei muito ao formulá-la.

Ela esperou com a caneta pronta para escrever.

— Continue.

— Dizemos que uma história se qualifica como um *romance de assassinato* se o leitor puder classificar seus personagens nesses quatro conjuntos e, crucialmente, se o conjunto de matadores for identificado no texto depois que os outros três conjuntos foram concluídos. Essa frase é o que une o mundo da matemática ao mundo impreciso da literatura.

— E essa é toda a definição?

— Sim, isso é tudo. Quaisquer outras estipulações que você queira fazer – regras sobre quando os suspeitos devem ser apresentados, quando o assassinato deve ocorrer e assim por diante – apenas lhe apresentariam uma série de exceções e contraexemplos.

Julia parecia confusa.

— Suponho que a simplicidade é que torna a definição difícil de entender. Não é a estrutura em si que me confunde, mas por que ela deve ser considerada significativa.

Ele deu de ombros.

— A matemática geralmente começa assim.

— Não há nada sobre pistas, por exemplo, que são um padrão importante do gênero.

— Sim, precisamente — Grant se inclinou para a frente —, é exatamente por isso que a estrutura é significativa. Com a definição em vigor, podemos agora argumentar que as pistas não são uma parte essencial de um romance de assassinato. Apague todas as pistas, e você ainda terá um romance de assassinato. Desde que se encaixe nessa estrutura. Portanto, a definição é libertadora, até certo ponto. Você entende?

— Acho que sim.

— Vejamos outro exemplo, o caso de crimes sobrenaturais. Eles são frequentemente considerados proibidos em romances policiais, mas não há razão para o assassinato não ser cometido por um fantasma atravessando paredes, desde que o fantasma seja apresentado como um dos suspeitos antes de ser exposto como o assassino. A definição nos diz que a história ainda será um romance de assassinato válido.

— E quanto às histórias desta coletânea, *Os assassinatos brancos*?

— Ah — ele bateu palmas —, essa é a outra coisa que podemos fazer com a definição: somos capazes de calculá-la. O romance de assassinato padrão tem um detetive, uma vítima e alguns suspeitos, sem sobreposição entre nenhum deles, e um único assassino retirado do grupo de suspeitos. Bem, agora podemos olhar para o que chamamos de *casos aberrantes*, nos quais os tamanhos dos grupos são irregulares ou nos quais dois ou mais grupos se sobrepõem. Como existem apenas quatro componentes para um romance de assassinato, então o número de permutações é relativamente pequeno. Podemos calcular e listar cada um deles. Todas as estruturas possíveis. Explorar isso era o objetivo dessas histórias.

Julia abriu uma página específica das anotações.

— Então, tivemos um romance de assassinato com dois suspeitos, um em que as vítimas e os suspeitos se sobrepõem, outro em que os detetives e os matadores se sobrepõem, e outro em que os matadores e os suspeitos são os mesmos?

— Isso mesmo — concordou Grant. — E a característica definidora da história que acabamos de ler é que as vítimas e os suspeitos são iguais. Em outras palavras, não há outros suspeitos além das vítimas e nenhuma vítima além dos suspeitos. Sabemos que uma ou mais vítimas mataram todas as outras. O diagrama para essa história seria parecido com isto aqui. — Ele apagou o círculo identificado como *V* e escreveu um novo *V* ao lado do *S*.

Julia copiou o desenho e confessou:

— Eu pensei em uma coisa, no entanto.

Grant acenou para que ela continuasse, girando a mão que segurava o ramo de oliveira.

— Como você lida com o caso em que existem diferentes crimes em uma única história, cada um com diferentes matadores e vítimas?

Ele se recostou e puxou o chapéu. Franziu a testa.

— Essa é uma boa pergunta. Temos que tratá-los como romances policiais separados que, por acaso, estão agrupados em um único livro. Não há outra maneira de fazer isso. É trapaça, realmente.

Ela ainda estava tomando nota.

— Entendo — disse Julia e fechou o caderno. — Isso é muito útil. Será que devemos voltar para a sua cabana enquanto ainda há nuvens no céu?

Grant não respondeu à sugestão dela.

— Estou gostando dessas discussões, sabe? Tive tão poucas conversas estimulantes nos últimos anos.

A frieza que havia entre eles naquela manhã havia derretido com a chegada do sol.

— Fico contente — expressou Julia.

Grant colocou a mão quente no ombro dela. Ainda segurava o ramo de oliveira, e Julia sentiu o arranhão na nuca. Doeu um pouco.

— Antes de irmos — começou Grant —, você deve ter alguma coisa para compartilhar comigo.

Ela riu.

— Sim, eu esqueci. — Julia abriu as anotações novamente, a rotina deles era mais como um ritual agora. — Bem, eu realmente encontrei outra inconsistência. Ou detalhes inexplicáveis, como você quiser chamá-los. Havia um cachorro na Ilha da Pérola Azul. O que aconteceu com ele?

Ele sorriu.

— Esse é o quebra-cabeça desta tarde?

— Sim — respondeu ela. — Parece que sim. Quando Sarah encontra o senhor e a senhora Stubbs na alameda perto da casa, há um cachorro andando atrás deles com o pescador. Somos levados a supor que pertence ao pescador, mas a presença do animal nunca é explicada. A única conclusão sensata é que pertence ao casal Stubbs, e que o cachorro os acompanha na ilha.

— Por que diz isso?

— Charles e Sarah encontram vários sinais do cachorro enquanto exploram a casa. O que mais poderia explicar a carne mastigada no corredor da cozinha, o cheiro de excremento no cais do lado de fora, os pelos de animais no tapete da sala e as pegadas lamacentas cobrindo o chão? O resto da ilha é sem vida, com apenas algumas aves marinhas habitando-a.

Grant arranhou o chão com o galho.

— Creio que esteja certa. É improvável que algum animal maior pudesse sobreviver lá.

— O cachorro desapareceu quando Sarah e Charles chegaram. Então, o que aconteceu com ele?

— Foi outra vítima, creio eu.

— Possivelmente, mas o Stubbs mataria o próprio cachorro? E o que aconteceu com o corpo do animal? — Julia sorriu. — A ideia de que ele nadou de volta para o continente me agrada.

Grant concordou com a cabeça.

— É uma possibilidade, pelo menos. Podemos pensar sobre isso enquanto voltamos. Devemos ir agora?

Ela se levantou.

— Vá em frente — dispensou Julia; algo acabara de lhe ocorrer. — Quero ficar por um momento e fazer mais algumas anotações.

— Bem — falou Grant —, então vejo você quando voltar à cabana.

Ela se encostou no muro baixo de pedra do períbolo e esperou até que o escritor quase sumisse de vista. Em seguida, deu a volta até o lado distante da igreja, onde várias lápides se erguiam da poeira. O sol estava atrás das nuvens, então nenhuma delas projetava sombra, mas os nomes ali escritos eram quase legíveis. Julia percorreu com passos firmes cada uma das fileiras, olhando para a direita e para a esquerda. Por fim, parou na lateral do períbolo mais próximo do mar. Diante dela havia uma modesta lápide cor de manteiga.

Julia fechou os olhos. Suspeitava desde a primeira conversa que Grant estava escondendo algo a respeito de seu passado. Agora sabia o que era.

11

O vilarejo amaldiçoado

O DOUTOR LAMB VIA O CREPÚSCULO EM DOIS RETÂNGULOS. "ESSA É A ÚLTIMA coisa bonita que verei na vida", pensou ele, enquanto olhava pela janela. Seu companheiro, um homem chamado Alfred, estava parado na frente dela, bloqueando a luz.

— Bem, qual é a gravidade da situação? — O doutor Lamb levantou o corpo até estar sentado.

Alfred se virou para a cama. Havia lágrimas nos olhos.

— Se eu lhe der o espelho, você mesmo pode se diagnosticar.

— Tão ruim assim? — A voz do médico estava rouca.

— É fácil ver — disse Alfred. — A sua lombar está amarelo-brilhante.

O doutor Lamb praguejou e sua compostura se dissolveu em uma série de tosses fracas. Eram folhas de outono esmagadas sob passos, tudo lembrava o médico da decadência inevitável de seu corpo.

— O que vai fazer agora? — perguntou ele.

Alfred colocou a mão na testa do médico, com o dedo indicador sobrepondo o limite do cabelo.

— Tenho que pegar minhas coisas e sair. Não posso arriscar o escândalo de ser encontrado aqui. Você entende, não é?

O médico resmungou:

— Foi bom enquanto durou, não foi?

— Sim. — Alfred suspirou. — É uma pena que tenha de terminar assim.

O doutor Lamb observou Alfred fazer as malas por alguns minutos e depois adormeceu. Ele acordou com o som da porta se fechando. Enrolou os cobertores no corpo e foi até a janela. Alfred estava descendo a rua. Seu último amante, abandonando-o.

Voltou-se para a cama.

— Bem, é isso aí. Meu literal leito de morte.

O resto do quarto estava vazio. Havia apenas a escrivaninha no canto, com um retângulo de papel branco em cima que ele colocara no dia anterior.

Se a doença havia entrado nos estágios finais, o doutor Lamb sabia o que isso significava. Havia um frasco de morfina e uma seringa limpa à sua espera no banheiro, mas havia também outra coisa que o médico queria fazer primeiro.

Ele foi até a escrivaninha e se sentou na cadeira. Os cobertores se espalharam pelas laterais e roçaram no chão. Puxou a folha de papel em sua direção, pegou uma caneta e escreveu o nome "Lily Mortimer" no topo dela.

CINCO ANOS ANTES, ELA FOI VÊ-LO. PEGOU O METRÔ ATÉ O BAIRRO DELE, SAIU da estação subterrânea e caminhou na rua fria.

Um homem tentou lhe vender um jornal. Ela recusou com a cabeça e percorreu a calçada com passos determinados, olhando para as placas de sinalização. Havia pegado o metrô em Piccadilly Circus, onde as ruas enormes, cheias de lojas, pareciam fáceis de navegar, mas ali havia apenas casas e escritórios, e tudo parecia comprimido. Eram edifícios altos e claros com portas pretas imponentes, alinhados pela rua congelada como lápides na neve.

Era sua primeira vez em Londres; na verdade, a primeira vez que saía sozinha do vilarejo. Ela tinha apenas dezessete anos. Quando disse para Matthew que pretendia vir, ele apenas suspirou e colocou o cachorro no colo, como se isso expressasse seus sentimentos a respeito da questão.

Uma das ruas residenciais estreitas tinha um nome que ela reconheceu, e alguns minutos depois estava do lado de fora do prédio que queria. Tocou a campainha. Uma jovem abriu.

— Olá, estou aqui para ver o doutor Lamb.

— E seu nome é?

— Lily Mortimer.

O doutor Lamb a cumprimentou à porta de seu consultório, conduziu-a até uma cadeira e pediu à recepcionista que trouxesse um pouco de chá.

— Lily — pegou o casaco dela —, já se passaram muitos, muitos anos, mas você não mudou. Acho que deve ser a paciente mais confiável que já tive. Quando você era criança, sua pobre irmã a trazia para me ver sempre que ralava um joelho. Acho que ela ficou um pouco sobrecarregada com a responsabilidade, mas suponho que você não se lembre de nada disso.

Lily sorriu.

— Para mim, a vida começou com aquele braço quebrado. Acho que eu tinha cinco anos. Caí de uma árvore.

O médico jogou a cabeça para trás e riu afetuosamente.

— Eu tinha esquecido. Aquilo quase matou sua irmã de preocupação. Como ela está?

— Ah, a Violet está bem. Ela se casou com o Ben, é claro, há alguns anos. Eles moram em Cambridge.

O doutor Lamb sorriu, imaginando a garota pálida e nervosa que conhecera usando um véu branco.

— E o resto do vilarejo? Seu tio Matthew?

— O mesmo de sempre. Matthew tem um cachorro agora, e o vilarejo não mudou. Você ainda o reconheceria, se algum dia se dignasse a voltar.

— Ótimo, ótimo. — O médico ajustou uma caneta na mesa e arrumou alguns papéis, para indicar o fim das amenidades. — E como posso ajudá-la?

O silêncio constrangedor se espalhou como nanquim derramado.

— Algo a respeito da morte da Agnes, pelo que eu soube? — sugeriu ele.

A menção daquele nome pareceu trazer o frio de fora.

— Eu queria ver você — começou Lily.

Ela sabia que era sua vez de fazer perguntas. Mas as perguntas seriam mais sombrias e diretas do que as dele, então imaginou como abordá-las.

— Eu queria perguntar por que você deixou o vilarejo tão rapidamente depois do acontecido?

O doutor Lamb respirou fundo.

— Isso é um pouco pessoal, não é? Realmente acha que é relevante?

— Acho que sim. Você se importa se eu perguntar?

— Talvez não, mas me diga aonde você realmente quer chegar.

— Como mencionei quando lhe escrevi, estou tentando entender as circunstâncias do assassinato da minha avó. Você viveu e trabalhou no vilarejo por vinte anos, e aí foi embora um ano depois do acontecido. Deixou seus pacientes para trás de forma bastante abrupta. O assassinato dela deve ter afetado você, não?

— Na verdade, as duas coisas não estavam relacionadas. Eu queria um tipo de vida diferente, só isso. Talvez o assassinato tenha me apressado. As pessoas olharam para mim de forma diferente depois. Você pode culpar sua tia por isso.

— Minha tia-avó — corrigiu Lily.

— Ninguém teria sequer me considerado suspeito, se ela não tivesse insistido nisso. Mas todo mundo quer acreditar que um médico também pode ser um assassino; isso é tão macabro, tão confuso. Havia sussurros em todos os lugares aonde eu ia. Era como se eu tivesse um alvo pintado nas costas.

Lily concordou com a cabeça.

— Mas isso teria passado com o tempo. O que exatamente é diferente na sua vida aqui? — Ela estava pensando a respeito da clínica dele no vilarejo: uma sala grande como esta. — Do lado de fora, parece incrivelmente semelhante.

O doutor Lamb se levantou, ligeiramente insultado com a declaração, e foi até a janela. Naquele instante, a recepcionista trouxe o chá. Ele observou as belas mãos da jovem organizando as coisas na mesa e seu corpo esbelto enquanto se afastava.

— Tenho uma recepcionista aqui, para começar. — O médico se sentou novamente. — Algum dia você vai entender como aquele vilarejo é pequeno.

Lily devolveu o sorriso condescendente dele.

— Ah, estou ciente disso, doutor Lamb. E tenho certeza de que desbravarei meu próprio caminho no mundo, em breve. Eu gostaria de saber a verdade sobre o assassinato da minha avó primeiro, é um capítulo da minha vida que quero encerrar.

— Então você está presa lá, por um crime que não cometeu. Não consegue deixar o passado no passado?

— Ainda é o presente para mim. Mudou o curso da minha vida de uma forma que nada jamais mudou. Tenho pensado nisso todos os dias desde que o assassinato aconteceu, talvez você não entenda isso.

O médico a olhou com tristeza.

— Sinto muito, deve ter sido horrível para você. — Tomou todo o chá da xícara até sobrar apenas os pontinhos pretos no fundo e colocou-a de volta no pires. — Infelizmente, não posso dizer nada sobre o caso que já não seja de conhecimento público.

MAS É CLARO QUE O DOUTOR LAMB ESTAVA MENTINDO. E AGORA AQUI ESTAVA ele, cinco anos depois, tomado pelo câncer e à beira da morte, sem ninguém mais para proteger e sem a carreira a perder. Depois que Lily foi embora naquele dia, viu-se desejando ter dado a ela algum tipo de dica ou pista, algo que poderia tê-la ajudado a progredir na busca e reviver a empolgação das primeiras semanas após o assassinato, quando o mundo parecia estar dividido em demônios e santos. Ele não tinha feito isso naquela ocasião, mas não havia nada que o detivesse agora.

Passaram-se cinco anos desde a visita de Lily, e mais de dez anos desde o próprio assassinato. Ele não sabia mais o endereço dela, obviamente, mas se mandasse uma carta para Lily Mortimer, aos cuidados da Granja, era provável que chegasse ao seu destino.

Assim sendo, o doutor Lamb pegou a caneta e começou a escrever.

— **INFELIZMENTE, NÃO POSSO DIZER NADA SOBRE O CASO QUE JÁ NÃO SEJA DE** conhecimento público.

Lily tomou um gole de chá lentamente, como se quisesse mostrar ao doutor Lamb que não poderia encerrar a conversa assim tão facilmente.

— Você pode não saber quem a matou, mas qualquer lembrança dos detalhes seria útil. Eu era tão jovem quando aquilo aconteceu que é difícil separar a memória da imaginação. E o tio Matthew se recusa a falar comigo sobre o caso, diz que é muito doloroso. Eu esperava que você pudesse.

O médico sorriu.

— Vou preencher os detalhes, se conseguir me lembrar deles. Mas cronologicamente a história começa com você, não é? Você e o William. Não deveríamos começar com a maneira como você encontrou o corpo?

— Sim. — Lily concordou com a cabeça. — Posso começar primeiro.

O ASSASSINATO ACONTECERA HAVIA SEIS ANOS.

O jardim da Granja era cheio de segredos, então Lily e William — com onze e nove anos, respectivamente — não ficaram particularmente surpresos com o barco que encontraram flutuando no pequeno lago sob o salgueiro, embora nunca o tivessem visto lá antes. Podia ter sido um artefato alienígena, lançado de uma nave espacial durante a noite, mas para Lily e William o barco era principalmente um brinquedo gigante, quase do tamanho do próprio lago, por isso não hesitaram em planejar a manhã em torno do objeto. Eles consideraram que, embora muitas vezes recebessem ordens para não brincar com determinadas coisas no jardim, essas ordens nunca se referiam a algo feito de madeira.

Lily subiu na embarcação instável e se acomodou no assento baixo, na traseira, com os ombros muito aprumados, como se estivesse treinando a postura. O barco balançou suavemente sob seu peso. William permaneceu na margem e esticou o braço para segurar a popa.

— Estou no oceano — disse Lily.

— Onde? — perguntou William desconfiado.

— No Ártico.

Ele começou a balançá-la de um lado para o outro.

— É uma tempestade — falou ele. — Uma tempestade de gelo.

Elegantemente, ela manteve o equilíbrio.

— Isso parece mais um redemoinho. Estamos sendo levados para o abismo. O comandante se afogou.

William começou a bater com os punhos nas laterais.

— É um tubarão passando.

— É uma baleia — corrigiu Lily. — Uma afundadora de navios.

Uma maçã passou voando pela cabeça de William, atingiu a lateral do barco e quicou na água. Ela abriu os olhos; Lily e William se viraram, sabendo quem estaria lá.

— Algumas pedras de granizo muito grandes — disse um homem de trinta e poucos anos, com cabelo castanho bagunçado e um bigode flutuando em cima do sorriso satisfeito.

— Isso é maldade, tio Matthew — reclamou Lily. — Você poderia ter me derrubado direto na água.

— Estou jogando de acordo com suas regras, não estou? — Ele se agigantou sobre os dois, com as mãos nos quadris. — Além disso, Lily, eu não estava mirando em você.

William ficou em silêncio e observou o próprio reflexo.

— O que está fazendo aqui, tio Matthew? — perguntou Lily. — Você está sempre causando confusão.

O homem balançou a cabeça em descrença.

— Confusão? Sua bobinha. Estou saindo para encontrar minha tia Dot na estação. Vim com a Lauren, que está cuidando da mamãe para dar folga à sua irmã pela manhã. Vamos almoçar com você.

William olhou de volta para a casa branca. Deste lado, apenas a janela do sótão era visível, a metade inferior da casa estava estrangulada por árvores. Ele praguejou baixinho.

Matthew se inclinou na direção dos dois.

— Você quer uma maçã?

— Sim, por favor — respondeu Lily.

Ele passou uma para a menina.

William não respondeu, mas Matthew se ajoelhou ao lado dele mesmo assim.

— Acho que a sua caiu na água. Você pode tentar pegá-la da próxima vez.

— Eu o odeio. Eu o odeio. Eu o odeio.

Ambos estavam no barco agora, no banco de trás. Matthew havia deixado as duas crianças dez minutos antes, contente com o pequeno ato de crueldade.

A família que vivia na Granja era incompleta e distorcida, nascida da tragédia e das circunstâncias. Lily e William, as duas crianças, eram primos e Matthew era tio de ambos. A avó deles, Agnes Mortimer, teve três filhos: o pai de Lily e a mãe de William morreram — o filho na guerra e a filha durante o parto —, deixando Matthew como o único filho vivo. A mãe de Lily morreu alguns anos depois que o marido, de gripe espanhola, por isso Lily e sua irmã Violet se mudaram para a Granja a fim de morarem com Agnes. William havia chegado no ano seguinte, depois de uma tarde em que o pai desapareceu. Agora os três órfãos viviam com a avó, que era viúva, naquela casa branca e comprida nos limites do vilarejo.

Agnes estava muito velha e doente para cuidar do trio adequadamente, mas Violet era madura o suficiente para ajudar. Matthew, que se casou com Lauren e se mudou para uma casa menor no vilarejo, prestava auxílio quando elas precisavam. O único ponto de atrito no acordo ocorria entre William e seu tio Matthew, que encarava o menino como uma versão em miniatura do bruto que levou sua irmã embora. Os dois se odiavam.

— Bem — disse Lily —, um dia você será tão grande quanto o tio Matthew, então ele não será mais capaz de intimidá-lo.

William colocou um punhado de folhas, gravetos e pedaços de grama no assento à frente, para fazer uma ilustração de seu algoz. Ele arrumou as folhas na forma de um bigode, sobre uma boca feita de gravetos. Um olho era uma pedra e o outro, um grande torrão de terra.

— Por que não pegamos todas essas folhas — disse William — e colocamos na caixa de correio dele?

Lily fez que não com a cabeça.

— E a pobre tia Lauren?

William ficou em silêncio, ainda não tinha tomado uma decisão a respeito de Lauren.

— Podemos colocá-los nos bolsos do tio Matthew, quando ele voltar. Folhas, lesmas e excrementos.

— Não funcionaria — disse Lily. — Ele saberia que foi você.

— Então poderíamos segui-lo pelos campos e atirar pedras nele. O tio Matthew não nos veria se nos escondêssemos.

Lily franziu a testa e adotou seu tom de voz mais adulto:

— Isso é extremamente perigoso, William. Você poderia matá-lo.

William bateu na tábua com o punho, as folhas voaram para o ar.

— Eu quero matá-lo. Quero que ele morra.

Lily não disse nada, ficava assustada quando o primo se comportava assim. O barco balançou suavemente.

— Não consigo tolerar você com esse humor. — Ela estava se esforçando para falar como uma adulta de novo. — Vou deixá-lo sozinho, e você pode ficar sentado aqui até que sua raiva vá embora. O oceano é muito calmante.

William olhou para ela com o queixo apoiado nas mãos.

— Posso dar uma mordida na sua maçã?

Lily levou a pergunta em consideração e depois fez que não com a cabeça.

— Infelizmente sobrou muito pouco. Não seria prático.

— ENTÃO — DISSE A LILY MAIS VELHA PARA O DOUTOR LAMB, SEIS ANOS DEPOIS —, William e eu não estávamos realmente juntos no momento em que o assassinato aconteceu. Ficamos separados por cerca de uma hora. Entrei em casa e encontrei Violet de mau humor, sentada com a bandeja do café da manhã de Agnes equilibrada sobre os joelhos e completamente imóvel, como se fosse algum tipo de penitência. Minha irmã agia assim às vezes. Como ela não me respondeu quando falei alguma coisa, levei um livro para fora e li debaixo de uma árvore.

— E o William?

— Não sei. Eu não o vi novamente até que ele saiu e me encontrou. Fiquei lendo por mais ou menos quarenta minutos. Meu primo já havia se acalmado. Na verdade, William parecia animado.

WILLIAM E LILY PASSARAM OS ÚLTIMOS MINUTOS BRINCANDO DENTRO DE UM dos muitos quartos não utilizados no segundo andar. Como a Granja sempre foi muito grande para os poucos habitantes e nada nunca precisou ser jogado fora, havia cinquenta anos de memórias enfiadas em cantos esquecidos ou, em alguns casos, diferentes cômodos repletos de artefatos curiosos. Agnes morava na casa havia décadas, tanto tempo que o imóvel parecia parte da família. A Granja era altiva e retraída por fora, mas cheia de personalidade e desordem por dentro, tanto para confortá-los quanto para repreendê-los. Para as duas crianças, a casa era uma fonte de maravilhas sem fim.

Lily olhou para a variedade de cadeiras que estavam espalhadas pelo aposento e escolheu uma feita de madeira delicada e escura, reluzindo a verniz, e a entregou para William. Ele a posicionou cuidadosamente em cima de uma mesa grande e plana. Em seguida, os primos colocaram duas mesinhas à esquerda e à direita da cadeira, como apoios de braços impro-visados, e encontraram um enfeite para decorar cada uma. Um prendedor de porta de latão em forma de leão e um cachorro de porcelana. Estavam tentando construir um trono.

— Deixe-me testar primeiro — disse William, subindo na mesa.

Quando ele se sentou, uma das pernas da cadeira deslizou para fora da mesa e William se inclinou para trás em direção à parede. As pernas balançaram para o lado, bateram em uma das mesas e a derrubaram no chão; o leão de latão aterrissou com um baque.

William desceu para recuperar o leão. Lily pegou a mão dele.

— Não — falou ela. — Estou entediada com essa brincadeira.

— O que vamos fazer, então?

— Podemos desenhar.

A ideia não o inspirou. A prima era melhor nisso, e William sabia que era por isso que ela havia sugerido. Então, o gosto da crueldade infantil iluminou o rosto do menino.

— Já sei. Vou mostrar uma coisa a você.

— O quê?

— Siga-me. — Ele pegou a prima pelo cotovelo e a virou em direção à porta.

Como a casa tinha duas escadarias, era fácil se esgueirar sem ser notado. Os dois subiram um andar e pararam no patamar, onde as duas escadas se fundiam em uma. Esguia e frágil, essa última escada levava ao que chamavam de quarto do sótão, onde Agnes dormia.

William empurrou Lily naquela direção.

— E se ela estiver irritada? — sussurrou a menina.

— Ela está dormindo. — Ele subiu as escadas até a porta alta de madeira e girou a maçaneta. — Está tudo bem.

A porta se abriu. O quarto estava quase vazio, com apenas uma janela e a cama branca diante dela. Não havia nada na cama, exceto uma pilha de cobertores e travesseiros velhos. Enquanto contornava a pilha hesitantemente, Lily se perguntou se a avó — que não era exatamente a mesma pessoa desde o incidente várias semanas antes — havia passado a manhã construindo um forte com aqueles lençóis. William veio atrás da prima.

Lily chegou à janela e parou. Os pés velhos e retorcidos da avó estavam saindo do fundo da pilha de roupas de cama. Cinzentos e amarelados, eles não se moviam. William esbarrou nas costas da prima, que se virou para encará-lo com os olhos semicerrados de medo. Juntos, os dois pegaram os cobertores e puxaram até o chão.

Lily gritou ao ver a avó deitada nos lençóis como algo trazido pelo mar. William olhou com descrença para o rosto distorcido e morto de Agnes e começou a chorar. Aquilo não era o que ele havia imaginado, de maneira alguma.

O MÉDICO LOCAL, O DOUTOR LAMB, FOI CHAMADO E CHEGOU À GRANJA QUINZE minutos depois. Ele estivera lá muitas vezes nos últimos dois meses, desde aquela tarde em que Agnes desmoronou e foi carregada para a cama. Ela havia sofrido um pequeno derrame, e o médico passou a vir examiná-la várias vezes por semana desde então.

A irmã de Lily, Violet, acompanhou o doutor Lamb até o topo da casa, na esperança de encontrar algum conforto na presença dele. Ela esperou no patamar ao pé da escada única, enquanto o médico entrava para examinar o corpo. Ele abriu a porta e soube imediatamente o que havia acontecido.

— Ela foi sufocada na própria cama.

A boca de Agnes estava aberta de maneira disforme, como um pedaço de barbante recurvado pendendo de cima de uma mesa. O resto da face foi absorvido por essa cavidade. O pescoço longo e frágil estava coberto de hematomas. O doutor Lamb estremeceu olhando para o corpo. Alguém havia apoiado todo o peso naquela boca. A pessoa realmente empurrou a mandíbula para fora do encaixe, ou aquela era apenas a expressão vaga da morte?

O médico saiu do quarto, ligeiramente abalado. Sentou-se no último degrau da escada estreita e revestida de madeira que levava até o quarto de Agnes e acendeu o cachimbo. Violet permanecia ao pé da escada, com o corpo encostado na parede para se apoiar, e o rosto se virou a fim de olhar para o doutor Lamb. Como um rei sentado em um trono, ele olhou lá de cima para ela.

— Não há nada para eu fazer aqui. — O médico fumou. — Vamos esperar pela polícia, só isso.

— A polícia? — sussurrou Violet.

— Sua avó morreu por asfixia. — Esse foi o veredicto do doutor Lamb. — Foi sufocada. Parece que alguém a cobriu com todos aqueles cobertores e travesseiros enquanto ela dormia, depois colocou o peso em cima deles. Sua avó não acordou mais.

A jovem começou a chorar.

— E ESSA AINDA É SUA OPINIÃO, SEIS ANOS DEPOIS?

O doutor Lamb ofereceu uma bebida à Lily, ao se levantar e se servir de um uísque. Ela nunca tinha bebido uísque antes, mas aquele era um dia de novas experiências.

Para sublinhar a pergunta, ela tomou um gole da bebida, despreparada para o quanto doeria. A garganta queimou. O médico sorriu.

— Que ela foi sufocada? Sim, não há dúvidas a respeito disso. Não havia outras marcas na sua avó, nada que sinalizasse ter sido atingida ou arranhada. Foi apenas sufocada sob aqueles cobertores.

Lily segurou o copo com muita força enquanto indagava:

— Isso pode ter sido doloroso?

— Sim — respondeu o doutor Lamb, olhando para o chão. — Infelizmente pode ter sido terrível. Como um gato sendo afogado em um saco, mas na própria cama.

— E embora alguém tenha feito isso com ela, uma senhora inocente, ninguém nunca foi pego. O assassino dela apenas continuou levando a vida.

— Eu sei, parece bastante irreal quando se encara dessa forma. Achamos que sua tia-avó Dorothea poderia resolver o crime, a princípio. Ela certamente tentou. Se a Dorothea conseguiu, no entanto, guardou a solução para si mesma.

— Isto é o que eu lembro com menos clareza: aqueles dias após o crime, quando a Dorothea estava por perto. Eu estava com tanto medo, que não conseguia prestar atenção em nada do que ela dizia. Para mim, eram apenas muitos adultos conversando.

O médico tentou aliviar o clima:

— Li alguns romances policiais que poderiam ser descritos da mesma maneira.

Lily não respondeu. Estava se concentrando muito em cada gole de uísque, preocupada com a possibilidade de, caso não fizesse isso, vomitar de dor.

— Por favor — pediu Lily —, me conte o que você lembra.

Dorothea Dickson, a irmã da vítima, se aproximou da porta da frente da Granja enquanto os sapatos rangiam ritmicamente no cascalho. Estava prestes a tocar a campainha quando percebeu Lauren andando entre os canteiros de flores; uma coisa esguia, quase ela mesma uma flor. Lauren era a esposa de Matthew e nora de Agnes. O cabelo louro comprido era reluzente como vidro.

— Você vai começar a produzir mel se continuar assim, ou vai tecer uma teia.

Lauren se virou para ela com dois olhos azuis assustados.

— Ai, Dot — lamentou. — Esperávamos você, é claro, mas tinha esquecido que estava vindo.

As duas mulheres foram uma na direção da outra, e a mais velha pegou as mãos da mais jovem.

— Qual é o problema, querida? Deve ser a minha irmã — disse ela, sabendo que Lauren nunca viria àquela casa ou ao jardim para dar vazão a qualquer outro tipo de sofrimento.

— Sim, infelizmente sim. Como posso dizer? Ai, Dorothea. — A cabeça loura balançou. — Ela está morta. A Agnes está morta. Lamento ser a pessoa a contar.

A mulher mais velha manteve a compostura.

— Pronto, pronto. É para isso que todos nós estávamos nos preparando, desde que ela sofreu aquela queda.

Lauren levou um lenço aos olhos, que ficou turvo com as lágrimas.

— Não, infelizmente você não está entendendo. Não foi nada disso. Ela foi assassinada hoje de manhã.

— Assassinada?

Dorothea largou as mãos da outra mulher e deu um passo para trás. Olhou para a casa, alta e magra como uma estaca. Um policial observava Dorothea do alto de uma janela do segundo andar.

— Pelo menos o médico acredita que sim. O doutor Lamb disse que ela foi... Ai, mal consigo dizer a palavra.

Dorothea pegou a mão dela novamente e a apertou.

— Sufocada — concluiu Lauren, sem muita dificuldade.

— Onde está o Matthew?

— Está lá dentro, com a polícia. Vou levá-la até ele.

Lauren guiou Dorothea ao redor do canteiro de flores até as duas janelas francesas abertas de uma das salas de estar. Quando ambas viraram a esquina, Dorothea notou Raymond — o jardineiro da Granja — andando com Violet pelas fileiras de macieiras em um dos campos vizinhos. Ele a estava confortando, com um braço sobre o ombro. Dorothea se perguntou se havia algum romance entre os dois.

Quando entrou na casa, encontrou Matthew encostado no canto da sala de estar, desalentado, precisando do apoio de ambas as paredes ao mesmo tempo. O bigode folhoso estava molhado de lágrimas. Dorothea o tirou daquela posição e lhe deu um abraço.

— Pobre mamãe. — Matthew tremeu no ombro dela. — Tia Dot, sinto muito.

— Pronto, pronto. — Ela deu um tapinha gentil nas costas dele, depois o segurou diante de si. — Matthew, você está branco como uma garrafa de leite. Sabe quem fez isso?

— Não. — Balançando a cabeça, a competitividade começou a crescer dentro dele. — Eu disse à polícia minhas teorias, mas não, não tenho certeza.

— Quando aconteceu?

— Lauren foi a última a vê-la viva, acredito.

187

"A última a admitir que viu Agnes viva", pensou Dorothea. Virou-se para Lauren, mas não a encontrou. Depois de levá-la ao marido, foi embora.

— Ela estava vindo aqui para ajudar a Violet — continuou Matthew —, desde o derrame da mamãe no mês retrasado. Lauren subiu com o café da manhã e a encontrou bem. Isso foi às dez da manhã. Achamos que deve ter acontecido por volta das onze.

— Onde estão as crianças?

— Ambas estão com o médico.

— E onde está a Agnes agora? — perguntou Dorothea.

— Na cama dela.

Dorothea olhou para a escada.

— Há policiais lá em cima, tia — disse Matthew. — Eles não vão permitir que você a veja.

— Bem, não custa tentar.

Quinze minutos depois, Dorothea disse um adeus choroso para o corpo da irmã morta e desceu as escadas. Encontrou o doutor Lamb na biblioteca, ocupando Lily e William com os detalhes sangrentos da fragilidade humana.

— Existe uma coisa chamada oxigênio. É como comida para o seu sangue. E o ar está cheio de oxigênio. Então, quando a pessoa respira, é como se o sangue estivesse comendo. É por isso que, se a pessoa prender a respiração, ela sente algo parecido com fome. E a pessoa se afoga se não tomar oxigênio suficiente. Isso é como morrer de fome.

William parecia horrorizado.

— E quanto ao estrangulamento? — perguntou em um sussurro.

— Sim, é algo muito semelhante, só que nesse caso é porque alguém está bloqueando o fluxo de sangue para a cabeça da pessoa. Para que o cérebro dela não receba nenhum alimento. — Ele colocou a mão quente no pescoço da criança. — Entende?

Lily, parada a um lado em silêncio, observou Dorothea entrar na biblioteca. Deu-lhe um pequeno aceno, e sua tia-avó se abaixou para beijá-la.

— Doutor Lamb — interrompeu Dorothea —, posso ter uma palavrinha com você?

Ele olhou para cima, acenou com a cabeça solenemente e, em seguida, conduziu as crianças porta afora.

O médico morava no vilarejo havia quase tanto tempo quanto a própria Agnes, e continuava tão bonito como sempre. Embora o cabelo agora estivesse totalmente grisalho, ele tinha uma boca de menino e uma sabedoria no olhar que lhe caíam bem.

— Senhorita Dickson, não é? — Ele deu um sorriso com compaixão. — Meus sentimentos pela sua perda.

— NÃO ME LEMBRO DISSO — COMENTOU LILY, COM O COPO DE UÍSQUE VAZIO na mesa ao lado.

— Não há motivo para que se lembre — falou o doutor Lamb, afrouxando o colarinho. — Está quente aqui, não é? Devo abrir uma janela?

— Estou com frio — disse Lily, ligeiramente envergonhada.

Ele ergueu as mãos em um gesto de resignação.

— Bem, de qualquer maneira, sua tia-avó, como você a chama, queria saber tudo que eu pudesse contar sobre o crime. Ela era uma senhora muito curiosa.

— Isso é o que eu mais me lembro dela. Dorothea sempre quis saber o que eu estava aprendendo na escola, detalhes e tudo mais.

— Uma detetive nata. — O médico concordou com a cabeça. — Bem, ela me perguntou se eu participaria de uma reunião de família mais tarde naquele dia. "Depois do pôr do sol", disse ela, fazendo com que parecesse bastante dramático. Ela já havia questionado a polícia e considerou que a família tinha uma chance melhor de resolver o caso.

O doutor Lamb olhou pela janela, com uma leve expressão de diversão no rosto, e continuou:

— Obviamente, pensei que estava sendo convidado como uma testemunha especialista. Não como suspeito.

OS PARENTES DE AGNES MORTIMER ESTAVAM EM UM LADO DA SALA DE ESTAR, com os dois convidados em cada ponta, como apoios de livros. O filho Matthew e a esposa Lauren se encontravam no centro, com Violet e o doutor Lamb à esquerda, e as duas crianças — Lily e William — junto a Raymond, o jardineiro, à direita. Dorothea os encarou e começou a andar para a frente e para trás.

— Agnes era uma velha obstinada — comentou — e uma mulher reservada. Às vezes, ela era tão difícil quanto cavar no inverno. Mas eu sei que a Agnes era amada por todos aqui.

Raymond olhou em volta da sala para observar se alguém se oporia a essa declaração. "Amada como um dia chuvoso", pensou ele. Ninguém discordou. Apenas Lauren se virou para olhá-lo, e o jardineiro baixou o rosto como se tivesse sido flagrado fazendo algo vergonhoso.

— No entanto — continuou Dorothea —, ela foi assassinada hoje cedo, cruel e friamente, em sua cama no andar de cima. A minha irmã mais nova.

A polícia levou o corpo, na traseira de um carrinho miserável. Eles passaram a tarde interrogando a família — levando mais tempo com Raymond, o forasteiro —, mas não fizeram nenhuma prisão e abandonaram a casa antes do pôr do sol, como um enxame de insetos se movendo.

— A polícia acredita que Agnes foi morta por alguém que ela conhecia. — Dorothea olhou para cada um deles. — O motivo ainda não está claro, embora eu tenha minhas próprias suspeitas.

Ela ergueu a mão com um dedo levantado no ar e o sacudiu para o grupo reunido em um gesto indireto de acusação; as pulseiras grossas bateram umas nas outras, fazendo do braço um instrumento musical.

— Reuni neste ambiente todos que estavam nas proximidades da casa no momento em que ela foi morta, não é mesmo?

Raymond pigarreou.

— Não exatamente, senhora. Ben Crake andou pela casa hoje. Eu o vi.

Matthew deu um passo à frente. A sensação de alguém estar sob suspeita o levou à ação, como um lobo esperançoso sentindo a presa.

— Ben Crake, isso mesmo. Eu também o vi. Alguém contou à polícia sobre ele?

Dorothea parecia confusa e um pouco irritada com a interrupção.

— Quem é Ben Crake?

Violet tirou um lenço do bolso e o torceu compulsivamente em volta dos dedos.

— Um jovem — respondeu Matthew — que mora no vilarejo. Ele estudou com a Violet e costuma estar aqui por um ou outro pretexto qualquer.

— Ele é meu amigo — disse Violet suavemente.

— O tipo errado de amigo.

— Sabe, ele é realmente bastante agradável — opinou Lauren, dispensando o tom esperançoso do marido. — Não é o tipo que comete assassinato.

— Impressões podem enganar — avisou Dorothea, que se virou para o sobrinho. — Onde você o viu?

MATTHEW ESTAVA CAMINHANDO PELOS CAMPOS A CAMINHO DA ESTAÇÃO, QUANDO uma figura com um casaco marrom pareceu saltar sobre ele. Embora conhecesse bem a paisagem e soubesse que era apenas um truque de perspectiva, ainda ficou chocado.

— Você me assustou — disse ele para a aparição.

Ben não respondeu.

— Ah, é você. — Matthew finalmente o reconheceu. — O que está fazendo aqui?

O rapaz coçou o queixo.

— Você é o Matthew, não é? O tio da Violet. Estou observando pássaros. — E ergueu os binóculos, como se estivesse brindando.

— Entendo. — Matthew disse. — Você me deu um susto terrível.

— Eu estava muito quieto, tentando não assustar os pardais.

Matthew, que passara a vida inteira no campo, mas ainda considerava isso um inconveniente, olhou-o sem compreender.

— Bem, tenho que ir.

Ben levou os binóculos aos olhos e mirou uma árvore. Algumas formas voaram dela, como um código Morse outonal.

— Diga "olá" para a Violet por mim.

Quando Matthew sumiu de vista, Ben se voltou para a casa e ergueu os binóculos novamente. O lado que o atraía tinha uma única janela, bem no topo.

— ELE ESTAVA VIGIANDO A CASA? — PERGUNTOU DOROTHEA.

— Mais ou menos — respondeu Matthew.

Violet tocou nos olhos com o lenço.

— Ele parecia estar — falou Raymond.

— Isso é muito intrigante.

O doutor Lamb os interrompeu. Tinha o tom ofegante e esgotado de alguém exaurido pela impaciência:

— Ouçam, Ben é apenas um jovem apaixonado por uma moça.

O coração de Violet estava disparado; ela quase desmaiou.

— Conheço a família dele há anos — explicou o médico. — O pai do Ben é dono de uma loja de antiguidades na cidade. São pessoas muito agradáveis, com binóculos ou não.

— No entanto, se ele estava vigiando a casa, deve ter visto algo. Por que não falou com a polícia? — O céu lá fora estava sereno e começava a escurecer, mas, quando elevou a voz, Dorothea deu a impressão de que uma tempestade estava caindo, de que um estrondo de trovão ou o clarão de um relâmpago estava prestes a acompanhar cada um de seus pronunciamentos.

— Alguém mais viu algo suspeito?

Ninguém respondeu.

— Então, devemos nos revezar para dizer onde estávamos no momento do assassinato e se notamos algo de interesse.

— Você suspeita de um de nós? — perguntou Violet nervosa. — Suspeita do Ben?

Dorothea se aproximou dela.

— É muito cedo para dizer.

E ela acariciou os cabelos da jovem. Dorothea agora fazia parte do semicírculo, deixando o meio da sala vazio como se estivessem sentados ao redor de uma fogueira, prestes a contar histórias.

— Quem quer ser o primeiro? — A pergunta foi recebida com silêncio.

— Bem, quem foi a última pessoa a vê-la viva?

Lauren se virou para encarar Dorothea.

— Suponho que tenha sido eu, então.

TODOS OS DIAS, DESDE O DERRAME, AGNES ACORDAVA COM UMA SENSAÇÃO avassaladora de tontura e desorientação. Ela ficava imóvel, lutando contra a vontade de vomitar, e imaginava que seu quarto de madeira estava na proa de um navio ou pendurado em um balão de ar quente, balançando de um lado para o outro. A luz que entrava pela janela era tão forte, tão sufocante, que qualquer coisa nos cantos do cômodo podia se misturar às paredes, ganhando forma nos momentos mais estranhos.

— É uma irresponsabilidade guardar segredos neste momento. — Um rosto surgiu na porta de madeira; Lauren havia entrado no quarto sem que ela percebesse. — Se você se sentir pior, deve nos contar.

Lauren era loura, uma criatura esvoaçante, casada com Matthew. Agnes entendia a atração, mas nunca gostou da mulher.

— Que tal tomarmos um pouco de ar fresco? — Lauren abriu a janela e ficou olhando para a vista. — Lá está o Raymond varrendo as trilhas. Você não sabe a sorte que tem por ser livre para ficar sentada e observá-lo a manhã toda. Um belo homem, todo suor e músculos.

Ela se virou e piscou para a sogra.

— Não diga ao Matthew que eu falei isso, é claro.

Agnes julgava a nora insuportável, mas geralmente achava melhor ficar em silêncio até ela se cansar de falar.

Lauren agora estava mordiscando uma torrada que trouxe em uma bandeja.

— Aquele médico também. Ele está sempre aqui em cima, não é? Vocês dois sozinhos... — Virou-se para Agnes com um breve olhar de desdém. — Por que você não está falando comigo?

Agnes colocou uma das mãos na garganta e estendeu a outra na direção da bandeja. Ela fez o som de tábuas de assoalho rangendo, como se os pulmões fossem uma casa mal-assombrada.

Lauren olhou para o copo de leite na borda da bandeja e se voltou para a velha.

— Você pode pegar sozinha. Acha que sou sua empregada?

Sorrindo, por um momento, imaginou-se jogando a comida pela janela — duas torradas como duas marcas de palmas da mão no solo e, a seguir, o impacto do leite como um jato de vômito em um canteiro de flores —, mas resistiu ao impulso.

— Tente se arrumar a tempo do almoço. — Lauren deu um passo em direção à porta. — E não se esqueça de que sua irmã está vindo hoje.

Houve um rangido e um estrondo de madeira, e então a aparição loura se foi.

DOROTHEA BAIXOU A CABEÇA.

— O último rosto amigável que ela viu.

Lauren concordou com a cabeça.

— Sim, saí do quarto da Agnes e desci. Como a Violet estava dormindo no sofá, eu não tinha nada para fazer e fui para casa. Pensei em cumprir uma hora de afazeres domésticos antes de voltar para almoçar com vocês. Quando voltei, Agnes estava morta.

— Obrigada. — Dorothea apertou a mão de Violet. — Talvez você possa ser a próxima, querida.

Violet estremeceu.

— Sim, tudo bem. — Mas ela mal conseguia falar, repentinamente tomada pelo medo e pela culpa.

Ela vinha sonhando com Ben.

Que estranho pensar que dois meses antes ele era apenas uma imagem de infância e, agora, estava em seus pensamentos o tempo todo. Como se o desejo por Raymond não fosse vergonhoso o suficiente.

Havia três salas de estar lúgubres no térreo da Granja, ligadas umas às outras como as câmaras de um sistema digestivo. Matthew encontrou Violet dormindo em um sofá baixo na mais escura das três, com as persianas fechadas e inacessíveis atrás de uma fila ininterrupta de escrivaninhas e mesas.

Ele se aproximou da sobrinha. Estava entediado. Fingindo preocupação, colocou a mão na testa de Violet como se estivesse verificando se estava com febre. O toque acordou Violet, que abriu a boca para gritar, até ver na luz fraca que era apenas seu tio e, em vez disso, tornar o grito apenas uma rajada quente de ar, como um espirro abafado. Foi uma reação mais apropriada à presença de Matthew.

— Pobre criança — disse ele. — Você deve estar exausta.

Havia algo pútrido no toque do tio depois de seus sonhos molhados com Ben. Olhou envergonhada para o canto mais escuro da sala.

— Tio Matthew, me perdoe. Acordei cedo para preparar o almoço, mas dormi tão pouco na noite passada. Eu só planejava me sentar por um momento.

— Não há nada a perdoar, Violet. Seus esforços nesta casa são heroicos. Você tem apenas dezesseis anos, e efetivamente é a chefe da família.

— Dezessete, mas ela não o corrigiu. —Lauren levou o café da manhã da mamãe, achamos melhor não acordar você.

Violet se levantou e foi até a cozinha. Matthew a seguiu, ainda falando:

— De certa forma, será uma bênção para todos nós quando isso acabar. Aí podemos garantir que você será bem cuidada.

Violet deu um sorrisinho fraco. Sentiu uma pontada de tristeza por conta da saúde debilitada da avó.

— Não tão cedo, vamos torcer.

— A Dot chegará em uma hora. Pensei em ir à estação para encontrá-la.

Violet franziu a testa, de costas para ele. A visita da tia-avó significava mais trabalho para ela.

— Sim — respondeu. — Isso seria gentil da sua parte.

— Acho que devo partir em breve, então.

Violet olhou pela janela.

— Aqui — falou a jovem, quando ele foi até a porta. — As crianças estão brincando no lago. Leve uma maçã para cada uma, sim?

Matthew concordou com a cabeça e recebeu dela duas maçãs da fruteira, grandes e brilhantes como bolas de tênis.

VIOLET OLHOU PARA CADA ROSTO POR VEZ.

— Depois disso, voltei a dormir, até ouvir minha irmã gritar mais ou menos uma hora depois.

— Obrigada — agradeceu Dorothea, que olhou com compaixão para Lily, meio escondida atrás de Matthew. — Então as crianças encontraram o corpo. Esse talvez seja um ponto lógico para você assumir a narrativa, Raymond?

Ele parecia surpreso por ter sido mencionado. Raymond se endireitou, orgulhoso por cumprir seu papel.

— Isso mesmo. Eu ouvi o grito. Estava lá fora, no jardim, catando as folhas.

AGNES ANDAVA INSUPORTÁVEL ULTIMAMENTE. CONFINADA NO QUARTO, TENDO apenas a vista para o jardim como diversão, ela começou a observar e comentar a respeito de tudo o que Raymond fazia. Nos últimos dias, ele havia passado parte do tempo consertando um barco que encontrara na garagem. Ontem cometeu o erro de começar a trabalhar no barco — após virá-lo de cabeça para baixo na entrada da garagem para poder pintá-lo — diretamente embaixo da janela dela. Ele tinha passado despercebido a maior parte do dia, mas no final da tarde ouviu Agnes chamando fracamente por ele. Como doía gritar, em vez disso, ela abriu a janela e bateu com a bengala nas partes superior e inferior do batente.

Ele olhou para a janela; parecia um globo ocular com uma agulha espetada. "Ela está desequilibrada", pensou Raymond.

— Não pago você para se entreter com esse brinquedo de madeira — criticou Agnes, depois que Raymond subiu os três lances de escada até o quarto dela. Ela só falava com Raymond, ou a respeito dele, em termos de dinheiro.

Em vez de mexer no barco, pediu para que recolhesse todas as folhas caídas no jardim, a fim de arrumá-lo para a visita da irmã.

— Claro, senhora.

A seguir, ele desceu os três lances de escada imaginando o corpo quebrado de Agnes quicando em cada degrau, até cair com o pescoço quebrado no térreo.

Raymond acordou cedo no dia em que Agnes morreu, esperando terminar o barco. Mas o cansaço foi demais para ele, que chutou a madeira em frustração, deixando uma pegada na tinta branca fresca. Depois, Raymond arrastou o barco até o lago e o jogou lá dentro. Queria verificar se flutuaria. A tinta branca girou na água.

Ele pegou uma pá e um carrinho de mão para coletar as folhas. Estava abaixado ao lado de uma cerca viva quando Lauren e Matthew chegaram, sem ser notado por nenhum deles. E o carrinho estava quase cheio quando avistou Ben parado em um campo adiante, escondido atrás de uma árvore e segurando os binóculos diante dos olhos. Quando o carrinho de mão não comportaria mais folhas sem derramar, Raymond o empurrou até uma pilha de compostagem na esquina de duas cercas e o inclinou para a frente, depois recuou para admirar a quantidade de folhas que havia reunido. Algumas tinham começado a ficar marrons, mas a maioria exibia um tom venenoso de verde e fazia a pilha parecer um prato de salada. Ele, então, notou uma reentrância na lateral, um pequeno buraco onde alguma coisa pesada foi jogada na pilha.

Raymond enfiou a mão e tirou um esquilo morto. O corpo jazia pesado; estava rígido, exceto onde a cabeça pendia da ponta da palma da mão enluvada, como se estivesse pendurada por um cordão. Ele apalpou o pescoço com o polegar. Não havia nada ali, apenas pele macia como tecido gasto com alguns tendões rígidos dentro. A criatura tinha sido estrangulada, para começar, e depois todos os ossos do pescoço foram quebrados.

Ele jogou o corpo de volta na pilha de compostagem e murmurou baixinho:

— Por que você faz isso, William?

Uma hora depois, o trabalho foi concluído e Raymond estava devolvendo a pá ao barracão, quando ouviu um grito vindo da casa. Viu Violet sair correndo pela porta da frente seguida pelas duas crianças.

Ele estava ao lado dela em questão de segundos.

— Violet — agarrou os pulsos da jovem com ternura —, o que aconteceu?

— Agnes foi ferida.

Raymond tentou passar por ela e entrar na casa, mas Violet o deteve com uma palma da mão quente em seu peito.

— Não, vá atrás do doutor Lamb.

Ele não hesitou, apenas se virou e saiu correndo.

A casa do médico ficava a quase dois quilômetros de distância, no outro extremo do vilarejo, e, embora estivesse com pressa, Raymond já controlava o passo para conseguir correr toda a distância. Então, quando saiu da pista que ligava a Granja à estrada principal e encontrou o doutor Lamb sentado no muro baixo que cercava o memorial de guerra, fumando um cachimbo, ele primeiro pensou que deveria estar sonhando.

— OBRIGADA, RAYMOND — DISSE DOROTHEA. — ISSO É MUITO INTRIGANTE. Talvez, doutor Lamb, você pudesse ser o próximo? O que estava fazendo quando Agnes foi morta?

O doutor Lamb pareceu confuso.

— Como é?

— O que estava fazendo na hora em que ela morreu, por favor?

O médico ficou surpreso, os demais o olhavam sem expressão.

— Pensei que eu estivesse aqui como testemunha, não como suspeito. Por que diabos acha que é importante o que estou fazendo?

— Talvez não seja, mas você estava nas proximidades da casa no momento em que o assassinato aconteceu. E esse fato continua sem explicação.

— O que fiz no meu dia não é da sua conta. Falar com você sobre isso pode violar a confidencialidade dos meus pacientes. — Ninguém pareceu impressionado com esse argumento, o grupo apenas continuou a olhá-lo com expectativa. — Se quer saber o que me levou ao memorial de guerra, eu simplesmente estava dando uma volta ao redor do vilarejo. É um hábito meu, no final da manhã. Só parei ali por um minuto para me sentar e acender meu cachimbo. Raymond me encontrou lá, eu o despachei para a polícia e desci a rua. Àquela altura, Agnes já estava morta. Morta havia trinta minutos, pela aparência dela.

— Muito bem, então — disse Dorothea, ligeiramente intimidada pelo tom de voz elevado do médico. — Obrigada por esclarecer.

LILY ESTAVA OUVINDO A MESMA VOZ, SEIS ANOS DEPOIS.

— Ela não se atreveu a me acusar de novo depois disso, não na minha cara.

— E você realmente achou tão fora de propósito que ela o considerasse um suspeito, ou estava apenas sendo teimoso?

O doutor Lamb riu desse insulto sem censura.

— Não me lembro. Eu estava realmente apenas dando uma volta. A coisa toda foi bastante ridícula.

— Creio que sim.

— Mas me deixe continuar, esta é a parte em que você ficará mais interessada.

O MÉDICO ANDOU DE UM LADO PARA O OUTRO NO CENTRO DO SEMICÍRCULO.

— Seu raciocínio, Dorothea, está errado. Qualquer um pode entrar furtivamente nesta casa vindo de qualquer ângulo. O jardim é uma confusão de sebes e árvores, e a casa em si tem mais portas do que paredes. Se quer saber quem fez isso, seria melhor procurar um motivo.

— E ninguém aqui tem um motivo — disse Matthew. — Então, deve ter sido um estranho?

— Exatamente — concordou o doutor Lamb.

— O motivo era dinheiro — respondeu Dorothea baixinho, mas todos pararam para ouvi-la.

— Dinheiro? — perguntou Matthew. — O que quer dizer?

— Agnes me escreveu há pouco mais de uma semana. Ela achava que alguém estava tentando envenená-la. Em uma manhã, na semana passada, minha irmã acordou se sentindo perto da morte, convencida de que colocaram alguma coisa na bebida dela.

AQUILO ERA DIFERENTE DA TONTURA HABITUAL QUE AGNES SENTIA. PARECIA que havia algum bicho emplumado vivendo dentro dela; um cisne inquieto agachado nas entranhas, com o pescoço se estendendo pela garganta. Agnes cerrou os dentes em agonia e chegou à conclusão óbvia: alguém tentou envená-la, mas subestimou a dosagem necessária. Qualquer um deles poderia ter feito isso; a jarra d'água foi deixada ao lado da cama no decorrer do dia, e quem sabe onde ela esteve antes?

O MÉDICO PARECEU INDIGNADO.

— Você mencionou isso para a polícia?

— Eu esperava que não fosse necessário. — Dorothea olhou-o calmamente. — Agnes também teve a impressão de que seu quarto tinha sido revistado. Algumas pequenas coisas estavam fora do lugar.

— Mas a mamãe não tinha nada para ser roubado — comentou Matthew.

— Isso não é totalmente verdade — retrucou Dorothea. — Seu pai, quando era vivo e os campos estavam transbordando, costumava comprar joias para ela. Uma joia todos os anos, para o aniversário de casamento deles.

— Sim, já ouvi essa história — disse Matthew. — Mas a mamãe vendeu todas, quando os tempos ficaram difíceis.

— Não — corrigiu Dorothea. — Ela mentiu para você. Agnes vendeu todo o resto, mas não foi capaz de se desfazer de seus diamantes.

— Que horrível — disse Lauren, bastante animada. — E foram roubados?

— Não sei — respondeu Dorothea. — Não sei onde ela os guardou. Eles estavam escondidos em algum lugar, a princípio porque a Agnes sentiu vergonha de ter mentido a respeito dos diamantes. Depois, para a segurança deles.

— Alguém mais sabe a respeito disso? — Matthew olhou ao redor da sala.

— Eu sabia que ela tinha guardado algumas pequenas joias — falou Violet —, mas não os diamantes. Eu limpei aquele quarto, cada centímetro dele. Não estavam em lugar nenhum.

O ÚLTIMO RESQUÍCIO DO DIA SE ESVAIU DO CÉU, E ELA AINDA ESTAVA LÁ: AGNES, sentada perto da janela aberta em um quarto agora escuro, ouvindo passos na escada.

Ela se inclinou para a frente e puxou uma velha ripa de madeira rachada do batente, onde a janela se apoiava quando fechada. Atrás da ripa havia uma fenda fina, que entrava na própria parede, um esconderijo talhado nos tijolos. Agnes tirou dali uma bolsa de pano surrada e, com cuidado, despejou o conteúdo na mesa ao lado da cadeira que ocupava. Uma torrente de joias bateu em uma bandeja de prata. Rubis, esmeraldas e diamantes, tudo meio escuro ao luar. Não era seguro olhar para as pedras durante o dia, somente quando a escada rangente que levava ao quarto dela se aquietava no período da noite. Havia trinta gemas, formando uma pilha rasa; parecia o tesouro de um livro de aventura infantil.

Isso era o que todos eles queriam, essa fortuna rasa e pesada.

O DOUTOR LAMB SERVIU OUTRA BEBIDA PARA OS DOIS.

— Você não pode estar com frio ainda.

Lily passou as mãos pelos braços.

— Acho que é o assunto da conversa que está gelando meu sangue.

— Sinto muito — disse ele. — Nós podemos parar.

— Não, não. Estou bem, sério.

— Acho que chegamos ao fim, de qualquer maneira. Deixei sua tia Dorothea com seus jogos infantis.

— Minha tia-avó, doutor Lamb. É importante acertar os detalhes.

— Muito bem, deixei sua tia-avó com suas especulações e fui embora, então é aí que minha história deve terminar. Ela insistiu em bancar a detetive por mais algumas semanas e chegou até mesmo a interrogar o resto do vilarejo. Claro, isso só os convenceu de que éramos todos suspeitos. E foi aí que comecei a pensar em me mudar. Pelo que entendi, ela morreu há alguns anos?

— Isso mesmo, um ano depois da Agnes. Causas totalmente naturais, no caso dela.

— Sinto muito.

— Ela nunca me interrogou, é claro.

— Percebi essa omissão, de fato. Você se lembra de alguma coisa daquele dia, além de encontrar o corpo?

— Ah, sim — respondeu Lily. — Eu me lembro de tudo claramente.

DEPOIS QUE A REUNIÃO CONVOCADA POR DOROTHEA ACABOU, WILLIAM E LILY se encontraram em um dos espaços de armazenamento apertados no segundo andar. Era um raro evento para eles permanecerem acordados até tão tarde. As crianças deveriam ter sido mandadas para a cama, mas todos estavam distraídos e ninguém queria reconhecer o fim de um dia tão importante. Agora os dois estavam sozinhos.

Lily estava mexendo em uma tira solta de papel de parede.

— A Dottie está brincando de detetive. Você acha que ela vai resolver o crime?

William não respondeu. Ele estava parado perto de um peitoril esquecido, cheio de cartões de Natal de vários anos atrás, observando os movimentos indistintos do lado de fora. Ela se aproximou por trás do primo.

— William, quando fomos olhar o corpo dela, você já sabia que ela estaria lá.

Ele fez um gesto negativo com a cabeça.

— Não fui eu.

— Você disse que queria me mostrar uma coisa.

— Eu não sabia que seria assim. — O menino estava soluçando.

Lily se aproximou dele lentamente, depois colocou uma das mãos no ombro do primo, apertando-o para reconfortá-lo. William se virou. Estava chorando abertamente agora, com lágrimas escorrendo do queixo. Ela o olhou, e William estendeu o punho fechado, rechonchudo, que pairou no ar como uma lua. Com a outra mão, Lily tocou no punho e ele abriu os dedos; ela olhou para a carne em forma concha, com marcas avermelhadas. No meio da palma estava um anel de diamante brilhante.

— E FOI ISSO — CONCLUIU A LILY MAIS VELHA. — EU RESOLVI O CRIME. MEU jovem primo William a assassinou. Para a minha mente de onze anos, eu era a maior detetive da Europa.

— Bem — falou o doutor Lamb —, você certamente soube guardar esse segredo.

— Claro, fiquei chocada com o crime, mas ainda queria mantê-lo longe de problemas. Eu sempre teria ficado do lado do William. E pensei por muito tempo que ele realmente tivesse matado a minha avó. Afinal, o William me mostrou a prova.

— Mas agora você não tem tanta certeza?

— Quando se deixa de lado as fantasias infantis, o caso não se sustenta, não é? William não tinha confessado, só me mostrou um dos diamantes que faltavam. É muito mais provável que meu primo tenha encontrado o corpo sozinho, antes de nós o encontrarmos juntos, e que o anel estivesse no chão, ao lado da cama.

— Ou que alguém pudesse ter dado a joia para ele. Você nunca perguntou ao William sobre isso?

Lily parecia triste.

— Eu teria pedido mais detalhes, assim que o choque inicial tivesse passado, mas nada poderia ter me preparado para a rapidez com que perdemos contato. Não deve ter sido mais do que algumas semanas depois. Matthew herdou a casa e não queria que William morasse lá. Ele sempre o odiou, por conta do pai dele.

— Verdade. William foi morar com o jardineiro, certo?

— Sim, com Raymond, que sempre sentiu pena do meu primo. Eles se davam bem, e Raymond não tinha filhos com a esposa. Portanto, parecia um arranjo fortuito, mas os três se mudaram quase imediatamente. Raymond não queria trabalhar na Granja depois do que havia acontecido e ficou sabendo de outro emprego, então foram embora. Isso tudo aconteceu em questão de semanas, e não vejo meu primo desde então. William não quis mais nada com nenhum de nós depois disso, depois que o rejeitamos.

— Então essa é a única pista que temos? — O médico ergueu uma sobrancelha. — Um único suspeito, que provavelmente era muito jovem para tê-la matado de qualquer maneira.

— Tem mais — disse Lily, enchendo a boca com outro gole de uísque. Parecia bastante acostumada com a bebida agora e se perguntou se deveria pedir um charuto. — Primeiro foi o funeral da Dorothea, pouco mais de um ano depois. Isso foi seguido de perto pelo casamento da Violet.

— Com o Ben Crake?

— Isso mesmo, com o Ben Crake, que estava rondando a casa no dia do assassinato da minha avó. Ele não foi embora após a morte da Agnes. Acho que a Violet se sentiu livre com a tragédia e começou a falar com ele abertamente. Logo ficaram noivos.

— Seu tio deve ter se sentido encantado.

— Ah, tio Matthew não gostou nada disso, mas não fez muito alvoroço. Ele foi gentil em deixar Violet e eu continuarmos morando na Granja, mesmo que fosse brutal com William. Ainda assim nos sentimos um fardo, e tenho certeza de que ele ficou aliviado por se livrar dela. A própria Violet estava desesperada para escapar. O casamento foi inevitável.

— Que romântico — comentou o doutor Lamb.

— Enfim, nenhum de nós realmente suspeitava que Ben fosse um assassino. A ideia parecia ridícula, e ele não sabia quase nada sobre a nossa família. Ben certamente não saberia a respeito de nenhum diamante. Foi apenas o tio Matthew que insistiu que o tratássemos como suspeito.

— Em algum momento você começou a concordar com ele?

A PEQUENA FAMÍLIA — LAUREN, MATTHEW E LILY — ESTAVA SENTADA AO redor da mesa da cozinha para um almoço tardio. Alguém bateu à porta. Era Violet.

— Tio Matthew, Lauren, Lily. — Ela entrou na cozinha. — Como estão vocês?

Violet se sentou.

— Eu tinha que mostrar para vocês a aliança que o Ben comprou para mim. — Eles já estavam casados havia seis meses àquela altura. — Ele andou economizando, vocês vão entender o motivo quando virem a aliança.

Ela estendeu a mão sobre a mesa lotada e mostrou um grande diamante incrustado em um simples anel de prata.

— Não é lindo?

Lauren e Matthew se entreolharam.

— Sim, é muito bonito — concordou Lauren.

— Muito — falou Matthew.

Lily não disse nada, embora tivesse notado como era semelhante ao anel que William lhe mostrara dezoito meses antes. Será que Ben poderia estar envolvido na morte de sua avó? Isso era realmente possível?

"Se ao menos Dorothea ainda estivesse conosco", pensou Lily.

— Você fez muito mais progresso neste caso do que a Dorothea jamais conseguiu — comentou o doutor Lamb.

— Fiz? O Ben, o William, o resto deles. Todos são fios que não podem ser amarrados.

— Mas você tem suspeitos reais, enquanto ela só tinha suposições.

Lily achou que faltava alguma coisa em seu raciocínio.

— Até você pode ter ouvido falar sobre o que aconteceu a seguir. Foi bastante sensacional.

O doutor Lamb concordou com a cabeça.

— O incidente com Raymond, o jardineiro?

Na noite do décimo quinto aniversário de Lily — Lauren havia lhe comprado um vestido e estava vendo a sobrinha desfilar na sala de estar com o presente —, Matthew voltou do trabalho em um estado terrível.

— Eu ouvi a fofoca do chefe da estação. Vocês não vão acreditar.

Esquecendo-se do dia especial de Lily, serviu-se de um xerez e se sentou.

— É a coisa mais estranha. — O cabelo de Matthew estava desgrenhado no ponto onde penteava com os dedos sem parar, as unhas brilhavam com gel. — É o Raymond.

Lily se sentou ao lado de Lauren. O nome do velho jardineiro, que nenhum deles via desde o mês seguinte ao assassinato, deixou-as nervosas.

Elas sabiam que tudo o que Matthew dissesse a seguir as levaria de volta à morte de Agnes.

— Ele está morto. — Nenhuma delas se moveu, não querendo se revelar. — Assassinado em Londres. Parece que foi um roubo. Aparentemente, Raymond estava andando pela cidade tentando vender alguns diamantes. Foi encontrado nos bairros pobres, talvez tentando evitar qualquer lugar dentro da lei. O idiota foi roubado e morto. Foi esfaqueado.

Lily teve uma imagem de Raymond lutando para respirar, com a garganta apertada, enquanto segurava a mão frouxamente sobre um buraco no estômago.

Matthew olhou de Lily para a tia dela.

— Sabem o que isso significa?

Ambas sabiam exatamente o que isso significava. Lauren colocou em palavras:

— Onde ele conseguiu esses diamantes, a menos que tenha assassinado sua mãe?

— Precisamente — disse Matthew. — Sempre achei que ele fosse suspeito.

— Isso foi há quase três anos — disse Lily. — Tentei escrever para o William e verificar se estava bem, mas minha carta nunca chegou até ele. Foi devolvida ainda fechada. Aparentemente, a viúva do Raymond tinha se mudado novamente e levou William consigo.

— Uma criança azarada.

Lily suspirou.

— Pobre menino. Ele teria quinze anos agora. E isso nos traz aos dias de hoje.

— Alguma vez você chegou a questionar sua irmã?

Ela, um pouco bêbada, semicerrou os olhos para o médico.

— Como assim?

— Não vou sugerir que a Violet esteve envolvida no assassinato, mas ela claramente mentiu sobre seus passos naquela manhã.

Lily engoliu a bebida de uma vez.

— Você também não é um detetive tão ruim assim. Doutor, detetive. As duas palavras são bastante semelhantes agora que as digo em voz alta.

— Vá devagar. — Ele tirou o copo da mão dela.

— Sim, é verdade. Quando vi a minha irmã na manhã do assassinato, ela estava em um estado terrível, abalada e distraída. Eu a questionei a respeito disso. Violet tinha subido para recolher a bandeja do café da manhã, depois que a Lauren saiu, e a minha avó gritou com ela. Acusou-a de querer matá-la. Bem, isso não era tão incomum, mas Violet ficou atormentada com aquilo. Ela nunca contou para a polícia.

— Então a Violet foi a última pessoa a vê-la viva?

— A última a admitir isso.

— Claro. — O médico pareceu pensativo.

— Tenho mais uma pergunta para você — disse Lily, encorajada pelo álcool. — Uma lembrança, na verdade, sobre a qual eu gostaria de perguntar.

O doutor Lamb concordou com a cabeça.

— Depois de deixar William no barco e antes de me acomodar com meu livro, dei várias voltas pelo jardim. Eu estava procurando um lugar para me sentar. Em dado momento, coloquei minha cabeça em torno de uma cerca viva e vi você e a Lauren nos braços um do outro, no final da estrada. Vocês estavam se beijando.

O médico girou ligeiramente a cadeira em direção à parede, como se quisesse se desviar da acusação.

— Isso mesmo, sua tia e eu. Isso a incomoda?

— Depende do que vocês dois fizeram juntos.

Ele suspirou e olhou para o relógio. Se o doutor Lamb estava procurando uma desculpa para encerrar a conversa ou uma ajuda para relembrar o passado, ela não sabia dizer.

— Mentimos para a polícia, obviamente. Combinamos nossos relatos do dia para evitar mencionar aquele pequeno encontro. Mas a verdade é que já estávamos nos vendo havia meses e estávamos juntos quando o assassinato aconteceu, na antiga casa do seu tio no vilarejo.

— Que sórdido — comentou Lily.

O médico pegou uma caneta da mesa e se inclinou para a frente.

— Talvez você seja muito jovem para entender o impulso — resmungou.

Ela olhou, com uma pontada de vergonha, para o copo de uísque na mão do doutor Lamb.

— Ultimamente, tenho passado a pensar que o sistema reprodutivo humano — ele fez um círculo no ar com a caneta, apontando vagamente para o útero dela — é mais um aparelho de destruição do que de vida.

Lily recolheu os joelhos contra o estômago e apoiou os pés na beirada da cadeira.

— Então não se arrepende?

— Se está realmente preocupada em resolver o assassinato, eu tenho um álibi.

Ela ignorou essa repreensão.

— Bem, alguém pode confirmar esse álibi? Se não, ele não é muito bom.

— Você perguntou à sua tia Lauren sobre isso?

Lily franziu a boca, e a pele ficou ainda mais esticada.

— Desculpe, pensei que você soubesse. Lauren morreu no ano passado. — Ela se lembrou do corpo da tia no caixão, com os olhos injetados e o pescoço inchado. — Foi uma infecção viral, uma coisa estranha.

O médico empalideceu.

— Eu não sabia.

Ele ficou pensativo e silencioso. Apesar de todo o choque provocado pela imagem do corpo de Lauren convulsionando no chão frio, o doutor Lamb não pôde evitar uma sensação de triunfo. Lauren era um de seus pecados, e ele viveu mais do que ela. Talvez, de fato, ele fosse viver mais do que todos eles.

— Lamento ouvir isso — acrescentou. — Deus sabe que sua família já sofreu o suficiente.

Lily se perguntou se deveria haver algo aviltante naquela observação e olhou para o chão.

— Bem — disse ela, como uma última formalidade —, há mais alguma coisa que possa me dizer sobre aquele dia?

Ele se levantou.

— Na verdade, sim. — O médico encheu o copo novamente. — Depois de sair deste consultório, pode lhe ocorrer de se perguntar como Lauren e eu sabíamos que tal encontro seria seguro, na própria casa do Matthew, em um dia em que ele não estivesse trabalhando. É porque ele estava indo à estação de trem para se encontrar com a Dorothea, ou foi isso o que disse. Era uma caminhada de vinte e cinco minutos em qualquer direção que tomasse. Mas Matthew nunca a encontrou, não é? Dorothea chegou sozinha. O que leva à pergunta: para onde ele realmente foi?

DEIXANDO O DOUTOR LAMB SUSPENSO ENTRE O CONSULTÓRIO E O LEITO DE morte, vamos dar um passo para trás.

Aqui é meu dever, como autor desta história, assegurar ao leitor que agora ele tenha sido apresentado a provas suficientes para resolver este mistério por si próprio. Os mais ambiciosos de meus leitores podem querer fazer uma pausa por um momento e tentar fazer isso.

E AGORA SE PASSARAM CINCO ANOS.

O doutor Lamb teve uma visão do crepúsculo em dois retângulos. Ele estava olhando pela janela através dos óculos. Havia escrito o nome dela e nada mais: "Querida Lily".

Então a tristeza o consumiu. Seus pecados pareciam impossíveis de justificar agora que chegava ao fim da vida e via como eles fizeram pouca diferença; pela mesma razão, eram impossíveis de se lamentar.

"Há cinco anos, você me procurou com perguntas sobre o assassinato de sua avó. Não lhe contei tudo o que sabia naquela época, por motivos que ficarão claros. Na verdade, fiz o oposto, e minha última dica para você foi um despiste; seu tio realmente andou até a estação, mas errou os horários dos trens. Talvez você tenha suspeitado disso e sido educada demais para comentar? Você foi uma jovem impressionante e espero que os anos que se passaram tenham lhe feito bem. Dorothea ficaria orgulhosa."

O doutor Lamb suspirou profundamente. Estava atrasando o momento da confissão e sabia disso.

"Naquela reunião, você me fez confessar um dos meus pecados: meu caso com sua tia Lauren. Mas não o outro, o papel que desempenhei no assassinato de Agnes. Tudo começou com Ben Crake."

— COM LICENÇA. — O MÉDICO ESTAVA PASSANDO PELO MEMORIAL DE GUERRA em um dia de final de verão, quando foi chamado pelo jovem.

— Olá, Ben. Como você está?

Ben se levantou.

— Acabou de vir da Granja, doutor? Você se importa se o acompanhar?

— Sim, eu vim; e não, eu não me importo. Venha comigo. Quer saber a respeito da Violet?

— Hoje não — respondeu Ben. — Hoje quero lhe perguntar sobre diamantes.

"**Foi a primeira vez que ouvi falar a respeito deles**", escreveu o doutor Lamb. "Mas o Ben foi insistente. Agnes tinha pedido ao pai dele para ajudar a vendê-los, quando considerou brevemente se desfazer dos diamantes; ele sabia muito a respeito desse tipo de coisa, por estar no ramo de antiguidades. Quando desistiu da venda, Agnes o fez jurar segredo. Mas é claro que ele contou a história toda para o filho. Ben sabia que eu costumava ir ao quarto dela e me perguntou se eu tinha visto os diamantes. Eu não tinha visto, mas perguntei para Lauren sobre as joias. Ela me contou a história de que o marido da Agnes comprava um diamante todos os anos no aniversário do casal, quando ele era vivo e o futuro deles era brilhante. Antes da guerra. Mas ela pensou que a velha havia vendido as gemas havia anos."

A luz estava ficando fraca. Ele franziu os olhos para a página.

"Eu disse a ela que o Ben havia me garantido o contrário e, juntos, arquitetamos um plano. Isso foi depois da doença fortuitamente oportuna da Agnes, que me fazia passar muito tempo na casa dela, por isso prometi encontrar uma maneira de sedá-la em uma das minhas visitas para Lauren entrar e vasculhar o quarto. Não tínhamos a intenção de levar todos os diamantes, apenas o suficiente para dividir generosamente entre nós três — incluindo a parte de Ben —, mas Lauren não conseguiu encontrá-los. Ela passou uma hora procurando, em vão. Como não sabíamos que Agnes havia acordado ainda sentindo os efeitos do sedativo e tinha ficado desconfiada, então, alguns dias depois, planejamos nossa segunda tentativa. Dessa vez, eu iria com a Lauren e a ajudaria na busca."

Ben vasculhou os cantos e as divisões do jardim com os binóculos e finalmente avistou os dois, Lauren e o doutor Lamb, através de uma abertura no arvoredo.

— Eles deveriam ser mais cuidadosos — disse para si mesmo.

Ben interceptou-os no início da estrada, após dar uma grande volta para evitar o jardineiro, ocupado catando folhas do outro lado da casa, e a irmã mais nova de Violet, que estava lendo debaixo de uma árvore. Ele já tinha visto Matthew saindo de casa para a estação, por isso decidiu interrompê-los.

— Vou com vocês.

Lauren olhou para Ben com desconfiança.

— Por quê? Não confia na gente?

— É melhor maximizar nossas chances de encontrá-los, não é?

O médico fez que não com a cabeça.

— Se você for visto, como vamos explicar a sua presença?

— A situação não deve chegar a esse ponto — disse Lauren. — Violet está dormindo na sala. Se usarmos a outra escada, ela não nos ouvirá.

— Tudo bem. — O médico abriu as mãos e se virou para Lauren. — Você deu o sedativo à Agnes?

Lauren concordou com a cabeça.

— Está no leite dela.

— Então vamos fazer de tudo para encontrá-los desta vez.

— Eu estive observando a Agnes — disse Ben, levantando os binóculos —, mas não vi onde ela os guarda.

— Vocês não vão encontrá-los. — Uma vozinha saiu das árvores. — Ela não tira os diamantes durante o dia.

Houve um farfalhar de folhas e uma silhueta desceu de um dos sabugueiros próximos. Era William, com as mãos pretas de frutas esmagadas.

— Eu sei onde eles estão. Estão muito bem escondidos.

— Onde estão os diamantes? — perguntou Ben.

Lauren se ajoelhou na frente da criança.

— William, como você sabe onde eles estão escondidos?

— Agnes saiu do quarto uma vez. Eu rastejei para baixo da cama dela. Ia surpreendê-la, mas, quando voltou, ela bateu a porta com força e eu fiquei com muito medo. Passei a noite toda lá. Ela tira os diamantes à noite.

O médico lutou para reprimir um sorriso.

— Então vai nos dizer onde eles estão?

O garoto balançou a cabeça.

— Vou mostrar a vocês — disse ele, com um ar de importância.

Lauren ergueu os olhos para o doutor Lamb, depois olhou brevemente para Ben. Ela se voltou para a criança.

— William, você consegue guardar um segredo?

O DOUTOR LAMB MASSAGEOU A MÃO, JÁ HAVIA ESCRITO DUAS PÁGINAS. A LUZ estava falhando, e ele queria registrar tudo antes de escurecer. O médico pegou a caneta novamente.

"Bem, aí está. Nós quatro subimos para o quarto dela juntos, passando furtivamente por você, Raymond e Violet sem muita dificuldade. William nos mostrou o pedaço de madeira solto no batente da janela e, atrás dele, surgiu apenas a pontinha de uma bolsa de lona. Ela saiu como um verme arrancado de uma maçã, com um pouco de resistência. Então nós esvaziamos a bolsa em uma mesa. Havia mais do que tínhamos imaginado, e os diamantes eram deslumbrantes. Foi fantástico. E o jovem William era o mais animado de todos nós."

— Vocês!

Eles se viraram. Agnes estava sentada na cama. Onde a cabeça havia deixado o travesseiro, havia uma mancha escura e úmida. Como se sentiu muito fraca para chegar à janela depois do café da manhã, ela derramou o copo de leite com muito cuidado no próprio travesseiro, para dar à Lauren a impressão de que havia bebido. Então, Agnes se deitou e cobriu o leite com o cabelo.

— Eu sabia que alguém estava tramando alguma coisa, mas todos vocês?

Ben deu um passo à frente sem hesitar. Ele pegou alguns cobertores extras de uma cômoda ao lado da cama e jogou-os em cima da idosa. Por um breve instante, ela pareceu um fantasma. A seguir, Ben empurrou todos eles na direção de Agnes.

— Vamos, não há como recuar agora.

Ela tinha visto demais, e eles sabiam o que tinham a fazer. Não houve objeções, nem mesmo de William, que parecia pensar ser tudo um jogo. Eles atiraram todos os lençóis que encontraram sobre Agnes e subiram em cima dela. Os quatro, todos igualmente comprometidos com o assassinato. Agnes mal foi capaz de lutar contra o peso somado deles, mas os quatro ainda conseguiam sentir sua resistência e ficaram sentados segurando-se uns nos outros até que os movimentos parassem. Depois, eles permaneceram no lugar por mais alguns minutos, para garantir. Mas nenhum deles esteve disposto a levantar os cobertores e olhar o cadáver.

"Trocamos o travesseiro, é claro. Ninguém percebeu que o colchão estava ligeiramente úmido. Deixamos todo o resto como estava. Na pior das hipóteses, você pode me chamar de cúmplice relutante."

Ele suspirou e se perguntou se o relato estava preciso. Mesmo agora, era uma luta falar honestamente.

"Lauren e eu vendemos nossas partes por meio do pai do Ben, que não fez perguntas. Mas o William já havia se mudado àquela altura. Tínhamos dado a ele uma parte, é claro, e esperávamos que isso o mantivesse calado. E assim foi, por alguns anos, mas ele deve ter contado ao Raymond tudo a respeito dos diamantes em algum momento, e o idiota evidentemente os levou para Londres e os anunciou amplamente. Acabou sendo esfaqueado em um beco." O doutor Lamb sorriu. "Não é muito, mas essa é a única coisa parecida com justiça que posso oferecer a você."

Ele estava ficando impaciente, e a mão doía.

"Lauren pareceu perder o interesse em mim depois do assassinato. Acho que a culpa foi demais para ela. Então, deixei-a com Matthew e vim para Londres, onde ninguém notaria a repentina mudança em minha sorte. E eu vivi confortavelmente, só isso. Acho que foi o máximo que qualquer um de nós ganhou com o assassinato: apenas um pouco de conforto. Eu gostaria de poder dizer que tudo valeu a pena, mas não tenho certeza se isso seria verdade. Espero que você consiga nos perdoar. Atenciosamente, Doutor Godwin Lamb."

Largou a caneta e olhou com tristeza para a escuridão lá fora. A seguir, começou a tossir. E tossiu por vários minutos. Então, o doutor Lamb foi ao banheiro, deixando um ponto de sangue vermelho-brilhante ao lado da assinatura.

12

A sexta conversa

JULIA HART PASSOU O DEDO PELO PARÁGRAFO FINAL: "E TOSSIU POR VÁRIOS minutos. Então, o doutor Lamb foi ao banheiro, deixando um ponto de sangue vermelho-brilhante ao lado da assinatura."

Já era tarde, e seus olhos começaram a ficar pesados no meio da última página.

— Desculpe — bocejou ela.

Grant preencheu o silêncio:

— Outra história sórdida. Como já discutimos a definição de romance de assassinato, então talvez a coisa mais útil que posso fazer agora é descrever como essa história deriva disso.

— Sim — disse Julia, pegando a caneta. — Estou interessada em ouvir a respeito.

Os dois estavam sentados em uma cabana de madeira, a algumas centenas de metros da casa de Grant ao longo da praia. Ali dentro havia um suporte que armazenava um único pequeno barco, com espaço para outro. Eles abriram as portas largas que davam para o mar e acomodaram-se do lado de dentro, em duas cadeiras dobráveis de madeira. Diante de Grant e Julia, a areia impecavelmente lisa descia até a água, tão perfeita quanto um tapete.

— Já vimos várias histórias até agora em que apenas um dos suspeitos era o matador. E hoje de manhã vimos uma história em que todos os suspeitos eram matadores. Bem, fica imediatamente claro a partir da definição que também existe um meio-termo. Podemos fazer com que exatamente metade dos suspeitos seja de matadores, ou qualquer outra proporção.

— E aqui temos Ben, William, o doutor Lamb e Lauren — enumerou Julia. — O estranho misterioso, o menino, o médico e sua amante. Quatro assassinos. E eu contei nove suspeitos, no total.

Grant concordou.

— A questão é que qualquer subconjunto de suspeitos pode se tornar culpado. Pode ser um quarto deles, metade ou mesmo todos menos um. Essas soluções são igualmente válidas, de acordo com a definição. Esta história simplesmente ilustra o argumento. — Ele se inclinou para a frente na cadeira. — Eu disse que a definição era libertadora, e esse é o motivo. Ela quase cria um novo gênero: agora, em vez de adivinhar quem é o matador, o leitor deve considerar se cada suspeito individual está ou não envolvido no crime. O número de finais possíveis aumenta exponencialmente.

Ela parecia pensativa.

— Você não se preocupa que isso seja quase liberdade demais? Se todo um grupo de suspeitos fosse culpado, seria quase impossível para o leitor adivinhar a solução exata, o que pode fazer com que ela pareça arbitrária.

— É um desafio para o autor fazer com que um final como esse pareça satisfatório, é verdade, mas em si não é mais arbitrário do que qualquer outro final. Lembre-se de que rejeitei a visão de romances policiais como quebra-cabeças lógicos, nos quais as pistas definem uma solução única e o processo de obtê-la é quase matemático. Não é matemático, e elas nunca definem. Tudo isso é apenas ilusionismo.

Julia estava anotando os detalhes do que ele disse.

— Com certeza é uma maneira interessante de encarar as coisas.

— Não devemos esquecer — continuou Grant — que o objetivo central de um romance de assassinato é dar aos leitores um punhado de suspeitos e a promessa de que, em cerca de cem páginas, um ou mais deles serão revelados como os assassinos. Essa é a beleza do gênero.

Os olhos do escritor se voltaram para o mar, como se fosse indelicado dizer a palavra *beleza* enquanto olhava para Julia.

— Ele apresenta ao leitor um número pequeno e finito de opções e, no final, apenas recua e se compromete com uma delas. Pensando bem, é realmente um milagre que o cérebro humano possa se surpreender com tal solução. E a definição não muda isso, apenas esclarece as possibilidades.

Julia concordou com a cabeça.

— Sim, nunca pensei a respeito disso assim. A arte, então, está no engodo: em escolher a solução que, de certa forma, parece a mais inadequada para a história, mas de outras formas se encaixa perfeitamente.

— Exato — disse Grant. — E é isso o que diferencia um romance de assassinato de qualquer outra história com uma surpresa no final. As possibilidades são apresentadas ao leitor desde o início. O final apenas recua e aponta para uma delas.

Uma lamparina antiga pendia no teto atrás deles. O sol se pôs enquanto Julia estava lendo e agora a cabana era uma caixa de luz amarelada enterrada no azul astral da noite, como uma pedra preciosa em uma caverna. Ela achou que era sua vez de falar:

— Assim como as outras histórias, esta tem um pequeno detalhe fora do lugar. Precisei ler algumas vezes para perceber.

Grant estava concordando com a cabeça.

— Eu gostaria de ouvir.

Ela virou as páginas do caderno.

— A primeira coisa que me impressionou foram as muitas referências a estrangulamento, embora Agnes tenha sido morta por sufocamento. Primeiro, o esquilo foi encontrado estrangulado. Então, vemos o médico explicando estrangulamento para William. A própria casa chega a ser descrita como sendo *estrangulada por árvores*. É como se esses detalhes tivessem sido colocados ali para prenunciar algo que nunca acontece.

— Sim — concordou Grant. — Isso é interessante. Não percebi isso.

— E aí, em uma segunda leitura, percebi que cada morte na história é descrita com pelo menos um sintoma de estrangulamento, mesmo quando não faz sentido. O médico no início provavelmente está morrendo de câncer no fígado ou no pâncreas, mas a voz está rouca. Agnes tem hematomas ao longo do pescoço, mas não há explicação para eles. E quando Raymond é esfaqueado, Lily o imagina com a garganta apertada, incapaz de respirar. Até o cadáver da Lauren tinha olhos injetados e um pescoço inchado, e ela morreu de um vírus.

— Sim — disse ele —, isso é muito intrigante. É mais sutil do que as outras histórias, talvez.

A lamparina estava piscando atrás dos dois. Grant ergueu a mão e a tirou do teto, estava ficando sem óleo. Ele extinguiu a chama da lamparina, deixando apenas o luar.

— Você sempre morou sozinho aqui?

— Sim, sempre — respondeu, então se aprumou na cadeira e se virou para ela. — Mais cedo, você me perguntou se eu era obcecado pelo mar. Tenho uma resposta para você.

— Será interessante ouvir.

— Para mim, o mar é como ter um cachorro de estimação dormindo na lareira. Quando estou perto dele, mesmo dentro da minha casa, é como se eu pudesse sentir sua respiração. É uma espécie de companheiro. É menos solitário viver sozinho à beira-mar.

Julia fez um gesto negativo com a cabeça.

— Infelizmente não consigo me identificar com esse sentimento. — O leve cheiro de carne podre a atingiu na brisa, e Julia olhou para o mar sem conseguir evitar imaginar a si mesma se afogando nele. — Para mim, o mar sempre foi um pouco assustador. Ele se move como um conjunto de mandíbulas, mastigando tudo dentro dele. O mar não o faz se lembrar da morte, às vezes?

A resposta de Grant soou enigmática:

— É de se pensar que faria, mas não faz.

Ela não disse nada.

TRINTA MINUTOS DEPOIS, JULIA HART VOLTOU PARA O QUARTO DE HOTEL, subindo as escadas no escuro. Ela acendeu a luz elétrica e se sentou à mesa perto da janela. O reflexo brilhante bloqueou a visão das estrelas, exceto as poucas que podia ver de onde o quarto ainda estava na sombra. Julia esfregou os olhos e abriu a janela, para que o ar fresco da noite a mantivesse acordada. A seguir, pegou a caneta.

Na escrivaninha à frente estava um pequeno livro, encadernado em couro verde. Era um exemplar original de *Os assassinatos brancos*. Julia puxou o livro, abriu-o perto do final e colocou um seixo em cima para mantê-lo aberto. Pegou o caderno e abriu uma página em branco. Rasgou dois quadrados da borda da página e escreveu uma pergunta em cada um deles, depois se inclinou à frente e os prendeu no parapeito da janela. Um papel dizia: "Quem foi Francis Gardner?". E o outro: "Ele teve alguma coisa a ver com o *Assassinato branco*?". Julia pensou por um momento e acrescentou um terceiro papel, este era um lembrete para a manhã seguinte: "Falar com o gerente do hotel".

Ela virou uma folha em branco e verificou a hora. Ainda havia muito que precisava fazer. Respirou fundo e prendeu a respiração por um momento, tentando concentrar os pensamentos; o zumbido da luz elétrica fazia parecer que as paredes estavam cheias de insetos.

Então Julia soltou o ar e começou a escrever.

13

A sombra na escadaria

ERA UMA MANHÃ DE SEGUNDA-FEIRA, A PRIMEIRA OPORTUNIDADE PARA ALGO interessante acontecer depois do marasmo sufocante de domingo. Antes do meio-dia, o grande detetive Lionel Moon recebeu duas entregas que não lhe fizeram sentido.

Lionel Moon encontrou a primeira quando estava saindo para o trabalho. Uma caixa de chocolates e um cartão. No corredor fora do apartamento, viu a caixa retangular rasa no meio do capacho. Parecia a maquete de um casarão de fazenda em um campo de trigo, com o cartão como uma espécie de telhado. Ao pegá-la, sentiu os chocolates chacoalharem no interior e teve a imagem de ossos quicando dentro de um caixão. O cartão estava assinado com um *X*, em duas pinceladas de nanquim azul-escuro.

— Isto é um presente — perguntou-se — ou algum tipo de aviso?

Lionel Moon tinha poucos amigos, e nenhum que pudesse imaginar comprando-lhe chocolates. O detetive voltou ao apartamento e colocou a caixa sobre uma pequena mesa ao lado da porta. A seguir, trancou o lugar e saiu do prédio.

Ele encontrou a segunda entrega naquela noite, quando voltava do trabalho. Um envelope estava colado na porta, com seu nome escrito em uma caligrafia grande e solta. Lionel Moon abriu-o, ainda parado no corredor; dentro havia a fotografia de uma fotografia dele mesmo saindo do prédio. Tinha sido tirada da rua ou talvez da loja do outro lado da calçada. O detetive sabia que era a fotografia de uma fotografia porque a imagem dentro da imagem estava levemente distorcida, como se tivesse sido colocada em uma mesa e inclinada para longe da câmera. Ela tinha uma borda branca grossa que não era muito reta. Havia uma sombra vaga cobrindo a borda e a imagem dentro dela.

— Uma foto de uma foto — disse para si mesmo. — O que diabos isso significa?

Se tivesse pensado na questão, poderia ter presumido que essas duas entregas, os chocolates e a fotografia, estavam de alguma forma relacionadas. Mas, na verdade, o efeito da fotografia — de se ver ao mesmo tempo de perfil e em miniatura, andando com passos firmes, na palma da própria mão enquanto segurava a foto diante de si — foi ele se esquecer completamente dos chocolates e nem sequer notá-los ao entrar no apartamento.

— Uma mensagem. Mas o que ela está tentando me dizer?

Lionel Moon levou o envelope e seu conteúdo para a cozinha, depois se sentou para estudá-los enquanto esperava que uma panela de sopa esquentasse no fogão. A panela era uma coisa de metal nodosa, e a sopa dentro dela era amarela. Embora fosse considerado um dos melhores detetives da Europa, Lionel Moon levava uma vida muito simples. Ele alugava alguns cômodos — uma sala de estar com uma cozinha em uma extremidade e um quarto de dormir — em um prédio alto em uma rua bonita que saía de uma praça de Londres. No final do corredor havia um banheiro compartilhado. A senhoria — a senhora Hashemi, uma viúva — morava sozinha no último andar.

Ouviu a sopa borbulhar, tirou a panela do fogo e despejou o conteúdo em uma tigela branca lascada. Jantou enquanto examinava o envelope, tomando cuidado para não derramar nada no que mais tarde poderia se tornar uma prova. Não havia marcas incomuns e nada que indicasse de onde veio. Lionel Moon largou o envelope e pegou a fotografia. "Não é muito diferente de um envelope em si", pensou ele, "com uma imagem bem guardada dentro de outra". Só que não havia como abri-lo e examinar o conteúdo.

— Parece vagamente ameaçador.

Se alguém tivesse enviado uma fotografia normal dele mesmo, o detetive a teria considerado uma mensagem de que estava sendo observando, entregue em forma pictórica. Mas a fotografia de uma fotografia parecia muito mais ambígua. Lionel Moon olhou atentamente para ela e percebeu que era a foto da página de uma revista. Houve alguns perfis dele que saíram em revistas no decorrer dos anos, quando seu nome apareceu em casos famosos. Havia algumas marcas pretas na parte inferior que deviam ser o topo de uma linha de texto. Alguém abriu a revista sobre uma mesa e fotografou a página.

— Mas por quê?

Lionel Moon estava cansado da vida de detetive, mas o mistério ainda conseguia cativá-lo; fez um esforço para não pensar no caso. Enxaguou a tigela e a panela com água fria, guardou-as em um armário, depois colocou a fotografia de volta no envelope e o guardou em uma prateleira na sala de estar. Então, por ter voltado do trabalho bastante tarde, apagou as luzes da cozinha e foi direto para a cama.

COMO TODOS OS PESADELOS MAIS EFICAZES, AQUELE COMEÇOU COM UMA AUSÊNcia de significado onde ele deveria estar: a fotografia da fotografia ainda era um mistério quando, dois dias depois, Lionel Moon voltou para casa e encontrou uma terceira entrega à sua espera. O destino parecia ter se tornado um gato, deixando esses itens curiosos e mutilados em sua porta. Dessa vez era um cadáver.

Ele havia passado pela porta do apartamento sem notar nada incomum, só quando chegou à cozinha percebeu que alguma coisa estava errada. A porta do quarto estava aberta, embora o detetive soubesse que a fechara com cuidado naquela manhã. Ele sempre fazia isso, para manter o calor; os ambientes eram cavernosos e o prédio, geralmente frio. Mas agora havia uns quinze centímetros de espaço vazio entre a porta e o batente, um retângulo escuro tão alto e fino quanto um poste de luz. Lionel tirou a arma de dentro do paletó e a segurou com a mão direita, depois espiou pela fresta da porta.

Um cadáver jazia na cama. Era o corpo de um homem, totalmente vestido em um terno marrom-escuro, de meia-idade, com a barba por fazer e aparência rústica. Lionel percebeu com desgosto que o morto ainda estava de sapatos e que os lençóis da cama estavam enrugados sob o peso. O rosto do homem estava inchado e irreconhecível, e a pele tinha um tom de roxo aveludado. Foi envenenado, provavelmente, ou teve alguma doença. Não havia sinais óbvios de luta; o homem podia ter sido colocado ali antes ou depois de morrer, era difícil dizer.

Um lado do rosto do cadáver tinha cicatrizes extensas do que parecia ser pele queimada. Aqueles padrões inconfundíveis de carne enrugada e empolada, embora fossem cicatrizes velhas e apenas ligeiramente visíveis, se estendiam até a linha do cabelo, coberta por um chapéu. O inspetor Goode, que foi parceiro de Lionel por muitos anos, costumava dizer que "se você entrar no céu, pode esquecer os sofrimentos da vida, mas no inferno deve se lembrar deles". Lionel pensava nisso sempre que via o rosto torturado de um cadáver recém-morto. Seriam essas contorções os efeitos de memórias dolorosas sendo vivenciadas novamente ou apenas os efeitos da morte? Ele estendeu a mão e fechou os olhos do cadáver, selando a verdade por trás deles.

— Onde acha que ele está então, no céu ou inferno?

As palavras vieram de trás dele. Lionel se virou e viu o inspetor Goode parado à porta. A respiração de Lionel vacilou, como sempre acontecia, porque o inspetor estava morto havia quase um ano. Houve um vazamento de gás no prédio onde ele morava; o próprio Lionel encontrou o cadáver e, alguns dias depois, ajudou a carregar o caixão até uma gaveta embaixo do beiral de uma pequena igreja. Era como se o morto tivesse escolhido se encolher lá, fora da chuva, e fumar um cigarro por toda a eternidade.

Mas isso não impediu o inspetor de voltar para continuar a parceria entre os dois, como se nunca tivesse morrido. Tudo começou logo após o funeral. Lionel pensou ter visto o falecido parado no meio da multidão, sorrindo para ele. Agora aquilo acontecia nos momentos mais inocentes e familiares; sempre que Lionel estava sozinho, era provável que o inspetor apareceria. O detetive tinha desistido havia muito tempo de se perguntar se estava enlouquecendo e agora simplesmente aceitava a situação.

— Boa tarde, Goode. — Ele se voltou para o cadáver. — O que acha disso?

— Ele engoliu algo que não caiu bem. Verifique os bolsos, por gentileza.

Lionel fez o que o parceiro falecido pediu. Não havia mais pistas, tanto a respeito da identidade do homem quanto de onde ou como ele foi morto.

— Por que acha que o corpo foi trazido aqui, para mim?

— Consigo pensar em três possibilidades.

O inspetor Goode levantou três dedos, e Lionel percebeu que eles não projetavam nenhuma sombra na parede atrás do parceiro. "Apenas fruto da minha imaginação", pensou o detetive.

— Pode ser um aviso — disse o inspetor — ou uma confissão parcial do assassino.

— Ou uma tentativa de me incriminar por assassinato?

— Sim, essa é a terceira opção. Mas seja estoico em relação a isso, que tal? É difícil incriminar alguém por assassinato. Além disso, você tem a vantagem. Há uma pista que você ainda não percebeu.

— Eu mal tive tempo — falou Lionel em tom defensivo.

Ele saiu do quarto e examinou a porta do apartamento. Estava intocada, a fechadura ainda funcionava e não havia marcas nela. Então o detetive verificou as janelas, embora morasse no segundo andar. Uma escada ou um pedaço de corda poderiam ter sido usados para subir até elas, não era impossível. Mas as janelas estavam todas trancadas e nenhuma foi danificada.

O inspetor Goode observou o parceiro da entrada, assobiando impacientemente.

Enquanto Lionel verificava a janela mais distante no canto do quarto, percebeu movimento no prédio em frente. A mulher que morava ali estava parada à janela da cozinha, olhando vagamente na direção do detetive enquanto preparava um ensopado. Ele deu um passo para o lado, torcendo para não ter sido visto por ela, e observou a vizinha através de uma fresta nas cortinas.

O prédio em que a mulher morava era menos distinto do que o dele e as paredes voltadas para Lionel tinham mais tijolos do que janelas, mas ao longo dos anos de observação ele criou uma imagem convincente da família que morava ali. Eram três pessoas. O pai trabalhava muito e chegava tarde em casa; a esposa passava os dias cuidando de tarefas domésticas e do filho; e o menino estava eternamente de cama, com uma doença ou outra.

Eles pareciam uma família infeliz. O quarto do menino ficava em frente ao banheiro no final do corredor e, no verão, com a janela de vidro fosco aberta, Lionel se divertia fazendo caretas para ele — sua cabeça molhada se transformava em uma procissão de gárgulas encharcadas de chuva —, que sempre ria.

— Ela pode ver o corpo de lá? — Virou-se, esperando que Goode respondesse, mas o ex-parceiro havia desaparecido assim que Lionel notou a mulher.

O detetive olhou para a cama. Estava coberta de sombras e os ângulos o convenceram de que a vizinha provavelmente não conseguiria. Suspirou de alívio. Era crucial que ninguém chamasse a polícia antes que Lionel tivesse dedicado tempo para investigar. Se o corpo fosse usado para incriminá-lo, deveria haver um motivo para a polícia ainda não ter sido chamada. Talvez o assassino voltasse mais tarde para colocar mais provas ou estivesse ocupado estabelecendo um álibi próprio. O detetive não podia agir, ou permitir que alguém interviesse, até que entendesse mais a respeito da situação.

A mulher pareceu perder o interesse e se afastou da janela. Ele a observou colocar uma tigela de ensopado em uma bandeja e sair da cozinha, então saiu do esconderijo.

Lionel percebeu ter uma vantagem em relação ao assassino: estava em casa muito mais cedo do que de costume. Era uma quarta-feira no meio da tarde, horário em que normalmente estaria no escritório. Isso deu ao detetive a chance de pegá-lo desprevenido.

Voltou para a sala. O inspetor Goode estava sentado em uma poltrona. Lionel se sentou à frente dele.

— Aonde você foi?

O inspetor sorriu. Em vida, ele sempre agiu como se soubesse a resposta para tudo; às vezes, Lionel o achava insuportável.

— Saí por um momento. Encontrou a pista?

— A fechadura da porta não foi forçada. O assassino devia ter a chave do meu apartamento.

Não havia outra maneira de a pessoa ter entrado, uma vez que as janelas estavam trancadas. E isso significava que alguém que ele conhecia devia estar envolvido. Paradoxalmente, Lionel achou a ideia reconfortante: introduzia limites a uma situação que antes parecia infinita dentro das possibilidades.

— Ótimo. Então você não precisa que eu enumere os suspeitos.

— A primeira é a senhora Hashemi. — A senhoria, que morava no último andar, era a única pessoa que tinha a chave do apartamento além dele. — Mas ela não é uma assassina, não dessa maneira.

Essas três últimas palavras pareceram divertir o inspetor.

— Você acha que ela é mais do tipo que coloca óleo na escada?

Lionel franziu a testa.

— Isso é sério, Eustace. Alguém quer me arruinar.

A humilde aparição encolheu os ombros.

— Bem, e quanto à moça?

— A segunda suspeita, Hanna.

Lionel se inclinou para a frente na cadeira. Hanna era a jovem que vinha limpar o prédio e os apartamentos, várias vezes por semana. Ela pegava as chaves nos aposentos da senhoria.

— Ela poderia ter dado a chave para alguém — concluiu ele.

Lionel tinha certeza de que nem Hanna nem sua senhoria queriam incriminá-lo ou seriam capazes de cometer um assassinato. Mas elas ainda poderiam estar envolvidas, fornecendo a chave do apartamento em troca de dinheiro. Ou talvez as duas tenham sido ameaçadas?

— Devo interrogar a senhora Hashemi?

— Você perderia a vantagem de estar em casa antes da hora. E se ela avisar os comparsas?

Lionel fechou os olhos. Poderia ter sido mais alguém? Havia o vizinho, o senhor Bell, fotógrafo e colega notívago. Um amigo, quase, mas Lionel não confiava em ninguém naquelas circunstâncias. E havia o senhor Pine, o vizinho de baixo — um homem quieto e estudioso que trabalhava em uma das universidades —, mas Lionel mal o conhecia e não o via tinha semanas.

— E nenhum deles tem qualquer motivo.

Lionel Moon conhecia a mente criminosa. Conhecia de cabo a rabo. Seria necessário um profissional para tramar algo do gênero, disso ele tinha certeza. Então o detetive colocou a questão da chave de lado e perguntou a si mesmo: "Quem iria querer me incriminar?".

O primeiro homem que veio à mente foi um falsificador húngaro chamado Keller.

Keller havia liderado uma quadrilha de falsificadores em Londres durante muitos anos, até que um de seus sócios tentou obter mais do que a parte justa dos lucros. Keller amarrou as mãos e os pés do homem e o jogou, ainda vivo, em um moedor de carne industrial; a seguir, pegou o sangue, usou como substituto para a tinta e imprimiu cem notas falsas de uma libra com as entranhas da vítima. Ele deu uma cédula dessas para cada um dos homens da gangue, a fim de lembrá-los do preço da traição. Inevitavelmente, um deles se embebedou e tentou gastar a nota.

E foi assim que o caso chegou à polícia. A partir da descrição do lojista e do amplo conjunto de manchas e impressões digitais que cobriam a nota, Lionel foi capaz de identificar os principais hábitos da gangue e, em seguida, deduzir uma por uma a identidade dos integrantes. Foi uma obra-prima do trabalho de detetive analítico; como um círculo, formando uma espiral para dentro. Como de costume, havia pouca coisa para incriminar o líder da gangue, então Keller foi condenado por alguma acusação menor.

Isso aconteceu havia quatro anos. Keller tinha sido solto no mês anterior e Lionel andava inquieto desde então. Ele estava muito velho para se defender agora e, até onde sabia, o criminoso estava ansioso por vingança. Afinal, o detetive havia destruído todo seu ganha-pão e reputação.

— E a Hanna não é húngara também? — Lionel se perguntou se isso era apenas uma coincidência.

HAVIA OUTROS QUE GUARDAVAM RANCOR, OBVIAMENTE. UM NÚMERO GRANDE demais para ele se lembrar.

Apenas três semanas antes, Lionel Moon estava discutindo esses casos anteriores com o novo parceiro, o inspetor Erick Laurent. Alguns deles eram lendários. Houve o caso do prolífico ladrão de arte Otto Mannering, no qual Lionel deduziu a profissão, nível de instrução e idade do culpado a partir das pinturas que ele escolheu roubar. Teve o caso do menino encontrado cortado ao meio em um reservatório ao norte de Londres; Lionel havia estabelecido que não apenas as duas metades eram partes de dois corpos diferentes, mas que a metade superior era na verdade uma menina composta para parecer um menino.

— E houve um caso original? — perguntou Laurent para ele. — Um primeiro que o inspirou a seguir a carreira de detetive?

— Sim. — E Lionel contou a história que havia contado centenas de vezes antes.

Ele era órfão. O orfanato de São Bartolomeu era um lugar cruel e, em uma determinada tarde, ele fugiu. Lionel tinha dez anos. Andou cerca de treze quilômetros e chegou à beira de um campo arado, onde notou um pequeno monte de terra ao lado de uma vala. Parecia ser uma adição recente à paisagem. Havia uma rosa e um brinquedo de criança em cima do monte. Lionel afastou um pouco da terra e descobriu o rosto de uma menina morta, olhando fixamente para fora da lama espalhada. Foi seu primeiro encontro com a morte, e ele correu para a estrada mais próxima; não parou de correr por vários quilômetros. Lionel foi recolhido cerca de uma hora depois e voltou para o orfanato.

Como já estava enrascado o suficiente, ele nunca contou para ninguém sobre ter encontrado o corpo. Só quando tinha dezessete anos e saiu do orfanato de São Bartolomeu para ir a Londres, ele se viu, em um domingo chuvoso, repentinamente tomado pelo desejo de resolver o caso. Não havia registro de uma garota desaparecida naquela área e naquela época; Lionel fez uma viagem de um dia até o orfanato, parou brevemente para revisitar os quartos onde viveu quando criança, mas não foi capaz de encontrar o campo novamente. Voltou para Londres desapontado. Ele sabia, obviamente, que a família da menina ou os tutores deviam tê-la matado e não relataram a morte — era a única possibilidade que fazia sentido —, mas nunca descobriu quem ela era ou por que foi enterrada com tanto segredo.

Laurent cofiou a barba.

— Isso é muito intrigante — disse ele.

E os dois homens concordaram: uma vez provado, o trabalho de detetive era como uma droga. Os melhores mistérios — aqueles que os mantinham sem dormir à noite — eram aqueles em que não havia ausência de autor ou de método, e sim de sentido. Como o mistério diante de Lionel neste momento. O cadáver na cama podia significar muitas coisas, e ele não seria capaz de descansar até que soubesse a verdade.

Somente quando pensou nisso foi que o detetive se lembrou da fotografia que recebera dois dias antes.

LIONEL ENCONTROU O ENVELOPE E DEPOSITOU O CONTEÚDO NA MESA DA COZI-nha. A fotografia de uma fotografia de si mesmo, quase irreconhecível em sua juventude, saindo do prédio e virando à esquerda. O que isso poderia significar? Será que estava relacionado ao corpo na cama?

— Vamos analisar o caso logicamente — disse para si mesmo.

Se o propósito de uma fotografia é retratar o episódio breve e restrito da realidade durante o momento em que por acaso ela foi tirada, então a fotografia de uma fotografia retrata o mesmo momento da realidade, a mesma seção do tempo? Ou é de alguma forma um comentário sobre o registro original, com a intenção de ser inerentemente satírico ou crítico? A intenção era atrair o foco para a fotografia como um objeto físico real — um brilho de pontos prateados aninhados em uma mancha de gelatina —, como se alguém estivesse dizendo: "Olha o que eu encontrei"? Ou tinha sido tirada por alguém que não conhecia outra forma de fazer uma cópia?

Lionel fechou os olhos; as perguntas estavam cansativas agora. Tanto o corpo quanto a fotografia pareciam ilegíveis; não havia pistas suficientes para dar sentido a qualquer um dos dois. Ele queria muito fumar cachimbo, embora já tivesse parado havia anos.

Alguém deu um tapa na mesa diante dele. O detetive abriu os olhos e viu o inspetor Goode inclinado sobre ele.

— Acorde, Moon. Você ainda não terminou. Você identificou dois suspeitos, para começo de conversa, então avance com eles.

Lionel não disse nada. Naquele instante, ouviu o barulho conhecido de alguém subindo as escadas. Era a senhora Hashemi, reconheceu o jeito de andar da senhoria. Dava para imaginar a cena, sentado à mesa da cozinha. A boca exuberante e eternamente sorridente da senhora Hashemi, que ficava aberta sempre que ela não estava conversando com alguém, estaria balançando para cima e para baixo conforme ela galgasse cada degrau. A senhoria costumava parar no primeiro andar e acender um cigarro, e não deu outra: veio a ausência de som quando ela parou para provar que Lionel estava certo. Ocorreu ao detetive, então, que conhecia a senhora Hashemi bem o suficiente a ponto de a reação dela ao vê-lo em casa em uma hora tão inesperada ser capaz de deixar claro se estava, de alguma forma, envolvida no crime. Perceberia uma reação de empolgação, medo ou nervosismo.

— Vou fazer uma surpresa para ela.

Goode bateu palmas.

— É assim que se fala!

Lionel foi de mansinho até a porta e aguardou. Quando a senhora Hashemi estava chegando ao topo da escada, prestes a passar, ele enfiou a cabeça pela porta e olhou em volta. O detetive tentou agir como se estivesse esperando alguém; quando viu que era ela, sorriu educadamente e desejou um bom dia. A mulher franziu a testa e quase sussurrou:

— Essa escada. Essa maldita escada.

Sem ansiedade, apenas com o bom humor habitual.

Lionel não respondeu, acenou com a cabeça e voltou para dentro do apartamento.

Então aquilo resolveu a questão. A senhoria não estava envolvida. A revelação mal chegou a surpreendê-lo.

— Muito bem, Moon — disse o inspetor Goode. — Agora vá e pegue o outro suspeito.

LIONEL QUIS VER HANNA TRABALHANDO, APENAS POR UM MOMENTO. ELA ERA uma garota tímida, e ele tinha certeza de que, se tivesse passado a chave de seu apartamento para outra pessoa, ela não seria capaz de esconder o fato.

O detetive imaginou Hanna verificando a hora constantemente ou olhando para trás a cada som que escutasse.

Mas o risco de o detetive ser visto era muito grande. Assim sendo, ele vestiu um disfarce: uma peruca simples de cachos laranja reluzente, para cobrir a cabeça calva, e um casaco preto comprido que tirou das camadas de roupas no fundo do armário. Tinha a esperança de que seria o suficiente para disfarçá-lo na penumbra do corredor. Não havia nada mais ridículo, ele costumava achar, do que um detetive usando uma fantasia elaborada. Sentiu-se envergonhado só de pensar nisso.

Saiu de mansinho do apartamento e parou no topo da escadaria. O som de algo pegajoso sendo esfregado veio lá de baixo.

O detetive desceu a escada com cuidado, fazendo o mínimo de barulho possível. Já na metade da descida, parou e abaixou a cabeça: dali era possível vê-la, no final do corredor do térreo. Hanna estava movendo um esfregão mecanicamente para frente e para trás, cantarolando para si mesma.

— Ela não parece nervosa ou tensa.

Mas era difícil dizer àquela distância.

Lionel desceu correndo as escadas e saiu para a rua, como se estivesse com pressa de chegar a algum lugar, e deu uma olhadela para Hanna ao passar. Sua impressão não mudou. Ela parecia relaxada, nem mesmo virou a cabeça ao ouvir o som de seus passos.

Ele quase trombou com o inspetor Goode, que estava parado ao lado de uma caixa de correio na calçada do lado de fora.

— Não é ela também — disse Lionel.

Goode colocou os braços atrás de si e ergueu o corpo até se sentar em cima da caixa de correio, onde ficou com os sapatos balançando a um metro do chão. Era o tipo de agilidade que só um morto poderia ter. Ele olhou para Lionel.

— Então você deve se perguntar se há outros suspeitos.

LIONEL MOON VOLTOU PARA O APARTAMENTO E FICOU ANDANDO DE UM LADO para o outro na sala.

— Quem mais poderia ter feito isso, então?

A senhora Hashemi tinha um amigo, o dono da floricultura no final da rua. Lionel frequentemente passava por ele subindo as escadas para o apartamento dela, com um buquê de flores nas mãos. Os braços do homem estavam cobertos de tatuagens, resquícios de uma vida diferente, mas Lionel sempre o considerou amigável e provavelmente inofensivo.

O detetive parou de andar quando ouviu o eco de notas de piano vindo de algum lugar próximo. Ficou em silêncio por um momento. Pareciam vir de um dos aposentos ao lado. Devia ser o senhor Bell. Na ponta dos pés, foi até a parede divisória e pressionou a cabeça contra ela. Conseguiu ouvir o ritmo das tábuas do assoalho se movendo levemente para cima e para baixo, e percebeu que não era um piano sendo tocado, mas um gramofone sendo ouvido.

Os movimentos cessaram, e Lionel imaginou a cena absurda do vizinho pressionando, como ele, a cabeça contra o outro lado da parede. De repente, houve uma batida forte à porta do apartamento. Estava se concentrando com tanto cuidado na música que não percebeu os passos se aproximando escada acima.

O visitante bateu novamente, dessa vez mais alto. Lionel ficou encostado na parede e tentou não respirar. A seguir, ouviu o som de passos recuando, embora fossem apressados e ele não soubesse se estavam subindo ou descendo.

O detetive andou até a mesa da cozinha e pousou a arma sobre ela, apontada para longe dele. Sentou-se. Ele esperou; tinha um palpite de que o visitante voltaria. Daquela posição, Lionel conseguia ver toda a sala de estar, e a arma estava prontamente à mão. Ele estava um pouco desapontado com o fato de o caso já estar entrando no que deveria ser o ato final, antes que tivesse a chance de resolvê-lo. Mas essa decepção havia se tornado uma ocorrência comum ultimamente, conforme a aposentadoria se aproximava e os pensamentos desaceleravam.

O minuto seguinte se arrastou longamente. O inspetor Goode não apareceu.

Em seguida, os passos voltaram, agora unidos aos da senhoria. Lionel reconheceu os passos da mulher imediatamente. Houve outra série de batidas fortes, depois uma pausa. Silêncio. Nada. Ele ouviu os soluços de pânico da senhora Hashemi enquanto tentava destrancar a porta; ouviu o rangido lento quando ela se abriu e, a seguir, um homem entrou pela passagem. Era seu novo parceiro, o inspetor Erick Laurent.

Lionel ficou tão surpreso que a mão foi instintivamente para a arma, mas o movimento foi sutil o suficiente para não ter sido percebido. Laurent e a senhoria passaram correndo por ele até o quarto. Nenhum dos dois o tinha visto sentado ali.

— Ele está morto. — Ouviu Laurent dizer, seguido por um grito de choque da senhoria.

Os dois saíram do quarto envolvidos em uma conversa apressada, e nenhum olhou na direção do detetive.

— Por favor, telefone para um médico — pediu Laurent. — Parece assassinato. Tome, o doutor Purvis é um amigo meu.

Laurent rabiscou um número de telefone em um pedaço de papel e o entregou para a senhora Hashemi.

— Diga a ele que Lionel Moon está morto.

Ela saiu correndo da sala.

Um momento de compreensão fria e opressiva passou por Lionel, e então as palavras de seu parceiro foram absorvidas. O detetive se levantou, sobrecarregado pelo peso da arma.

— Laurent — disse ele; o homem não se virou.

Lionel caminhou até onde o parceiro estava parado e acenou com a mão na frente dele. Mas Laurent não pareceu vê-lo, apenas andou até o quarto e olhou para a cama. Em estado de desespero, Lionel seguiu o homem.

O cadáver tinha parecido familiar, mas só agora Lionel reconheceu o corpo como ele mesmo. O inchaço escondia muito do rosto e as cicatrizes o despistaram: ele tinha se esquecido do incêndio no orfanato, quando era apenas uma criança. Todo o edifício foi destruído pelo fogo. Lionel estava chocado, também, ao notar como parecia mais velho ali do que na fotografia.

Se você entrar no céu, pode esquecer os sofrimentos da vida, mas no inferno deve se lembrar deles. Interpretou como um bom presságio o fato de ter se esquecido do incêndio.

Lembrou-se de outra coisa e voltou para a sala de estar. Laurent parecia segui-lo. Aquela maldita caixa de chocolates que ele recebeu na segunda-feira de manhã estava na mesa da cozinha, despercebida até agora. Na noite anterior, Lionel tinha voltado do trabalho tarde, um pouco bêbado — Laurent e ele tomaram um pouco de uísque, para comemorar o fim de um caso —, e comeu um deles distraidamente. Ou foi mais de um? O detetive olhou a caixa aberta: faltavam vários chocolates. "Que tolice", pensou Lionel, "uma tolice imperdoável".

Mas quem mandaria chocolates envenenados para ele? E um cartão assinado com um beijo? Enquanto um mistério terminava, outro começava. O detetive considerou os possíveis suspeitos, procurando por alguém com motivo e oportunidade, alguém que conhecesse seus hábitos, alguém que soubesse até mesmo de sua fraqueza por chocolates. E dessa vez a ficha caiu.

Lionel foi até a janela. A mulher do apartamento em frente estava se escondendo atrás das cortinas, olhando discretamente para o prédio dele. Ela sabia o que estava acontecendo e observava a situação se desenrolar. Ele pensou na criança doente e ficou tenso. Por meses — talvez até anos, o detetive não tinha certeza —, essa mulher vinha envenenando o próprio filho. E Lionel Moon tinha testemunhado a coisa toda, mesmo sem perceber. O que ela estava mexendo no ensopado? Veneno de rato ou herbicida? Ele conhecia casos assim. A mulher devia ter odiado Lionel olhando para ela o tempo todo, então finalmente decidiu se livrar dele. Para a própria segurança dela, presumiu ele. Será que a vizinha colocou um pouco do veneno — uma dose mais forte, obviamente — nos chocolates e os enviou para ele?

— Não existe outra explicação.

Atrás do detetive, alguém pigarreou. Ele se virou. Era o inspetor Goode, seu amigo falecido e ex-parceiro. Ele se aproximou, estendeu a mão ao topo da cabeça de Lionel e tirou a peruca laranja que o detetive tinha esquecido que estava usando.

— É importante ter dignidade para onde você está indo — disse Goode. — Venha comigo.

Os dois saíram do apartamento, deixando o inspetor Laurent sozinho em um ambiente cheio de pistas legítimas e falsas, com um mistério a resolver. O grande pesar de Lionel Moon, ao passar pela porta da frente pela última vez, era ainda não saber por que alguém havia lhe enviado a fotografia de uma fotografia dois dias antes, ou o que ela deveria significar.

14

A Sétima Conversa

— "O GRANDE PESAR DE LIONEL MOON, AO PASSAR PELA PORTA DA FRENTE PELA última vez, era ainda não saber por que alguém havia lhe enviado a fotografia de uma fotografia dois dias antes, ou o que ela deveria significar" — leu Julia Hart.

Ela baixou o manuscrito. Grant McAllister a encarou.

— Então — começou ele —, esse é o fim?

— Sim — falou Julia. — O livro termina com um mistério não resolvido.

— Ele resolveu o próprio assassinato, pelo menos.

— Isso é verdade. Esta história traz uma sensação um pouco diferente das outras, não acha?

— Talvez. — Grant pensou a respeito. — Existem elementos sobrenaturais, mas já mencionei que a definição não os proíbe.

— Mas eles tornam o caso bastante injusto para o leitor. — Ela fez soar como uma acusação.

— Pode ser. — Ele deu de ombros. — Esta história representa o caso em que a vítima e o detetive se sobrepõem. Vimos a sobreposição entre suspeitos e detetives, e entre suspeitos e vítimas; portanto, a próxima etapa era inevitável. Embora a definição permita, é difícil realizar na prática.

— E foi por isso que você recorreu ao sobrenatural?

— Sim. — Grant coçou o nariz.

Os dois estavam tomando café no jardim de rosas, nos terrenos do hotel de Julia. O escritor tinha se oferecido para encontrá-la ali e poupá-la de caminhar até a cabana. Era a terceira manhã de Julia na ilha, e já estava garantido que seria outro dia escaldante.

Grant apareceu logo após o café da manhã usando paletó branco folgado e chapéu, com a bainha dobrada da calça manchada de laranja pela caminhada. E ele imediatamente derramou café na manga da camisa.

— Este é um hotel muito elegante — comentou. — Seu patrão a hospeda com estilo.

— Foi o único hotel que encontramos na ilha — explicou Julia. — Existe outro?

— Boa pergunta. — Grant riu. — Nunca precisei de um. Pensando bem, provavelmente não há.

Ele estava olhando distraidamente para o jardim em volta, assobiando para si mesmo.

Julia interrompeu os pensamentos do escritor:

— Pode me contar alguma coisa sobre esta história? Disse que foi uma estrutura difícil de realizar. Por quê?

— Apenas porque o detetive é opcional em nossa definição. Portanto, se o escritor ofuscar demais o papel dele, transformando o personagem também em vítima, o leitor pode nem perceber que havia um detetive. Fazer a vítima voltar como um fantasma era uma maneira de contornar isso. Valeu a pena tentar, pelo menos.

Ele estava olhando para um pássaro empoleirado na estátua de uma mulher segurando um recipiente com água, esculpida em uma pedra branca que parecia lisa como chocolate. Julia o observava. Sentia-se nervosa, agora que tudo estava caminhando para o fim.

— Acho que você conseguiu — comentou Julia. — E eu gosto que esta seja diferente das outras histórias.

Ela pegou uma pasta da bolsa e a abriu no colo. Não queria que ele suspeitasse de nada, pelo menos não ainda.

— Li seu artigo de pesquisa novamente ontem à noite. — Julia parecia não ter dormido; os olhos estavam vermelhos. — Ficou mais compreensível agora que você explicou alguns dos pontos principais para mim, mas ainda havia muita coisa que não consegui acompanhar.

— Há muita coisa que não discutimos.

— Fiquei especialmente interessada na lista que você deu na seção dois, subseção três.

Grant voltou toda a atenção para ela.

— Vá em frente — disse ele.

— Posso ler para você?

Ele concordou com a cabeça.

— Claro.

Julia baixou o olhar para a pasta.

— "De posse desta definição" — leu —, "podemos agora estabelecer matematicamente as variações fundamentais do romance de assassinato clássico".

— Sim — falou ele, fechando os olhos. — "As permutações da ficção policial."

— "Os casos são os seguintes" — continuou Julia, respirando fundo. — "Aquele em que o número de suspeitos é igual a dois. Aquele em que há três ou mais suspeitos. O caso aberrante, com um número infinito de suspeitos, que permitimos, mas não consideramos digno de comentário. Aquele em que o conjunto de matadores tem tamanho de um, um agente solitário. Aquele em que o conjunto de assassinos tem tamanho de dois, parceiros no crime. Aquele em que o conjunto de matadores é igual a todo, ou quase todo, o conjunto de suspeitos. Aquele em que grande parte dos suspeitos, três ou mais, mas não todos, é matadora. Aquele no qual existe uma única vítima, aquele em que existem várias vítimas. Qualquer caso formado pela substituição de A e B por qualquer combinação de suspeitos, detetives, vítimas ou matadores, exceto o de suspeitos e matadores, que já foi contabilizado, nos seguintes casos: aqueles em que A e B são separados, onde A contém B como um subconjunto estrito, onde A e B são iguais, onde A e B se sobrepõem, mas nenhum está contido no outro. Isso inclui especialmente os casos em que todos os detetives são matadores, todos os suspeitos são vítimas, todos os detetives são vítimas. Aquele em que os suspeitos consistem inteiramente em detetives e vítimas, e da mesma forma os assassinos. Aquele em que os matadores são apenas os detetives que também não são vítimas. Aquele em que os matadores são apenas as vítimas que não são também detetives. Aquele em que cada suspeito é tanto vítima quanto matador. O caso no qual todo suspeito é detetive e matador. Aquele em que cada suspeito é vítima, detetive e matador ao mesmo tempo. Finalmente, há o caso em que todos os quatro conjuntos são idênticos: suspeitos, matadores, vítimas e detetives. E qualquer combinação consistente das opções acima".

Os olhos de Grant estavam brilhando de satisfação.

— Isso me deixa nostálgico pelos meus dias como pesquisador — comentou.

— É uma lista exaustiva. Alguma vez você teve a intenção de escrever uma história para cada uma dessas permutações?

Grant estava observando uma formiga andar até a ponta de um relógio de sol, a poucos metros deles.

— Seriam histórias demais. Especialmente quando se leva em consideração essa última frase. Foi uma aspiração, talvez, mas nunca uma intenção.

— E ainda assim você parou em apenas sete histórias. Por quê?

Ele levou um tempo para responder:

— Ninguém estava interessado em romances policiais depois da guerra. Eles ficaram desatualizados muito rapidamente, em comparação com toda aquela morte real.

— Talvez algumas das convenções estejam desatualizadas. Mas a estrutura em si está viva e passa bem.

Grant parecia em dúvida.

— Você realmente acredita nisso?

— O que quero dizer é que, se a pessoa lê uma ficção criminal agora, é impossível não se perguntar como a história vai acabar. Essa ênfase é tirada do romance de assassinato. O leitor pode não estar se perguntando especificamente qual personagem cometeu o assassinato, talvez isso tenha até ficado claro desde o início, mas ainda estará imaginando com qual, de um conjunto pequeno e finito de finais possíveis, o autor se comprometerá. Assim, a estrutura ainda está lá.

O escritor, sorrindo, ficou em silêncio por um momento.

— Sim, acho que tem razão. Nunca encarei dessa forma antes. Isso não refuta minha afirmação de que o romance de assassinato convencional está desatualizado. Senti isso de forma muito tangível em meados da década de 1940, por isso parei de escrever.

— É uma pena — disse Julia, pegando a xícara de café em seguida.

— Você notou alguma inconsistência nesta história?

Grant pegou a própria xícara e bebeu o último gole do líquido amargo. Estava morno.

— Sim, uma inconsistência fácil desta vez. — Julia deu de ombros. — Todo o orfanato pegou fogo quando ele era criança, mas Lionel visita os ambientes onde morou quando já era adolescente. Então, o orfanato queimou ou não?

— Entendo — respondeu ele. — Sim, eu deveria ter notado essa inconsistência.

Julia pousou a xícara vazia na mesa e apontou para trás do escritor.

— Já esteve lá em cima?

Apontava para um trecho da costa imediatamente fora da cidade, onde a terra se elevava a uma altura considerável e um penhasco íngreme lançava um olhar desconfiado para o mar.

— Sim — disse Grant, calmamente. — Conheço bem o lugar.

Julia não conseguia tirar os olhos dali.

— Parece um ponto muito dramático. Tenho um rascunho da introdução na minha bolsa. Talvez pudéssemos subir lá para ler? Podemos transformar em uma ocasião especial.

Grant ergueu uma sobrancelha.

— Estou impressionado — falou ele. — Quando você teve tempo para escrever isso?

— Na noite passada, principalmente. Depois que fui embora.

O escritor soltou um assobio de admiração.

— Sendo assim, vamos, se você quiser. Não subo lá há muito tempo, mas estou ansioso para ouvir o que escreveu. E vale a pena ver a ilha inteira.

— Ótimo — disse ela, já arrumando as coisas.

15

A conversa final

JULIA HART OLHOU PARA TRÁS ENQUANTO LUTAVA PARA SUBIR A ENCOSTA IRRE-gular. Grant a seguia e, pela primeira vez, a diferença de idade entre os dois era aparente, embora a empolgação do escritor não diminuísse. Ela o esperou alcançá-la, ficando ligeiramente fora da trilha.

— Sinto muito — disse Julia. — Não parecia tão íngreme visto de baixo.

Grant parou para secar a testa com um lenço.

— Não é tão ruim assim — respondeu —, só o calor torna muito mais difícil.

Os cantos das roupas brancas tinham círculos de suor.

Ela voltou para a trilha. A colina adiante levava ao dramático precipício que ambos tinham visto do jardim de rosas do hotel. A metade superior estava repleta de pequenos trechos de floresta amarelada.

— Essas árvores vão nos dar algum abrigo — disse Julia. — Podemos fazer uma pausa quando chegarmos a elas.

— A última vez que vim aqui, achei fácil. — Grant franziu os olhos para o contorno dela. — Infelizmente, envelhecer é uma coisa sem graça.

Eles começaram a subir novamente.

Não demoraram muito para chegar à linha de árvores delgadas e ques-tionadoras que marcavam o início da pequena floresta; o caminho que estavam seguindo levava diretamente para o meio da mata. Depois de mais ou menos trinta metros, chegaram a uma clareira cercada por grandes formações rochosas. A luz lá dentro era de um amarelo berrante e verde, por causa do sol que brilhava através das folhas.

— Um anfiteatro natural — elogiou ele, acariciando uma das rochas. — Já se passaram alguns anos desde a última vez que estive aqui.

— Esta ilha parece ter tudo.

Grant havia recuperado a energia agora que pararam. Empoleirou-se em uma pedra e se virou para encarar Julia, com as pernas balançando para o lado.

— Eu me apaixonei por ela no momento em que cheguei.

Julia olhou em volta. Gostaria que tivessem trazido um pouco de água ou vinho.

— Nunca estive em um lugar assim.

Grant tirou o chapéu e se abanou com ele.

— Devo admitir, eu estava apreensivo com sua visita no início. Eu vivi uma vida simples nos últimos anos, mas achei estimulante.

Enxugou a testa novamente e deixou o lenço úmido cair pesadamente no chão.

— Não acho que devamos ir mais longe — opinou Julia. — Pode ser mais fácil conversar aqui, longe do vento.

Grant concordou.

— E você está com o rascunho da introdução para eu ouvir?

— Sim. — Ela deu um tapinha na bolsa. — Mas antes de conversarmos a respeito disso, acho que devemos tomar uma decisão sobre o título do livro.

— *Os assassinatos brancos*. Você acha que devemos mudá-lo?

— Eu não serei a única a notar a semelhança entre o *Assassinato branco*, ocorrido em Londres, e seu livro *Os assassinatos brancos*. Devemos pelo menos decidir o que diremos se a questão surgir.

— Então acho que devemos mudar o título. — Ele jogou o chapéu de uma mão para a outra. — Que tal *Os assassinatos azuis*?

— Parece um tanto indecente.

Grant deu uma risadinha.

— Tem alguma sugestão?

— Talvez. — Julia respirou fundo. — Mas ainda gostaria de saber por que chamou essa coletânea de *Os assassinatos brancos*.

Ele pegou um graveto e começou a descascar a casca com as unhas.

— Eu lhe disse, achei um título evocativo. Se soa semelhante a outra coisa qualquer, é apenas uma coincidência.

— Existem algumas dessas coincidências no decorrer do livro. O *Assassinato branco* certamente cativou sua imaginação.

240

Grant arrancou uma folha e a colocou na pedra ao lado dele; uma jogada defensiva em um jogo de xadrez.

— Não sei o que quer dizer.

— Você se lembra dos detalhes do *Assassinato branco*?

Um longo período de silêncio se passou. Grant parecia um lagarto na rocha, mal se movendo.

— Só o que você me disse no outro dia.

— Então preste atenção. — Julia estava parada na frente dele como uma professora em um quadro-negro, com uma parede de árvores às suas costas. — O *Assassinato branco* ocorreu no dia 24 de agosto de 1940. A senhorita Elizabeth White foi morta em Hampstead Heath. Ela estava levando o cachorro para passear pouco antes do pôr do sol. Quando chegou à Estalagem Espanhola, uma conhecida taverna à beira de um pântano no extremo Norte, um homem parou para falar com ela. A senhorita Elizabeth White foi vista por várias testemunhas conversando com este homem de terno azul. Os dois conversaram por algum tempo. Mais ou menos uma hora depois, ela foi encontrada na estrada em frente à Estalagem Espanhola. Tinha sido estrangulada. Isso ocorreu às nove e meia da noite. O cachorro havia sumido e nunca mais foi visto. Nunca encontraram o assassino.

Grant balançou a cabeça.

— Isso é muito interessante, mas por que está me contando isso?

Julia continuou:

— Pode não parecer relevante, à primeira vista. Mas aqui temos suas histórias, sete delas, cada uma contendo pelo menos um detalhe que não faz muito sentido. A primeira tem uma vila espanhola com um desenho e uma cronologia impossíveis. A segunda tem uma cena que deveria acontecer durante o dia, mas acaba sendo ambientada à noite, exatamente às nove e meia. A terceira apresenta um homem duplicado vestindo um terno azul cuja presença nunca é explicada. A quarta destaca a palavra *branco* ao substituí-la em todos os lugares pelo antônimo. A quinta tem um cachorro que simplesmente desaparece. A sexta está repleta de descrições de estrangulamento, embora ninguém na história seja realmente estrangulado. E a sétima tem um orfanato ressuscitado com o nome de São Bartolomeu, cuja festa é celebrada no dia 24 de agosto. E todas essas histórias estão reunidas sob um título, *Os assassinatos brancos*. São muitas coincidências.

Grant engoliu em seco, bem alto.

— Sim, são muitas.

— Então você ainda nega?

Ele passou um longo tempo pensando na questão, parecendo calcular.

— Não acho que isso me faria sentir bem. Você me pegou. Todas essas são referências ao *Assassinato branco*. — Havia uma expressão de dor no rosto de Grant. — Não me lembro de ter feito isso. Colocar as referências, quero dizer.

— Parece improvável que tenha esquecido. Deve ter sido um ato bastante cuidadoso e proposital incluir tantas referências assim.

— Sim, talvez.

— Deve ter demorado muito.

— Não me lembro.

Julia o olhou diretamente.

— Grant, está ficando cada vez mais difícil acreditar no que você me diz.

Ele bateu com os calcanhares na rocha.

— O que posso dizer?

Uma rajada de vento preencheu a clareira e uma nuvem de poeira e folhas pareceu se erguer do chão, girando em círculos; a ilha ficou repentinamente barulhenta. Julia deixou o barulho diminuir antes de responder:

— Não espero que diga nada. Não espero nada, porque não acredito que você seja o autor dessas histórias.

A clareira ficou quieta novamente.

Como um anfiteatro com uma única pessoa sentada nada mais era do que um trono elaborado, Grant ficou sentado naquela grande pedra, incapaz de se mover, como se fosse um rei pego em xeque-mate.

— Que coisa estranha de se dizer. — A voz dele falhou, e Grant começou a tossir. — Por que você diria uma coisa dessas?

— É verdade, não é? Você não é o autor dessas histórias. Você não é Grant McAllister. É outra pessoa.

O sangue sumiu do rosto dele.

— Claro que não é verdade, de jeito nenhum. Por que diabos você pensaria uma coisa dessas?

— Sim, tenho certeza de que você gostaria de saber. — Julia deu um passo em sua direção. — Bem, vou lhe contar. Suspeito dessa situação desde o início. Já vi autores com vergonha das primeiras obras, e outros com um orgulho teimoso delas, mas nunca conheci alguém tão francamente pouco envolvido com seus escritos.

Ela começou a andar de um lado para o outro com uma mão erguida e um dedo apontado para o céu.

— Você me explicou detalhadamente a matemática, mas não me contou quase nada a respeito das histórias em si. Como foram escritas, por que tomou as decisões que tomou...

— Eu as escrevi há muito tempo.

— Também há o fato de que o Grant nasceu e foi criado na Escócia, mas você não tem sotaque escocês. E o Grant seria cerca de dez anos mais velho do que você aparenta ser.

— Cresci perto da fronteira. E pareço jovem para a minha idade.

Julia parou no centro da clareira.

— E você caiu na minha armadilha.

Diante do uso da palavra, ele olhou em volta, como se preocupado com a possibilidade de a vida estar em perigo. Mas o momento de pânico passou, e o homem relaxou novamente. Julia o estava observando sob seu olhar teimoso, e Grant pareceu afundar em uma espécie de resignação estoica.

— O que você fez? — perguntou ele.

— Tudo começou com a primeira história. Cometi um erro, só isso. Quando eu estava lendo. Minha cabeça estava girando por causa do calor, a visão estava embaçada. Eu circulei as últimas frases do texto com caneta vermelha, para sugerir uma mudança de palavras. Mas, na verdade, pulei as últimas frases completamente, só li metade do final. E você nem percebeu.

— Algumas frases, isso não é nada.

— Algumas frases — repetiu Julia —, mas elas mudaram tudo. A história tinha a Megan e o Henry discutindo sobre qual deles matou o amigo, Bunny, você lembra? Ele está deitado em uma cama no andar de cima com uma faca nas costas. Os dois estão presos na casa do Bunny em um dia muito quente, tentando decidir o que fazer. Eles sabem que um deles é o assassino, mas nenhum vai admitir.

— Sim, eu lembro.

— O tempo passa e, como não fazem avanço, eles decidem beber. Megan pega o copo que Henry lhe dá, segura por um minuto e o devolve. Henry bebe desse copo. Poucos minutos depois, ele desmaia. É claro que ele foi envenenado, e Megan efetivamente admite ter feito isso. Você presumiu que ela também era culpada pelo assassinato do Bunny.

— Sim — disse Grant. — Aonde quer chegar?

— As próximas frases contradizem essa ideia. Você se lembra do que a Megan disse para o Henry depois que ele desmaiou?

Grant fez que não com a cabeça.

— **Essa é a questão sobre mentiras, Henry.** — **Megan se levantou e** ficou de pé sobre ele. — Depois que a pessoa começa, não consegue parar. Ela tem que seguir até onde a mentira irá levá-la.

Megan terminou a bebida.

— Bem, não posso mais ouvir mentiras. Sei que você matou Bunny, e você sabe que eu sei. Raios me partam se eu deixar você me matar também.

Os olhos de Grant se arregalaram.

— Então ela matou Henry em legítima defesa?

— Sim — disse Julia —, porque o Henry assassinou Bunny. Só percebi mais tarde que perdi essas frases, o que mudou todo o final. E ainda assim você não percebeu. Realmente poderia ter esquecido algo tão proposital?

A voz dele se elevou:

— Depois de vinte longos anos, é claro que eu poderia.

— Sim — concordou ela —, eu também pensei isso. Portanto, contive meu julgamento e decidi testar você. Infelizmente, você não passou.

Grant fechou os olhos.

— O que quer dizer?

— Meu erro com a primeira história me deu uma ideia. Lemos a segunda história naquela tarde. Foi ambientada em uma cidade à beira-mar, chamada Bela Noite.

Ele concordou com a cabeça.

— Continue.

— Um homem chamado Gordon Foyle é acusado de empurrar Vanessa Allen dos penhascos, mas afirma que foi um acidente. Tudo o que sabemos com certeza é que eles passaram um pelo outro, caminhando em direções opostas. O detetive é um personagem sério, chamado senhor Brown.

— Um homem corpulento de preto, eu me lembro.

— Ele encontra uma echarpe feminina enrolada nos arbustos no topo das falésias. A echarpe tem uma pegada de bota; o salto de uma galocha esguia.

— E ele conclui que ela deve ter sido arrastada para trás, em direção à morte.

Julia concordou com a cabeça.

— Mas essa foi a única parte que eu mudei. Essa e o final.

Grant a olhou, o rosto cheio de perguntas.

— Você mudou o final?

— E alguns dos detalhes que levaram a ele. Fiz isso intencionalmente desta vez, quando você saiu para dar uma volta. Eu me sentei com a história em mãos e a alterei ligeiramente. Como disse, foi apenas um teste. Para ver se você notaria. Eu esperava que você ficasse confuso; eu estava preparada para que ficasse com raiva. Achei que eu poderia argumentar e me safar, e que isso teria sido o fim da discussão. Mas, na verdade, você não percebeu.

— Você me enganou? — Ele jogou o chapéu no chão em protesto. — E eu tenho ajudado você. Tenho sido gentil com você.

— Você tem mentido para mim!

— Estou velho, esqueço as coisas. Você realmente vai usar isso contra mim?

— Você não é tão velho — disse Julia, ao pegar o chapéu e devolver para ele.

Grant suspirou, parecia intrigado e nervoso.

— Então, como a história acabou, originalmente?

— Seja como for — disse o inspetor Wild —, deixe-me esclarecer a situação.

Ele riscou um fósforo e estava prestes a acender outro cigarro, quando o senhor Brown se inclinou para a frente e derrubou o fósforo dos dedos do amigo. No tapete vermelho, onde caiu, o fósforo queimou e deixou uma marca preta que parecia uma gota de nanquim derramado.

— Espere um instante — pediu Brown. — Eu não gostaria de lhe dar essa satisfação. Já sei o que aconteceu.

O inspetor Wild ergueu as sobrancelhas.

— Não é possível que você saiba. Concordamos que não havia provas.

— Bem, eu encontrei algumas. O suficiente para me dar uma boa ideia, pelo menos.

O amigo olhou-o com desconfiança.

— Entendo. Vamos ver, então.

O velho corado se recostou na cadeira.

— Apresento a você a echarpe da vítima. — O senhor Brown retirou do bolso do paletó o quadrado dobrado de tecido branco e manchado e entregou ao inspetor, que o abriu sobre a mesa.

— Onde achou isso?

— Estava preso a um arbusto de urze. Seus colegas não devem ter visto.

— E o que a echarpe deveria nos dizer exatamente?

— Aqui, veja, há a pegada de uma galocha. Larga, uma galocha masculina. Comparei com as pegadas em uma meia página de jornal na casa da vítima e não era dela. Você será capaz de me dizer, sem dúvida, que o senhor Foyle estava usando galochas naquela manhã?

O inspetor Wild concordou com a cabeça.

— Ele ainda as estava calçando quando o prendemos.

— Muito bem, então me responda: como um homem pode pisar na echarpe de uma mulher enquanto os dois estão passando um pelo outro? Em um dia ventoso, as pontas ficariam no ar; não que a echarpe fosse realmente longa o suficiente para se arrastar pelo chão, de qualquer maneira.

O inspetor Wild ficou hesitante.

— Continue.

— A pergunta colocou uma determinada imagem na minha mente. Imagine Gordon Foyle parado acima da senhora Allen, com o pé no nível da cabeça dela enquanto seu corpo está pendurado no penhasco, com a galocha inadvertidamente pisando na echarpe.

— Então você acha que ele é culpado?

— Não. — Senhor Brown uniu as pontas dos dedos. — Acho que Gordon Foyle é inocente. Se ele tivesse empurrado a senhora Allen do penhasco, ela certamente não teria acabado naquela posição. A mulher teria caído de cabeça. Mas se a senhora Allen tivesse perdido o equilíbrio e escorregado, poderia ter se agarrado à beira do penhasco, deixando a echarpe caída sobre a borda, exatamente onde ele pisou. Bem, o que mais temos para explicar? O lugar onde a urze foi remexida? Vamos supor que Gordon esteja sendo sincero a respeito disso. O rapaz viu a senhora Allen cair, alguns metros à frente dele, e passou pela urze até a beira do penhasco. Daquele ponto, ele viu a mulher se segurando, então correu para a trilha e deu a volta até o local onde ela havia caído. Isso se encaixa com tudo o que sabemos até agora?

O inspetor Wild parecia um pouco confuso.

— Creio que sim.

— Gordon Foyle, da borda, vê a senhora Allen lá. Seu primeiro instinto é ajudá-la, obviamente, mas então reconsidera. Gordon realmente não quer que ela sobreviva, apesar de tudo. Então, ele fica parado e observa a luta dela por alguns minutos, até que as mãos ensanguentadas da mulher se tornem escorregadias e contorcidas, forçando-a a se soltar, caindo fatalmente alguns momentos depois. A echarpe se solta quando a senhora Allen despenca, sendo levada pelo vento a um arbusto. Ele provavelmente nem percebe isso. — O Senhor Brown pegou a bebida. — Bem, inspetor, agora você pode esclarecer a situação.

O inspetor Wild deu um sorriso irônico para o amigo.

— O que posso dizer? Parece que você aferiu muito do caso por suposição, mas está completamente certo. A esposa do homem do barco viu tudo o que você acabou de descrever. Gordon Foyle é inocente, no sentido mais desagradável da palavra.

— Disso eu não posso discordar. Bem, então ele vai ser solto?

O inspetor concordou com a cabeça.

— Provavelmente. Embora eu duvide que a filha o queira de volta.

O senhor Brown balançou a cabeça em solidariedade, e foi como se o rosto cansado e sacolejante parecesse uma marionete, suspensa por cordas presas no crânio.

— Pobre moça, primeiro a mãe morre e agora ela descobre que o homem que ama viu o fato acontecer e não tentou ajudar.

Ele pensou nas palavras da jovem: "não sei o que faria se o enforcassem". Sorriu diante da ironia; a pergunta mais difícil era: o que ela faria quando eles não o enforcassem?

— A morte é sempre complicada — disse o inspetor Wild. — Mas nosso dever é com a lei e nada mais.

Os dois homens ergueram os copos em um brinde indiferente, depois se recostaram nas poltronas.

Grant bufou com desdém.

— Foi muito esperto da sua parte, mas não prova nada. A maior parte da história não mudou. Você está surpresa que eu não tenha notado a diferença?

— Eu tinha acabado de conhecer você — respondeu Julia. — Não estava procurando por provas de que você estava mentindo, e sim torcendo para estar errada.

— Então você admite que não é conclusivo?

— Não, claro que não. Mas não parei por aí.

Grant quebrou o graveto ao meio.

— Então tem mais?

Ela concordou com a cabeça.

— Aquele primeiro teste foi muito sutil para provar qualquer coisa, mas também não descartou minhas dúvidas. Eu sabia que precisava testá-lo novamente, usando a próxima história.

Ele gemeu, mas não conseguiu disfarçar o interesse.

— Aquela história brutal, com os dois detetives e o corpo na banheira?

— Essa mesma, a que você achou desagradável. Desculpe por isso. Eu me sentei naquela tarde e reescrevi muita coisa.

— O que você fez?

— Lembre-se de que a história se passa em uma praça chamada Colchester Gardens, em uma casa branca e alta com terraço, onde Alice Cavendish mora com a família, a cozinheira e sua empregada. Certa manhã, um homem de terno azul é visto do lado de fora da casa, conversando com a irmã. Alice toma banho naquela tarde, alguém entra e a afoga.

— Então, dois detetives aparecem para investigar.

— Laurie e Bulmer, com seus métodos brutais. Eles interrogam a empregada, a mãe e o pai, depois um jovem chamado Richard Parker e, finalmente, o homem de azul. Todos eles têm álibis, exceto a pobre alma de terno azul. Bulmer tortura o suspeito até que ele confesse, e então o homem se enforca.

— Um final feliz para todos.

— Até descobrirmos que o próprio inspetor Laurie é o assassino. O pobre homem de azul foi incriminado.

— E isso tudo foi alterado por você?

Julia se curvou para a frente em uma leve reverência.

— Sim, isso mesmo.

— Então qual é o verdadeiro final?

O INVESTIGADOR BULMER FUMOU UM CIGARRO E VOLTOU PARA DENTRO DA cela. Dessa vez, ele carregava uma navalha. Michael Percy Christopher estava deitado no chão na forma de uma poça, respirando pela boca. O bigode fino estava manchado de sangue. Bulmer se elevou sobre ele.

Naquele momento, as luzes da cela se apagaram.

Bulmer congelou, com o polegar pressionado contra a parte traseira da navalha, plana e fria.

— Faltou luz de novo — murmurou ele, dirigindo-se ao parceiro que estava do lado de fora. Aquela parte do prédio sempre apresentava problemas.

Bulmer esperou por mais de um minuto, mas a luz não voltou. Ele se sentiu sozinho na escuridão; a sombra a seus pés já havia deixado de existir. Então a voz fina falou com o investigador:

— Por favor, estou pronto para conversar.

— Você está pronto para confessar?

O som de uma cabeça sendo sacudida.

— Não fui eu. Eu não a matei. Sou um detetive como você.

Bulmer suspirou. Ele não tinha vontade de ouvir, mas o que mais poderia fazer para passar o tempo?

— Você não é da polícia.

— Não, sou um investigador particular.

— Seu cartão diz *agente teatral*.

— Esse é o meu disfarce. Meus clientes gostam que eu seja discreto.

Bulmer resmungou:

— Bem, qual é a sua história?

Ele ouviu o homem se colocar de joelhos.

— Sou conhecido por resolver casos de chantagem. Há muitos desses no meio teatral. Pergunte nas rodas certas e meu nome vai aparecer. Dois homens vieram me ver um dia, seus nomes eram Richard Parker e Andrew Sullivan. Alice Cavendish os estava chantageando.

O interesse amoroso e o namorado de infância.

— Por quê? — perguntou Bulmer, sem olhar para baixo. Se as luzes estivessem acesas, ele teria colocado esse sujeito contra a parede. — Com o quê?

— Alice queria que o Parker se casasse com ela. Eles se encontraram uma vez. Ele estava bêbado e contou muitas coisas sobre sua experiência na guerra para Alice. Parker foi para a França com um primo; ele deu um jeito para que apenas um deles voltasse. Bem, Alice era o tipo de garota

249

que conseguia fazer um homem abrir a boca depois de tomar um ou dois drinques. Então Parker confessou tudo e, no dia seguinte, ela exigiu que se casassem. Era um bom partido para Alice, mas não tanto para ele.

— E o Sullivan?

— Eles eram próximos, antigamente. Ela flagrou Sullivan em uma situação comprometedora uma vez. Ele é um homem de gostos inaturais, digamos. Com Sullivan, a chantagem foi puramente por dinheiro.

— Não acredito em você.

— Alice era esse tipo de garota. Mimada, emancipada. A gente vê muitas pessoas assim quando se trabalha no teatro.

— Então, como o Sullivan e o Parker se conhecem? Os dois são amigos?

Bulmer se perguntou por que o inspetor Laurie não estava intervindo. Ele devia estar ouvido, em algum lugar na escuridão.

— Não exatamente. Alice ficou desleixada. Eles deixavam mensagens para ela no parque do lado de fora da casa, em uma das árvores. — O local onde Bulmer havia encontrado a antiga carta enviada por Richard Parker. — Mas Alice usava o mesmo lugar para os dois. Um dia, Sullivan e Parker se esbarraram e começaram a conversar. Foi assim que toda a trama começou.

— O que eles fizeram?

— Os dois vieram me pedir ajuda. A maneira de resolver um caso de chantagem é chantagear o chantagista, foi o que eu disse para eles. Se for possível descobrir um ponto vulnerável do chantagista, geralmente é o suficiente. Então observei em volta, fiz algumas perguntas. Descobri que havia outras vítimas. A empregada, por exemplo.

— A Elise?

Bulmer não conseguiu ver o homem concordando com a cabeça, mas presumiu que estava fazendo isso.

— Ela roubou joias da mãe da Alice. A jovem descobriu e ameaçou mandar demiti-la. Nesse caso, ela nem pediu nada, apenas se deleitou com o poder. O pai também.

— O pai da Alice?

— Padrasto, na verdade. A Elise me contou tudo a respeito do caso. Alice tinha ameaçado contar para a mãe que ele tentou seduzi-la, se o padrasto não fizesse o que ela dissesse.

— Padrasto? — Bulmer suspirou. — E depois?

— Eu aceitei os quatro como clientes. E marquei a reunião na casa da Alice. Ela não sabia que o encontro aconteceria, é claro. Era apenas uma jovem mimada que se achava no direito de ter tudo. Pensei que se os quatro a confrontassem juntos, ela desistiria. Trouxe os dois homens para a praça, mandei Andrew Sullivan buscar o padrasto dela na firma e esperei que a cozinheira fosse embora. Então bati à porta. Elise atendeu. Ela estava com o noivo, o dono da mercearia, e me disse que Alice estava tomando banho. "Que golpe de sorte", pensei. Isso a deixaria mais vulnerável, então mandei todos para dentro. Todos os cinco. Eles subiram as escadas para confrontá-la. — A voz ficou baixa. — Não sei o que aconteceu depois disso.

A luz acendeu, apenas por um segundo. Bulmer viu Laurie parado do lado de fora da cela, com as mãos segurando as grades, aquele meio sorriso no rosto novamente. Bulmer não se dignou a olhar para o homem de azul antes que a escuridão voltasse.

— Então você é cúmplice?

— Não sabia que eles iam matá-la. Eu disse para eles falarem com ela.

Bulmer pensou nos álibis; parecia que ele estava vendo de outro ângulo agora e cada um era falso, como um cenário de madeira. Para Elise, o álibi tinha sido o noivo. Mas ele também esteve envolvido no assassinato. Com o senhor Cavendish e Richard Parker, parecia que eles não poderiam ter cometido o crime pelo estado de suas mãos. Mas com três outros pares de mãos não teria sido nenhum problema. E por que a mãe não contou a eles que o senhor Cavendish era apenas o padrasto da menina? Andrew Sullivan parecia estar fora do país, mas eles não haviam verificado, bastaria ter se escondido em um hotel em Londres por algumas semanas com a mãe.

— Eles seguraram a Alice debaixo d'água então? Todos eles?

Algo veio até ele da escuridão. Bulmer falou novamente:

— Se você sabia que eles iam matá-la, nunca teria deixado seu cartão no local. — Dedução, a forma de arte do detetive; Bulmer finalmente entendeu.

Ele sorriu na escuridão.

— Sim, sim.

A voz veio diretamente de baixo, e ele sentiu um par de mãos envolvendo seus sapatos. Uma bochecha quente e suplicante pressionada contra a panturrilha esquerda, parecia que alguém estava tentando passar a ferro suas calças.

— Por favor, acredite em mim.

A luz voltou, mais intensa do que antes. Ela parecia impor silêncio no ambiente. Laurie havia conseguido entrar na cela sem ser ouvido, estava parado a alguns passos de Bulmer agora, olhando com desdém para o suplicante no chão. Bulmer chutou o homem e se virou para o parceiro.

— Você ouviu tudo isso?

Laurie concordou com a cabeça.

— Faz certo sentido.

— O que vamos fazer, então? — perguntou Bulmer. — Prender os cinco?

— Não temos provas — disse Laurie. — O testemunho deste homem não se sustentará no tribunal. Não contra cinco.

— E aí?

— Temos muitas provas contra o senhor Christopher aqui. É melhor para todos os envolvidos que o caso seja encerrado o mais rápido possível. Você me entende?

— Sim — afirmou Bulmer, que suspirou e ergueu Michael Christopher pelas axilas.

— Ótimo — disse Laurie. — Certifique-se de que pareça suicídio.

O homem de azul começou a uivar. Bulmer enganchou um dedo enluvado em uma das narinas dele e fechou a mandíbula com o polegar.

— Fique quieto — exigiu.

Laurie se virou para sair. Como último gesto, colocou a mão no ombro do parceiro.

— Ele não é inocente, você sabe. Ele organizou tudo.

Bulmer resmungou, depois arrancou o paletó azul do senhor Christopher e amarrou um braço em volta do pescoço comprido.

— E o desgraçado confessou isso também.

GRANT TINHA AS DESCULPAS PRONTAS.

— Acho que bloqueei isso da minha memória.

Julia não respondeu diretamente.

— O caso em que todos os suspeitos são revelados como assassinos.

— Eu percebi — disse Grant. — Então é o mesmo que a quarta história?

— Sim — respondeu ela. — Aquele com o incêndio e a festa cheia de atores. Claro, aquela era originalmente algo bem diferente.

Grant parecia derrotado.

— Você alterou aquela também?

— Tive que tomar cuidado. Eu havia elaborado esse plano de mudar os finais, mas ainda estava presa a certas restrições. Afinal, as histórias derivam de trabalho matemático. Eu só poderia mudá-las de maneiras que fossem consistentes com isso. Caso contrário, a coisa toda teria desmoronado.

— Você teve que seguir as regras, para que eu me incriminasse.

— Eu tive que manter você falando. Portanto, inventar um final totalmente novo nunca foi uma opção. Em vez disso, simplesmente troquei os finais da terceira e quarta histórias.

Grant não conseguiu deixar de sorrir.

— Isso é muito inteligente. Então, e a quarta história?

— Originalmente, tinha o final que dei à terceira. Ela começa com uma festa em um restaurante. Uma loja de departamentos próxima está pegando fogo. Helen Garrick é convidada a cuidar da cena do crime até a chegada da polícia. Ela examina o corpo: o anfitrião foi espancado até a morte com um martelo.

— Em um banheiro trancado por dentro.

— Os outros convidados da festa são todos atores. Cada um conta para a Helen a própria história para boi dormir, até que a cena inteira esteja atolada em caos e confusão. O tempo passa e a polícia não aparece. Os suspeitos vão ficando inquietos.

— E o leitor perspicaz terá notado que, se a Helen estava lá embaixo quando o assassinato acontecia, também deveria ser considerada suspeita?

— E este é o final que dei à história anterior: foi o detetive.

HELEN INTERROMPEU AS ATIVIDADES DERRUBANDO A GARRAFA DE VINHO TINTO no chão. Ela caiu com um golpe violento, deixando uma mancha não muito diferente daquela no banheiro, toda feita de sangue ralo e cacos de vidro.

— Desculpe — disse ela —, mas eu fiquei sentada escutando suas teorias a noite toda. Não quero ouvir mais nada.

Se havia alguma dúvida de que derrubou o vinho no chão de propósito, Helen sanou ao empurrar uma taça de vinho pela borda com a ponta dos dedos. Ela estava sentada em meio a uma ilha de vidro quebrado.

— Acredito que não nos conhecemos. — James se aproximou de Helen e ofereceu a mão. — Sou James.

— Meu nome é Helen. Espera-se que eu esteja no comando aqui.

— Ignore-a — disse Griff. — Ela está bêbada. Uma amiga do gerente do restaurante, eu acho.

— Bem, por que não? — perguntou Helen. — O mundo está acabando lá fora. Quem não gostaria de beber, dadas as circunstâncias?

— Finalmente — falou Scarlett, tirando o casaco de trás da porta. — Acho que temos permissão para ir embora.

— Eu não iria, se fosse você. — Helen chutou um pouco do vidro quebrado em direção à porta, como uma criança brincando em uma poça. — Vai perder toda a diversão.

Andrew Carter parou na frente da irmã, Vanessa.

— O que está aprontando? Ficou louca?

Griff olhou para as pupilas de Helen.

— Você está fora de si — sentenciou ele. — Deveria se deitar.

— Mas vocês não querem ouvir minha confissão? — Helen se levantou e subiu na cadeira. — Vocês estão presos neste ambiente comigo há várias horas e nenhum de vocês pensou em me perguntar por que eu estava neste restaurante sozinha, quando moro a mais de trinta quilômetros daqui. Ninguém me perguntou por que me ofereci para vigiar a cena do crime, quando o último trem para a minha casa parte em algumas horas. Isso não lhes pareceu um pouco suspeito?

Os seis rostos se entreolharam inexpressivamente.

— Não ocorreu a nenhum de vocês que poderia ter sido eu quem o matou? Vocês poderiam pelo menos ter demonstrado um pouco de gratidão.

Um suspiro de susto tomou conta do ambiente. Alguém no fundo do círculo deixou cair um copo em estado de choque. Com o sol se pondo e as janelas quase pretas de fumaça, ela estava falando para uma plateia de silhuetas borradas.

— Passei mais ou menos uma hora procurando uma maneira de explicar este crime. Algo que eu pudesse oferecer ao gerente do restaurante, para desviar a atenção de mim mesma. — Ela pensou em cães demoníacos, figuras agachadas nos telhados, conspirações imensas; nada parecia bom. — Então, ouvi pacientemente tudo o que vocês tinham a dizer. Foi como uma tarde na escola. Histórias das conquistas sexuais do Harry, de ser paga para posar de noiva… Bem, não aguento mais.

— Então você o assassinou — falou Vanessa. — Mas por quê? Quem é você?

Helen se sentou e colocou a cabeça entre as mãos. Por que ela não guardou isso para uma conversa aconchegante com um detetive da polícia, tomando uma xícara de chá? Mas ela estava bêbada demais para parar.

— Ah, só a Helen. Helen Rhonda Garrick. Uma das mulheres do Harry, como o resto de vocês. Fiquei sabendo que ele estava dando uma festa. Harry não queria que eu viesse, é claro. Então, reservei uma mesa lá embaixo. Vim aqui depois de fazer meu pedido ao garçom e vi todos vocês olhando pela janela. Isso foi um golpe de sorte. Harry não estava com vocês. Aí, ouvi uma descarga e o vi sair do banheiro. Do masculino, é claro, no corredor do lado de fora. Ele não ficou feliz em me encontrar, mas o segui até aqui dentro e o conduzi ao banheiro feminino, sem nenhum de vocês perceber. Eu disse para Harry que queria conversar em particular. Bem, vocês podem imaginar o que aconteceu depois.

— Conte para a gente, por favor — pediu James, que não tinha visto o estado do corpo e estava cativado pelo desempenho de Helen.

Ela corou.

— Deixei minha bolsa cair no chão. Harry, sempre um cavalheiro, se abaixou para pegá-la. Tirei o martelo da manga e bati na nuca dele. Apenas uma vez, e ele caiu como um cubo de gelo de uma bandeja. Foi incrivelmente satisfatório aquele primeiro golpe. Depois de mais seis ou sete, a cabeça de Harry virou uma polpa sangrenta.

Vanessa desmaiou nos braços do irmão. Scarlett se virou para Griff e ergueu as sobrancelhas. Wendy deu um passo à frente.

— Eu sabia que tinha sido você. A mulher de quem Harry queria se livrar. Você é a razão pela qual ele me chamou aqui.

— Sim, muito provavelmente. Não funcionou, não é? O barulho do incêndio e a comoção lá fora cobriram o som da matança. A seguir, quebrei a janela e transferi os pedaços de vidro para dentro. Saí pelo batente, arranhei minha coxa em um caco de vidro, depois atravessei o telhado e desci pela escada de incêndio, deixando a porta do banheiro trancada ao sair. Então voltei para o restaurante e me sentei, bem a tempo do meu prato chegar.

Scarlett não pareceu impressionada.

— Por que está nos contando tudo isso?

Helen colocou a cabeça entre as mãos.

— Porque eu quero confessar. Achei que pudesse fazer isso, mas não consigo. A culpa é demais. — Fechou os olhos e imaginou as freiras à sua volta formando um círculo, com o mesmo olhar fixo de desaprovação em cada um dos rostos. — Não em relação ao Harry, entende? Não sinto culpa por isso. Ele merecia morrer, pela maneira como me tratou.

— Não seja ridícula — disse Griff, e Andrew fez um gesto negativo com a cabeça.

As mulheres do grupo simplesmente se entreolharam.

Wendy falou por todas:

— Então, do que se sente culpada?

Helen soluçou, podia sentir o mecanismo de julgamento com o qual cresceu finalmente tomando conta de si.

— Eu precisava de uma distração. Alguma coisa para manter todo mundo ocupado enquanto o matava. — Helen respirou fundo. — Fui eu que comecei o incêndio na loja de departamentos.

Naquele momento, houve uma batida forte à porta. Ela se abriu. A cabeça do gerente do restaurante apareceu, com um sorriso em seu rosto travesso.

— Lamento incomodá-los, mas nos mandaram evacuar o prédio imediatamente.

O homem desapareceu, e Helen se voltou para enfrentar seus confessores. Eles a olharam, chocados demais para falar. James quebrou o silêncio.

— Bem, que dia estranho foi esse. — Ele pegou o chapéu e o casaco. — Você é doida.

Vanessa estava chorando, amparada pelo irmão. Griff e Scarlett pareciam horrorizados. Nenhum deles falou com Helen enquanto saíam da sala.

— Ele realmente era um homem horrível — disse Helen para Wendy, a última a sair. — Minhas intenções foram boas, pelo menos.

Wendy foi embora e Helen ficou sozinha.

As mãos tremiam por excesso de álcool e de adrenalina. Ela se levantou, vestiu o casaco e deixou a sala. O restaurante estava assustadoramente vazio quando desceu as escadas e saiu pela porta. Ela se serviu de uma taça de vinho pela metade. "Coragem", pensou. Então andou pela rua e entrou no prédio em chamas.

Ela sentiu o calor lavá-la.

— Essa quarta história deu muito trabalho. Na primeira tarde, enquanto você dormia, escrevi o mais freneticamente possível. E outra vez naquela noite, após a nossa refeição.

Grant franziu os olhos.

— Há mais, então?

— Eu lhe dei mais uma chance de provar sua inocência com a quinta história. Reescrevi o final dela ontem, antes do almoço, trabalhando debaixo do sol forte até que as costas das minhas mãos queimassem.

— O que mudou desta vez?

— A história mostra um homem e a esposa explorando uma ilha, encontrando todos os ocupantes mortos.

— Charles e Sarah. Eu lembro.

— Havia dez pessoas na ilha, incluindo dois criados. Todos foram convidados por diferentes motivos, por um homem misterioso chamado Unwin. Mas, quando chegaram, Unwin não estava lá. A questão da história é que todos os suspeitos eram vítimas, então foi fácil mudar o assassino de uma vítima para outra. Foi assim que acabei colocando o Stubbs como o culpado.

Grant fechou os olhos.

— Mas originalmente era outra pessoa?

Os dois desceram as escadas e foram à sala coberta de cinzas e lascas de madeira.

— A cronologia é bastante fácil de estabelecer, mas vamos ser explícitos a respeito dos fatos e o resto deve se encaixar. O primeiro dia é dedicado às chegadas. Depois, ocorrem todas as acusações durante o jantar e a primeira morte, a mulher que engoliu o dente do garfo. Imagino que os convidados se retirem cedo, abalados demais para passar uma noite conversando com estranhos.

— Estado de choque é cansativo — disse Charles.

— Enquanto isso, dois dos convidados se envenenam com velas. Os outros cinco convidados acordam na manhã seguinte e descem até aqui. Os criados sumiram, assim como dois convidados. Eles vasculham os quartos e a ilha, encontram os quatro corpos. É quando a situação perde o rumo. Metade dos habitantes já havia sido encontrada morta, mas os convidados não descobrem mais ninguém na ilha, então sabem que um deles deve estar tramando alguma coisa. Em vez de se manterem em segurança juntos, eles reúnem suprimentos e se trancam em seus quartos. Está me acompanhando até agora?

Charles concordou com a cabeça ansiosamente.

— Em algum momento, as duas mulheres abandonam seus quartos e levam o estoque de suprimentos para o escritório ao lado. Por quê? Isso ainda não está exatamente claro para mim. Ao mesmo tempo, um homem está fervendo na banheira enquanto outro sangra lentamente até a morte dentro da própria cama. Ambos estão atrás de portas trancadas. O homem na grama lá fora é a única outra pessoa viva neste momento.

— Então como as duas mulheres morreram?

Sarah foi até a lareira e tirou um tijolo solto.

— Quando isso é empurrado para dentro, abre uma escotilha na parte de trás da chaminé e a fumaça entra na sala ao lado através de um orifício. A porta daquele cômodo não tem fechadura, mas trava sempre que a janela está aberta.

— E a janela é muito pequena para passar. Então, se alguém está sendo asfixiado pela fumaça, a única maneira de se salvar é fechando a janela? É repugnante. — Charles balançou a cabeça. — Isso significa que o homem caído lá fora era o assassino? Ele é o único que sobrou.

— Deixe-me pensar a respeito disso por um momento.

Sarah se sentou em uma das poltronas de veludo e começou a aplicar pressão na testa para induzir a concentração, dessa vez com a base da palma da mão. Charles a olhou fixamente, ligeiramente enojado.

— Não — respondeu ela —, o homem não era o assassino. A morte dele é a mais difícil de explicar, mas apenas porque resta muito pouco do mecanismo. Encontramos o corpo perto do local onde os barcos costumam ficar amarrados. Como se induz um homem prestes a fazer uma viagem de barco a colocar um fio em volta do próprio pescoço?

Charles não tinha resposta para a esposa.

— Entregando a ele um colete salva-vidas, com um arame no forro. Bastaria um pouco de papelão e tecido barato. O colete passa pela cabeça, então o arame fica em volta do pescoço e o peso é liberado.

— Então, se ele não era o assassino, quem era?

— Se um dos dez era o assassino, ele deve ter se matado depois. A morte de quem se parece mais com um suicídio?

Charles deu de ombros.

— Stubbs, suponho.

— E certamente a complexidade desses crimes teria exigido duas pessoas trabalhando juntas. Quem poderia ter tido um cúmplice?

Charles soltou um suspiro de susto.

— Você quer dizer o Stubbs e a esposa?

— Quase, mas não exatamente. O Stubbs faria todo o sentido como o culpado, exceto que nunca teria dinheiro para fazer algo assim.

— Então quem?

— Quem mais? Quando o motivo de um crime é julgar, procure aquele que mais julga. Aquela senhora ali, a senhora Tranter. Ela matou todos eles, com a ajuda da companheira Sophia.

Charles balançou a cabeça.

— Mas como?

— Não vou me perdoar por não ter notado isso — disse Sarah —, a única coisa que parecia não ter explicação. Por que elas deixaram a segurança de seus quartos trancados e trocaram por aquele escritório exíguo ao lado?

— Não sei.

— Não, não faz sentido. A menos que elas soubessem que estariam seguras andando pela casa. E então mais tarde, muito mais tarde, foram para aquele cômodo a fim de morrer.

— Inalar fumaça não é maneira de se matar.

— Não é. E não foi assim que elas morreram. Devem ter tomado alguma coisa, quando toda a matança acabou. Arsênico ou algo semelhante. As duas acenderam a lareira e se deitaram naquela sala para que a fumaça mascarasse o cheiro, enterrando o segredo consigo.

— Mas qual foi o motivo delas?

Sarah pensou a respeito da pergunta.

— Acho que a senhora Tranter estava morrendo. Houve tosse, à noite. E encontramos um guardanapo embaixo da bolsa dela, na mesa de jantar. Estava manchado de sangue. E se a senhora Tranter tivesse decidido levar outras pessoas junto? Pessoas culpadas de crimes sem punição. Ela deve ter persuadido ou coagido a companheira a ajudá-la, mas só alguém mergulhado em fofoca saberia tantos segredos. A senhora Tranter era uma mulher devota e austera. Lembra da Bíblia que encontramos perto do corpo das duas? Havia um frasco de comprimidos ao lado dela. Se a senhora Tranter enxergou a missão como justiça ou vingança, não sei dizer.

Charles estava quase chocado demais para falar.

— Não acredito. Será que uma mulher realmente pode ser tão má?

Sarah lançou um olhar de compaixão para o marido.

— Essa é uma lição que você terá que aprender um dia, Charles.

— Em seguida, fiz o mesmo com a sexta história — disse Julia. — Foi a que lemos ontem à noite, na qual a matriarca de uma casa de campo foi sufocada na cama por causa de alguns diamantes. A principal característica estrutural dessa história foi que cerca de metade dos suspeitos era assassina.

— Sim — falou Grant. — Já vejo onde isso vai dar.

— Essa é a mesma estrutura que a história tinha originalmente, apenas troquei as metades.

Grant soltou uma risada cheia de desespero.

— É um trabalho muito bom, de fato. Eu disse que o final era efetivamente arbitrário. E você colocou minhas palavras em prática.

— Nessa história, uma jovem chamada Lily Mortimer visita o doutor Lamb. Ela espera resolver o assassinato da avó, que aconteceu seis anos antes. Os dois conversam a respeito das memórias do incidente. Existem nove suspeitos, cada um com os próprios álibis. Lily, que era criança na época, estava brincando com o primo, William. Sua irmã, Violet, estava dormindo no sofá. Seu tio, Matthew, estava indo para a estação de trem a fim de encontrar a irmã da vítima, Dorothea. Os outros suspeitos são o doutor Lamb, a esposa de Matthew, Lauren, o jardineiro, Raymond, e um morador da região com um interesse romântico por Violet, chamado Ben.

— E o médico, a amante dele, o William e o Ben acabaram por ser os matadores. Mas o verdadeiro final foi o oposto?

O DOUTOR LAMB TEVE UMA VISÃO DO CREPÚSCULO EM DOIS RETÂNGULOS. ELE estava olhando pela janela através dos óculos. Havia escrito o nome dela e nada mais: "Querida Lily".

Então a tristeza o consumiu. Ele sentiu como se estivesse destruindo algo dentro dela ao escrever aquela carta, mas a verdade precisava ser contada.

"Há cinco anos, você me procurou com perguntas sobre o assassinato de sua avó. Não lhe contei tudo o que sabia naquela época, por motivos que ficarão claros. Você era uma jovem impressionante, e espero que os anos que se passaram tenham sido úteis para você." Ele estava adiando o momento da revelação e sabia disso. "Naquela reunião, você me levou a confessar um dos meus maiores pecados: meu caso com sua tia Lauren. Mas devo lhe contar a respeito de uma época, cinco anos antes daquele momento, em que eu mesmo desempenhei o papel de confessor."

Ele estava passando pelo memorial de guerra em um dia de outono quando Violet Mortimer o chamou:

— Doutor Lamb, você tem um minuto?

Ele parou e se virou para vê-la.

— Violet, qual é o problema? Parece que você não dormiu.

A jovem começou a chorar.

— É a Agnes — disse ela. — Eu preciso contar para alguém. Preciso contar tudo para alguém. Ah, doutor Lamb, preciso confessar.

"Então, veja você", escreveu o médico, "a Violet me contou toda a verdade a respeito do assunto. E é isso que torna esta carta tão dolorosa de escrever, Lily. Foi sua própria família que assassinou sua avó. Sua própria família que a sufocou. Quase a esmagou como um inseto na cama."

Tudo começou com Dorothea e Matthew.

Na primeira vez que Dorothea visitou a irmã após o derrame, puxou o sobrinho para um canto e lhe contou a respeito dos diamantes.

— Sempre soube que a Agnes ainda tinha as gemas, mas ela não me diz onde estão. E se minha irmã morrer e levar o segredo para o túmulo?

Matthew ficou chocado com a ideia de tanta riqueza sendo desperdiçada.

— Não se preocupe, tia. Vamos persuadi-la. Os diamantes são minha herança de direito. — Ele olhou para cima e praguejou para o teto. — Esta casa não é humana, afinal de contas. A mamãe não tem o direito de deixar as gemas para ela.

Mas a confiança de Matthew foi equivocada. Quando a irmã e o filho visitaram Agnes naquela tarde, levando a bandeja do jantar, que balançava desajeitadamente entre eles, a encontraram se sentindo fraca e tonta. A conversa sobre diamantes, naquelas condições, deixou a velha com raiva.

— Vocês são da mesma laia que ladrões — sussurrou Agnes, cuspindo o copo de leite em cima do travesseiro como protesto. — Não estou morta ainda, sabem? E tudo o que importa para vocês é o meu dinheiro.

Matthew puxou Dorothea para uma conversa privada, mais tarde naquele mesmo dia.

— Ajude-me a conseguir esses diamantes, tia Dot, antes que ela se vá. Vou dividi-los com você, meio a meio. Mas tenho que obter essas gemas.

Dorothea sorriu.

— A única coisa que peço é que você cuide de mim na minha velhice.

— Claro. — Matthew pegou o pulso dela, foi perto o suficiente de um aperto de mão para selar o acordo.

Eles fizeram a segunda tentativa algumas semanas depois. Dorothea veio ao vilarejo e colocou um sedativo na mão de Matthew.

— Quando se chega à minha idade, o médico prescreve qualquer coisa.

Ele colocou o sedativo no chá de Agnes e passou a noite vasculhando o quarto dela, mas não obteve sucesso.

— Sinto muito, tia. Eu a decepcionei.

— Da próxima vez — disse Dorothea. — Eles têm que estar em algum lugar.

Logo depois, eles fizeram sua terceira tentativa. Matthew foi encontrar a tia na estação. Dorothea pegou a mão dele enquanto descia do trem.

— Desta vez, vamos conseguir — garantiu ela, com um sorriso perspicaz rasgando o rosto largo.

Dorothea contou para o sobrinho seu plano enquanto caminhavam pelos campos.

— Violet sempre foi a favorita da Agnes. Ela vai contar para a neta onde os diamantes estão.

Matthew concordou com a cabeça.

— Pode funcionar.

Quando chegaram em casa, encontraram Violet dormindo em um sofá. Dorothea a acordou e contou a respeito dos diamantes, orientando-a sobre o que deveria fazer.

— Caso contrário, eles estarão perdidos para sempre. Uma pequena fortuna, tirada desta família e dada para ninguém.

As tentativas de Matthew de parecer zeloso não ajudaram muito. Mas Violet percebeu que fazia sentido o que ambos estavam dizendo.

— E por que eu tenho que fazer isso?

— Você é a única em quem a Agnes confia.

"Mais uma razão para não ser eu", pensou Violet.

— Quero conversar sobre isso com o Raymond.

— Para que diabos? — disse Matthew.

Ele ficou horrorizado; a sobrinha e o jardineiro já eram muito próximos. Raymond era casado. Um escândalo na família não seria bom para nenhum deles.

— Essa questão não tem nada a ver com ele. Raymond é apenas o jardineiro.

Violet foi insistente:

— Ele é meu amigo.

Por acaso, Raymond a aconselhou a fazer o que o tio dela sugeriu.

— É sua herança — disse ele. — Você tem direito a isso.

Então, os quatro — Matthew, Dorothea, Violet e Raymond — se encontraram do lado de fora do quarto de Agnes, no final da manhã. Violet olhou para os três rostos, cada um esperando muito dela.

A moça estava apavorada.

Ela entrou no quarto sozinha. Agnes estava acordada. A velha sorriu docemente.

— Violet, querida, que surpresa agradável.

— Vim pegar as coisas do seu café da manhã. — A jovem se sentou na beira da cama e apanhou a bandeja. — E eu queria perguntar uma coisa, sobre os diamantes que o vovô lhe deu…

Assim que Violet disse a palavra, Agnes saltou para a frente e agarrou o pulso da neta. A bandeja do café da manhã caiu no chão.

— Você também! — A velha estava histérica. — Foi você quem tentou me matar. Você que colocou algo na minha bebida. Você, o Matthew e a minha irmã!

Violet gritou. Raymond entrou correndo no quarto, seguido pelos outros dois. Ele arrancou Agnes da jovem.

A velha olhou para os quatro.

— Todos vocês. Ladrões, nada mais. Vou retirá-los do meu testamento. — Ela se virou para Raymond. — E você pode encontrar emprego em outro lugar, imediatamente.

O jardineiro deu de ombros. Ele pegou uma faca do chão, que havia caído da bandeja do café da manhã, e se inclinou sobre a cama. Empunhou a faca diante do olho de Agnes.

— Onde estão os diamantes, sua bruxa velha? Estou farto da maneira como você me trata.

Agnes choramingou. Ela esperou que os outros avançassem e a ajudassem, mas ninguém fez nada. Assustada, levantou um dedo frágil e apontou para a janela.

— No batente, à esquerda.

Matthew verificou o lugar que a mãe indicou.

— Os diamantes estão aqui — confirmou ele.

— Ótimo — falou Raymond enquanto se afastava da cama.

Agnes se virou para a neta e a irmã, que estavam paradas e caladas na lateral do quarto.

— Vocês duas vão queimar no inferno por isso.

Raymond pegou uma pilha de cobertores de uma cômoda próxima e jogou sobre a mulher acamada.

— Vamos — falou o jardineiro —, não podemos deixá-la viva.

Agnes gritou ao ouvir isso, e Violet arfou de choque. A forma frágil da avó dela se contorceu freneticamente embaixo dos cobertores. Raymond subiu no topo da pilha que se contorcia e jogou o peso do corpo nos ombros dela.

— Vamos — orientou ele —, todos vocês.

— Temos que fazer isso — Matthew disse —, não há alternativa agora.

Ele conduziu as duas mulheres para a cama, pegando-as pelas mãos. Os três caíram sobre a pilha de cobertores e fecharam os olhos, mantendo-se firmes até que o movimento por baixo dos quatro parou e não houve mais som.

— Vocês acham que ela está bem? — perguntou Violet baixinho, mas ninguém respondeu.

— Olhem — disse Matthew.

Ele abriu a bolsa de lona que tirou da janela e despejou o conteúdo na mão. Diamantes caíram por entre os dedos.

— É uma fortuna.

"E assim sendo", escreveu o doutor Lamb, conforme a luz no quarto enfraquecia, "não parecia que eles estavam cometendo um assassinato, ou foi o que a Violet me disse. Eles dividiram os diamantes entre os quatro. Não haviam planejado incluir Raymond, mas as circunstâncias mudaram. Dorothea saiu de mansinho da casa e voltou uma hora depois, se certificando de ser vista por Lauren. Matthew passou algum tempo no térreo e Violet voltou para o sofá. Raymond retornou para as folhas. E foi isso. Dorothea tinha certeza de que outra pessoa qualquer devia saber a respeito dos diamantes, então ela mesma puxou o assunto para desviar as suspeitas. O resto foi apenas teatro. Obviamente, Violet não conseguiu manter a compostura por muito tempo e logo foi consumida pela culpa. Não conseguia mais olhar para Raymond, muito menos ser amiga dele. Então, veio e se confessou para mim. Acredito que ela se casou com Ben como uma espécie de penitência; ele era obcecado por Violet, sempre a observando pelos binóculos. Raymond teve uma reação terrível a isso e se afastou. Mais tarde, ele tentou vender sua parte das joias em algum bairro pobre horrível; foi esfaqueado e morto no processo. Dorothea morreu antes de ver qualquer coisa de sua fortuna. E Matthew ficou satisfeito ao herdar a casa e voltar para a vida tranquila.

Não sei o que ele fez com os diamantes. É verdade, então, que o crime não compensa. Há uma lição para todos nós".

O doutor Lamb massageou a mão, já havia escrito quatro páginas. O médico queria registrar tudo antes de escurecer. Pegou a caneta novamente.

"Lily, me dói contar essa verdade horrível." Suspirou, perguntando-se se realmente se importava. Mesmo tão perto da morte, ele ainda achava difícil falar com honestidade. "Eu a estive protegendo por muito tempo. Todos nós a estivemos protegendo. Lauren também sabia, é claro. Eu contei para ela. E Violet confessou tudo para o Ben. Mas todos nós decidimos que a magoaria muito, se você soubesse. Por isso escondemos o caso da polícia. Até o jovem William descobriu, quando encontrou aquele anel de diamante em um dos bolsos do Matthew. Talvez seu primo tivesse contado a verdade a você, se Raymond não o levasse embora. Bem, você já tem idade suficiente para tomar suas próprias decisões. Deve fazer o que achar certo."

Ele queria terminar a carta com algo esperançoso. Aquilo teria que bastar. "Atenciosamente, doutor Godwin Lamb."

Largou a caneta e olhou com tristeza para a escuridão lá fora. A seguir, começou a tossir. E tossiu por vários minutos. Então o doutor Lamb foi ao banheiro, deixando um ponto de sangue vermelho-brilhante ao lado da assinatura.

— Então aí está — sentenciou Julia. — Mais uma vez, você não percebeu que o final havia mudado.

Grant evitou os olhos dela.

— Minha memória está muito pior do que imaginei.

— E isso nos leva até a noite passada. — Julia estava falando para a lateral da cabeça dele. — Voltei para o hotel com a certeza de que minha intuição estava correta. Nós lemos seis histórias, todas com os finais alterados, algumas delas substancialmente. E você não tinha notado sequer um. Vinte anos é muito tempo, mas você deveria ter se lembrado de um dos desfechos. Pelo menos de um, disso estava certa. Você devia ter tido uma história favorita. Mesmo assim, decidi lhe dar o benefício da dúvida. Só nos restava uma história. Eu tentaria um teste final.

Grant se voltou para ela.

— O que você fez?

— Não parecia suficiente mudar apenas o final novamente. Então, em vez disso, joguei fora toda a história original e escrevi uma inteiramente nova para substituí-la. Analisei seu artigo de pesquisa, *As permutações da ficção policial*, e escolhi uma das estruturas descritas ali. Então, escrevi uma história de minha autoria. Fiquei acordada quase a noite toda trabalhando nisso. Hoje de manhã, eu tinha uma história completamente nova. E ainda assim, você a reivindicou como sua.

— A que lemos há uma ou duas horas?

Julia concordou com a cabeça.

— Lionel Moon, o detetive morto. Eu mesma escrevi essa história.

— Então qual foi a história que essa substituiu?

— Era curta — falou ela. — Tinha dois detetives. Ambos homens, ambos amadores conhecidos. Eles estão investigando acontecimentos estranhos em um prédio supostamente mal-assombrado, um orfanato abandonado chamado São Bartolomeu.

— Quais são os nomes deles?

— Eustace Aaron e Lionel Benedict. Não conseguem concordar a respeito da existência do sobrenatural, então fazem um pacto para passar a noite no sótão do orfanato. Isso deveria resolver a questão. Ambos montam suas camas de campanha e esperam o sol se pôr, bebendo chocolate quente feito em um fogareiro portátil. O prédio está abandonado. Depois de um tempo, começam a sentir cheiro de fumaça. Percebem que há uma rachadura na parede que leva à chaminé e alguém acendeu a lareira no andar de baixo. O ambiente está aos poucos se enchendo de fumaça. Os dois tentam sair, mas descobrem que a porta está trancada e a chave desapareceu. Ficam calmos e presumem que o fogo vai se extinguir. Quebram a janela e gritam por ajuda, mas o orfanato fica isolado no interior do campo.

— E como isso termina então?

LIONEL BENEDICT ESTAVA PARADO À JANELA. ELE SENTIA A NUVEM DE FUMAÇA crescendo atrás de si.

— Não é o suficiente — disse Lionel, olhando para o buraco no vidro.

Era mais ou menos do tamanho de um punho. A diagonal da janela tinha quase o comprimento do antebraço. Ele tirou o resto do vidro com socos e cortou os nós dos dedos.

— Ainda não é o suficiente. — Lionel se virou para o companheiro. — Não está preocupado? Podemos morrer aqui.

Eustace Aaron estava se olhando no espelho de uma penteadeira azul esplêndida, a única peça de mobiliário no sótão enfumaçado além das camas dobráveis que haviam levado. Era um móvel antigo e nada prático ou então tinha sido feito para uma criança, pois precisava se inclinar para ver o rosto ali.

— Estou um passo à frente de você, Lionel. Nós vamos morrer aqui, é inevitável agora. A fumaça está aumentando. Estou tentando aceitar esse fato.

Lionel ficou observando o parceiro mais jovem examinar as próprias feições, os olhos amedrontados e os dentes pontiagudos, como se de alguma forma elas resumissem a vida que ele viveu.

Virou-se para a rachadura na parede. Ela ia do chão ao teto, com várias ramificações. Uma árvore no inverno. A fumaça vazava de cada centímetro da rachadura e não havia como bloquear ou cobrir tudo aquilo. Lionel fechou os olhos, o pensamento da própria morte o apavorou.

— Tem uma gaveta trancada aqui — disse Eustace. — Uma gaveta trancada em uma casa abandonada. Esse será nosso último mistério. Vai me ajudar a resolvê-lo?

Lionel foi até o companheiro e, juntos, chutaram a penteadeira até que ela se inclinou desajeitadamente para um lado e a gaveta pôde ser puxada para fora. Dentro havia uma caixa azul-escura de papelão.

— Talvez seja uma chave — animou-se Lionel.

Eustace fez um sinal negativo com a cabeça quando sentiu o conteúdo chacoalhar suavemente ao pegá-la.

— Chocolates — constatou ele, e levantou a tampa para confirmar sua hipótese.

Os doces haviam empalidecido com o passar do tempo, mas cada um tinha a forma de uma fruta, e o fato de não terem encolhido ou secado dava a impressão de estarem obscena e deliciosamente intumescidos dentro de seus compartimentos individuais.

— Você gostaria de um?

— Eles devem ter vinte anos. — O rosto de Lionel mostrou repulsa.

Eustace colocou a caixa sobre a penteadeira e pegou um chocolate para si.

— Eu não o faria — disse Lionel. — Isso pode lhe fazer mal.

Eustace riu, como se Lionel tivesse feito uma piada, e mordeu o chocolate ao meio. Lionel observou o amigo comer, esperando algum comentário. Como não houve nenhum, ele falou com cansaço, talvez para preencher o silêncio:

— Eustace, tenho que lhe dizer: fui eu que acendi a lareira lá embaixo. Eu esperava nos forçar a sair, de maneira que não pudéssemos terminar nossa investigação. Achei que isso aumentaria o mistério. Alguém deve ter me visto fazer isso e aproveitado a oportunidade para nos trancar aqui dentro. Alguém que nos quisesse mortos.

— Eu sei quem tentou nos matar — disse Eustace, engolindo o resto do chocolate. —Já resolvi o caso.

Mesmo que estivesse prestes a morrer, Lionel Benedict não conseguiu deixar de sentir uma pontada de ciúme. Ele se afastou do amigo e examinou os chocolates, avaliando se havia uma pista na caixa. Mesmo a uma curta distância, a cor estava embotada pela fumaça. Lionel não encontrou nada. Então, relutantemente, pegou um dos chocolates e deu uma mordida. Por dentro, o doce tinha gosto de cerejas azedas.

— Você ainda não acredita em fantasmas? — perguntou Lionel, tentando distrair o amigo para ter tempo de resolver o caso.

— Não, não acredito. E você, Lionel? Mesmo depois disso? — Eustace deu um sorriso irônico. — Não está convencido agora de que a vida é cruel e sem sentido?

Lionel foi até a janela e cuspiu o chocolate através da fumaça. Observou as nuvens cinzentas que se formavam do lado de fora.

— Agora mais do que nunca.

— Claro. — Eustace deu de ombros. — Você espera voltar como um fantasma.

Lionel fez um sinal negativo com a cabeça. Procurou nos bolsos e encontrou uma foto publicitária de si mesmo; ele mantinha a foto ali para o caso de alguém lhe pedir uma. Fechou os olhos e deixou a foto cair da janela, como uma tentativa de preservar um pequeno fragmento de si mesmo. O ar fresco inflou os pulmões e, quando Lionel inalou em seguida, a fumaça invadiu-lhe o fundo do peito. Começou a tossir. Ele cambaleou até chegar ao lado de Eustace.

— Minha cabeça está zonza, não consigo pensar. Diga-me quem foi. Quem nos trancou aqui para morrer?

— Fui eu. — O outro homem deu de ombros. — Eu queria ter certeza de que ficaríamos aqui a noite toda, para resolver a questão para sempre. Assim sendo, tranquei a porta e me livrei da chave. Seremos resgatados pela manhã.

— Estaremos mortos até lá.

— Sim, por inalação de fumaça. Eu não sabia que você acenderia a lareira lá embaixo quando nos tranquei. Isso foi lamentável.

— O que houve com a chave? — Lionel o pegou pelas lapelas.

— Está fora de alcance — respondeu Eustace. — Eu a chutei por baixo da porta. Não está a mais de quatro metros de nós, mas não conseguimos chegar lá.

Ele sorriu, como se isso fosse engraçado.

Lionel foi até a porta e encostou a cabeça no chão. Conseguiu ver a chave, parada no segundo de vários degraus que desciam do sótão. Eustace estava certo, estava fora de alcance. Lionel balançou a porta mais uma vez, mas estava tão grande e imóvel como antes. Era feita tanto de metal quanto de madeira.

— Seu idiota — disse Lionel ao se levantar. — Você fez isso conosco.

Eustace esticou o braço para trás e tocou o espelho da penteadeira, depois o inclinou para que Lionel pudesse se ver nele.

— E você também — falou, começando a tossir.

Os dois morreram algumas horas depois. Àquela altura, a sala estava cheia de fumaça e eles começaram a tossir um catarro negro. Não havia lua e a noite estava escura. Ambos foram encontrados na manhã seguinte, com os punhos ensanguentados de tanto bater na porta.

— Entendo — disse Grant, voltando à realidade. — Então Aaron e Benedict são os suspeitos, assassinos, vítimas e detetives, tudo combinado em um só. É outro caso limitante. Aqui, o diagrama de Venn é um círculo simples.

— Sim — falou Julia. — E não é nada parecido com a história que escrevi, que lemos juntos hoje de manhã. Você estava mentindo naquele momento, e tem mentido para mim nos últimos dois dias. Ainda vai negar, mesmo depois disso?

Grant desceu da rocha escorregando e ficou na frente de Julia, com as mãos nos bolsos.

— Faz alguma diferença se eu negar? Você parece convencida.

— Eu diria que as provas são avassaladoras.

Ele fez um gesto negativo com a cabeça.

— Então o que acontece a partir de agora?

— Quero que me diga a verdade. Depois, voltarei para casa. A publicação do livro está cancelada, é claro.

— Cancelada?

Julia concordou.

— O que esperava? Nosso acordo era com Grant McAllister, e não com você.

— Você vai à polícia?

Ela fez um gesto negativo.

— Eu não saberia por onde começar com uma acusação como esta. Além disso, não falo o idioma local.

— Assim sendo — suspirou Grant —, não há sentido em negar agora. Não sou Grant McAllister e não escrevi essas histórias. Imagino que você queira saber quem eu sou.

O sol passou por trás de uma nuvem e a clareira escura ganhou vida com o som dos pássaros.

— Eu sei quem você é — disse Julia. — Seu nome é Francis Gardner.

O homem em frente a ela recuou contra a rocha.

— Como descobriu isso?

— Esta ilha tem uma memória, mesmo que você não tenha. E o velho dono do hotel em que estou hospedada ficou muito contente em conversar comigo hoje de manhã. Ouvi tudo a respeito dos dois estrangeiros que moravam juntos em uma cabana à beira-mar, perto da trilha que leva à igreja. Eram inseparáveis, até mesmo indistinguíveis, mas um dia um deles morreu. Ele não foi capaz de me fornecer um nome, mas vi a cigarreira na sua cozinha. E verifiquei as lápides no períbolo, por onde você anda todos os dias. Havia apenas um nome inglês entre elas.

— Francis Gardner.

— Com a data em que ele morreu escrita embaixo. Há dez anos, aqui nesta ilha. Só que não era ele realmente, era?

Francis negou.

— Foi Grant McAllister. Embora, por assim dizer, Francis também morreu naquele dia. Não usei o nome desde então.

— Então quem é você? E qual a sua relação com o Grant?

— Eu era um matemático. Eu o conheci em uma conferência em Londres, há muito tempo. Depois mantivemos contato. Ele estava em Edimburgo e eu, em Cambridge. Começamos como colaboradores, mas logo nos tornamos mais do que isso. — Francis deu de ombros. — O casamento de Grant era uma farsa, e um dia ele se mudou para cá a fim de fugir daquilo. Isso foi logo depois da guerra. Pensei um pouco e decidi segui-lo.

— Então vocês eram mais do que apenas amigos?

— Sim. Eu o amava. E ele me amava.

— E ainda assim, quando Grant morreu, você assumiu o nome, a identidade e, sem dúvida, o dinheiro dele?

Francis a olhou perspicaz.

— O que está insinuando?

— Estou fazendo a pergunta inevitável. Você o matou?

— Se matei o Grant? Não. Bom Deus, não. Não foi nada disso.

— Então o que aconteceu?

Dois homens saíram do arvoredo, ambos com trajes sociais, embora o dia estivesse claro e quente. Diante deles, uma encosta gramada se estendia por mais ou menos trinta metros até a beira do penhasco, depois disso vinha o mar frio e brilhante.

O mais jovem colocou a mão no ombro do outro.

— Valeu a pena a subida, você não acha?

Grant concordou com a cabeça.

— Vamos até a beirada então, já que chegamos até aqui.

Ele começou a andar para a frente. Francis o seguiu, com a mão presa ao chapéu; o vento naquela altitude era imprevisível.

— Não muito perto, Grant. Precisamos de espaço para a toalha. — Na outra mão, ele segurava uma cesta de vime, com uma toalha enrolada embaixo do braço.

Grant observou brevemente o mar vivo e monstruoso, depois se voltou para o companheiro. Francis estava ocupado limpando a área, chutando as pedras colina abaixo.

— Ajude-me — disse ele ao se voltar para Grant.

Francis segurou uma das pontas da toalha cor de pêssego e jogou a outra no ar; o vento pegou a extremidade e deu um nó na toalha. Por um momento, pareceu que Francis havia jogado um balde de tinta em Grant.

Pegando a outra ponta, encontrando os cantos, Grant abriu a toalha. Juntos, conseguiram posicioná-la cuidadosamente em cima da grama e tiraram os sapatos para fazer peso nas extremidades.

Em seguida, Grant se sentou de costas para o mar. Francis estava de frente para ele.

— Não quer apreciar a vista?

Grant fez que não com a cabeça.

— Eu tenho a vista das árvores. E um vislumbre da cidade. É a diferença entre nós, Francis. Gosto de olhar para as coisas que são minhas, você gosta de ver o que está fora de alcance.

— Você me inclui nas coisas que são suas? — O vento estava tão forte que ele teve que gritar e a pergunta soou retórica. Francis acrescentou: — Você está com humor literário hoje.

Grant franziu a testa.

— Está frio aqui.

Francis enfiou a aba do chapéu embaixo de uma ponta pesada da toalha; imediatamente o chapéu começou a se contorcer no vendaval, para cima e para baixo, como a tampa de uma panela de molho fervente. Ele tirou o paletó e ofereceu a Grant, e o tecido frágil foi quase arrancado deles quando a peça de roupa passou de uma mão para a outra. Grant enfiou os braços no paletó.

— Obrigado.

Francis começou a colocar um pouco da comida sobre a toalha; um pote de mel e um pão. Ele arrancou a ponta do pão, depois pegou um ovo cozido da cesta e o colocou aos pés de Grant, pegando outro para si. Grant pegou o ovo e bateu com força contra a borda do relógio de pulso, depois começou a tirar a casca.

— Obrigado — disse ele.

Comeram em silêncio. Enquanto Grant estava perto o suficiente da beira do penhasco para simplesmente jogar os pedaços de casca de ovo atrás de si e deixar que o vento os levasse para o mar, Francis depositava cuidadosamente os seus em uma taça de vinho vazia. Ele estava concentrado em retirar um fragmento especialmente pegajoso da ponta do dedo quando ouviu um estalo alto que veio de algum lugar atrás de si. A terra começou a tremer e a taça de vinho virou. Francis resmungou e endireitou a taça, como se fosse o fim da questão, mas o tremor foi seguido por um som áspero horrível e ampliado que surgiu do chão embaixo dele.

Francis ergueu o olhar incrédulo e percebeu o que estava acontecendo. Os últimos dois metros do topo do penhasco estavam caindo para longe dele, em um só bloco, como o pedaço que ele havia partido da ponta do pão. E Grant estava caindo com a ponta do penhasco; seu rosto mostrou apenas um instante de surpresa quando sumiu de vista.

Francis pestanejou, lutando para compreender o que acabara de acontecer. A linha do penhasco agora corria diretamente embaixo do quadrado da toalha, dividida ao meio; o pano ficou pendurado sobre a borda por um segundo — uma bandeira derrotada — até que o vento a ergueu novamente e a segurou no céu. Francis então pareceu compreender a situação e se projetou para a beira do penhasco. "Ele ainda não vai estar caindo. Ele ainda não vai estar caindo." Esse foi o único e absurdo pensamento de Francis ao fechar os olhos e se inclinar. Mas o choque havia turvado a noção de tempo e, quando abriu os olhos, lá estava Grant, ainda caindo, girando em círculos no ar. Um par de sapatos e o pontinho branco de um ovo cozido caíam ao lado dele, com o chapéu de Francis pairando no ar acima de sua cabeça. O rosto de Grant era uma imagem de terror cada vez menor. Será que os dois homens estabeleceram contato visual ou foi apenas um truque de perspectiva?

As pedras caindo atingiram a água primeiro e romperam a superfície, de modo que Grant pareceu pousar um momento depois em uma almofada de espuma branca e macia; foi uma incongruência chocante quando o corpo se partiu ao meio.

— Isso é horrível — disse Julia.

— Sim, foi devastador. — Francis olhou para a árvore mais próxima, e seus olhos se recusaram a focar. — Eles ouviram a queda das rochas lá da cidade, então não havia nada de suspeito em relação ao caso. Foi apenas um acidente, uma coisa bizarra. Contei à polícia exatamente o que havia acontecido, mas ou eles tiveram dificuldade em entender meu sotaque ou eu tive dificuldade em entender o deles, porque, quando ouvi a respeito do incidente logo depois, foi Francis Gardner que tinha morrido tragicamente.

— E Grant McAllister que ainda estava vivo.

— Eu tinha deixado minha carteira no paletó, entende, com meu nome e identidade. E o Grant estava usando o paletó quando morreu. Então, a polícia presumiu que o corpo dele era o meu. Eu ia corrigi-los, a princípio.

— Mas você pensou melhor?

— Tudo pareceu funcionar tão bem. Estávamos vivendo com o dinheiro de Grant, e eu não tinha nenhum que fosse meu. O tio dele mandava grana, mais ou menos a cada mês. Tudo o que Grant precisava fazer era escrever para o tio de vez em quando. Bem, eu era capaz de imitar a caligrafia dele bem o suficiente.

— Então você se tornou Grant McAllister?

— E continuei recebendo o dinheiro. É o que o Grant teria desejado, tenho certeza disso.

— E quanto ao livro?

Francis deu um olhar de arrependimento para Julia.

— Quando escreveu para mim dizendo que seu patrão havia encontrado um exemplar antigo de *Os assassinatos brancos* e queria publicá-lo, a tentação foi avassaladora. O dinheiro do Grant não é muita coisa hoje em dia. Além disso, eu estava usando o nome dele por tanto tempo que parecia a coisa óbvia a se fazer. E onde está o mal em ter algo que garanta a subsistência?

Julia ignorou essa pergunta.

— Mas você nunca tinha lido as histórias antes?

— Não, esse era o único problema. Eu sabia que ele tinha escrito algumas, mas Grant não trouxe um exemplar de *Os assassinatos brancos* quando se mudou para cá. E nunca parecia inclinado a conseguir um. Acho que o fato de ninguém ter se disposto a publicá-lo foi uma fonte de sofrimento para ele. Em determinado momento, sonhou com fama literária e fortuna.

— Então você realmente achou que isso funcionaria?

— Sim, infelizmente sim. — Francis cutucou uma pedra com o sapato. — Vivemos juntos durante anos, discutimos quase todo o trabalho matemático de Grant. E isso incluiu o artigo sobre romances de assassinato. Portanto, conheço as ideias matemáticas muito bem e pensei que poderia blefar o resto. Nunca imaginei que você se daria a tanto trabalho.

— Sim, bem — Julia pegou a bolsa —, há muita coisa que você não sabe a meu respeito.

Ela passou a alça por cima do ombro e limpou a poeira da base da bolsa.

— Eu só tenho uma última pergunta, antes de ir.

Francis concordou com a cabeça.

— O que é?

— Há apenas uma peça neste quebra-cabeça que eu não consigo entender: o *Assassinato branco*. Por que Grant encheu o livro com referências a
esse crime? Não há realmente nada que possa me dizer sobre isso?

Francis deu de ombros.

— Nós nunca conversamos a respeito disso, mas conhecia o Grant e
conheço o senso de humor dele. — Francis coçou a nuca. — Tenho quase
certeza de que era uma piada. Grant era capaz de ser muito macabro às
vezes. Seria bem a cara dele incluir todas aquelas referências como forma
de se divertir. Quanto mais insensível, melhor; Grant era assim mesmo.

Francis suspirou.

— Eu não procuraria por um significado mais profundo nesse caso.
É apenas uma pista falsa.

— Entendo. — Julia sorriu. — Isso é um alívio, creio eu.

Ela oscilou na beira da clareira, hesitando antes de falar novamente:

— Acho que esta é a última vez que nos vemos, Francis. Eu gostei
mesmo de algumas das nossas conversas, mas gostaria de nunca ter conhecido você.

E então Julia se foi.

16

O primeiro final

TRINTA MINUTOS DEPOIS, JULIA HART ESTAVA NOVAMENTE SUBINDO A ESCADA escura que levava ao quarto de hotel. Ela entrou no cômodo de persianas fechadas com um toque de triunfo. O plano funcionou; Julia tinha definitivamente enganado o homem que estava tentando enganá-la. Como se estivesse comemorando, ela abriu as persianas que cobriam a janela e deixou a claridade entrar. Um quadrado perfeito de luz branca e pura apareceu na parede oposta.

Lá fora, o mar azul onírico e os cubos brancos da orla estavam se tornando cheios de formas humanas. A parte mais quente da tarde havia passado e a vida estava voltando para a pequena cidade. Ela deu dois passos para trás, se afastou da janela e se sentou na cama; os últimos dias a haviam exaurido. Recostou-se, tirou os sapatos e logo adormeceu, totalmente vestida, aninhada nos braços do sol.

Julia acordou vinte minutos depois e descobriu que esteve chorando, já sentiu as linhas de sal se formando na pele. Ela pegou a ponta mais próxima do lençol de cima e a colocou sobre o rosto — com o triângulo de algodão branco pressionando levemente os olhos —, deixando-a ali até que o sol secasse as lágrimas.

Em seguida, Julia se sentou.

Em uma mesa ao lado da cama estava o exemplar encadernado em couro de *Os assassinatos brancos*. Ela o pegou e abriu em cima da coxa. O livro havia sido dado para Julia havia cerca de seis meses, em outro quarto de dimensões semelhantes, com uma cama e uma janela do mesmo tamanho. Embora, naquele caso, o céu estivesse cinzento e a única coisa que era possível ver do lado de fora fosse um pombo empoleirado em um poste de luz. A mãe dela estava morrendo naquele quarto, na pequena casa no País de Gales onde Julia havia passado a infância. Ela se sentou ao lado da mãe, segurando sua mão.

— Há uma coisa que você precisa saber. — A respiração da mulher mais velha se agitou e falhou. Depois de uma vida inteira fumando, os pulmões finalmente estavam falhando. — Por favor.

Ela apontou para um livro despretensioso em uma prateleira ao lado da cama e Julia se aproximou para pegá-lo. Era um volume fino chamado *Os assassinatos brancos*. Estava encadernado em couro, mas ela reconheceu as páginas grossas e as margens largas como indicativos de publicação independente. A própria Julia era escritora, com três romances na carreira. Quando entregou o livro, a mãe ergueu a capa e passou o dedo indicador amarelo sobre o nome do autor, impresso junto ao título.

— Grant McAllister. — A mulher mais velha tossiu. — Esse homem é seu pai.

Lágrimas vieram aos olhos de Julia naquele momento. Sempre ouviu que o pai tinha morrido durante a guerra, quando era uma criança pequena.

— Ele ainda está vivo?

A mulher mais velha fechou os olhos.

— Não sei. Pode ser que esteja.

— Então onde ele mora?

— Desculpe. — A mãe fez um gesto negativo com a cabeça. — Ele nos deixou quando você era muito pequena.

Ela apertou a mão da filha.

— Ele provavelmente não vai querer vê-la.

Em silêncio, Julia levou em consideração o que ouviu e depois respondeu tão baixinho que a mãe não poderia ter captado:

— Não sei se vou dar a ele alguma escolha.

No dia seguinte ao funeral da mãe, ela elaborou um plano. Julia conhecia o suficiente sobre ficção policial para ser capaz de criar a carta de uma editora especializada, expressando interesse na antiga coletânea de histórias de Grant, *Os assassinatos brancos*. Ela deu a si mesma o título de editora e assinou com o nome do meio, Julia. Os outros detalhes vieram com bastante facilidade: "Victor" e "Leonidas" eram os nomes de seus dois gatos enquanto "Editora Tipo Sanguíneo" era uma simples piada. Depois de algumas semanas, Grant escreveu de volta perguntando sobre dinheiro. Ela respondeu usando o nome de Victor e prometeu ao escritor tudo o que ele quisesse, se ao menos concordasse em conhecê-la. Grant sugeriu que Julia fosse para a ilha. Então, ela mandou digitar o livro em forma de manuscrito e partiu em viagem. Julia observaria Grant por alguns dias enquanto ambos trabalhavam juntos, e então decidiria o que fazer, se iria embora ou se confessaria tudo.

E foi assim que ela acabou ali, deitada na cama de um quarto de hotel escuro, depois de descobrir que o pai estava morto havia dez anos. Julia abriu a primeira página de *Os assassinatos brancos* e passou o dedo pelo nome dele. *Grant McAllister*. E percebeu, com uma sensação esmagadora de decepção, que não estava mais perto dele agora do que quando o viu pela primeira vez. Ela nunca iria encontrá-lo e nunca iria conhecê-lo, exceto por meio dessas histórias. Pelo menos, Julia entendia agora por que ele as abandonara e viera morar nesta ilha. Não era para escapar de uma filha indesejada, como Julia temia que pudesse ter sido; era para viver abertamente com outro homem. Esse mero consolo teria que bastar.

Um bando de gaivotas pousou em um telhado próximo e a demoveu daqueles pensamentos.

Ela fechou o livro e colocou a palma da mão em cima dele. O couro verde-escuro era quente ao toque. Então Julia se recostou e ouviu o som das gaivotas.

Parecia que elas estavam passando por um sofrimento terrível.

17

O segundo fim

A ADRENALINA CONDUZIU FRANCIS NAQUELA CONVERSA FINAL COM JULIA, E logo depois que ela o deixou — sentado sozinho na clareira, no meio da colina —, ele voltou sozinho para a cabana, bebeu um grande copo de gim e foi direto para a cama, exausto. Eram três da tarde. Francis dormiu por doze horas e acordou cedo na manhã seguinte, quando a ilha estava no seu momento mais frio e escuro. Ele sonhou com Grant, levando a vida no fundo do mar; o homem que Francis amou, sentado debaixo d'água e olhando em silêncio para os peixes que passavam. A pele retalhada ao redor das feridas parecia um coral. Francis ficou feliz por ter acordado.

Ele se levantou da cama e se sentou na varanda da casa com uma xícara de café. Pensou no que faria em relação ao dinheiro, agora que o livro não seria publicado. Ele se virou e olhou para a pequena cabana de madeira, onde havia se sentado com Julia duas noites antes. Era quase visível ao luar, a quatrocentos metros na praia. A cabana estava cheia de coisas que ele não usava mais. Certamente havia algo lá que pudesse vender.

Francis fechou os olhos e terminou o café.

Duas horas depois, o sol estava nascendo e ele saiu para caminhar pela costa, assobiando sozinho. Àquela hora da manhã, era impossível acreditar que seria um dia quente; parecia que o verão havia terminado durante a noite. Francis decidiu economizar tempo e cortar caminho pela curva suave da praia; ele tirou os sapatos e os segurou nas mãos enquanto entrava na água fria e rasa. Parecia que estava andando no gelo.

Poucos minutos depois, Francis chegou ao trecho de areia em frente à cabana e deixou os sapatos caírem das mãos. Abriu as duas portas de madeira ao máximo. Não havia luz no interior e o barco estava diante dele em silhueta. "Se eu ficar desesperado", pensou, "sempre há a possibilidade de vender o barco".

Francis passou pelo nariz ao estilo de desenho animado do barco até chegar a uma pilha de caixas velhas de papelão escondida atrás dele. Como estava escuro lá atrás, mesmo com as portas totalmente abertas, pegou a lamparina antiga que estava pendurada no teto e a encheu com uma pequena lata de querosene. Ele acendeu o pavio e equilibrou a lamparina na lombada virada do barco, depois se ajoelhou e começou a examinar as caixas.

A primeira estava cheia de livros. Isso não foi surpresa para Francis — ele tinha olhado a caixa no mês anterior, em busca de um exemplar de *Os assassinatos brancos* —, mas agora se perguntava se algum dos volumes teria valor monetário. Francis escolheu alguns aleatoriamente, mas a visão dificultou a leitura dos títulos e ele logo desistiu, frustrado.

A caixa seguinte estava cheia de instrumentos musicais, a maioria deles quebrada. Uma rabeca, um tambor e um alaúde sem cordas. Grant tinha insistido que os consertaria algum dia, mas nunca encontrou tempo. A terceira continha equipamento de pesca, em bom estado; Francis voltaria a essa caixa mais tarde. A quarta estava repleta de várias bugigangas. Um telescópio, um castiçal e vários baralhos de cartas.

A quinta caixa o fez parar. Francis havia se esquecido dela, embora já tivesse vasculhado ali algumas semanas antes. Era uma caixa com a papelada de Grant, junto com várias anotações manuscritas. Algumas delas deviam ter trinta anos. Não havia nada ali sobre *Os assassinatos brancos* — nenhum primeiro manuscrito ou anotações estruturais — e nada de qualquer valor, obviamente.

Então ele se lembrou de algo.

Hesitante, Francis passou a ponta do dedo pela lateral da pilha amarelada até sentir a borda dura de uma folha de cartão. Ele a puxou para fora e a ergueu diante da luz. Era uma fotografia em preto e branco, recortada das páginas de uma revista e colada em um quadrado branco de papel-cartão. Uma fotografia grande de uma jovem. Francis não a reconheceu, mas ela era muito bonita e parecia que poderia ter sido uma atriz. No canto inferior direito havia um emaranhado de linhas pretas, escritas em nanquim espesso e escuro, que ele havia considerado ilegíveis anteriormente. Mas agora Francis conseguia enxergar claramente que elas formavam o nome *Elizabeth White*.

Então não foi uma coincidência e Grant realmente batizou o livro com o nome dela? Ele virou o papel-cartão e descobriu que havia uma anotação escrita no verso, em tinta esmaecida de caneta azul. Se não conhecesse a caligrafia dele tão bem, Francis não teria sido capaz ler de maneira alguma:

"Hampstead Heath. 24 de agosto de 1940. Sua última assinatura."

Uma das portas da cabana se fechou e a sombra repentina caiu sobre o quadrado branco, escondendo aquelas palavras de vista. Francis deixou o pedaço de papel-cartão cair no chão e se levantou com dificuldade ao se recuperar do susto, tropeçou para trás e bateu no barco. Toda a embarcação estremeceu: a lamparina de óleo escorregou de onde estava em cima do casco e caiu dentro da caixa de papéis, que imediatamente pegou fogo. Foi uma calamidade tão organizada e autocontida que, de início, Francis só conseguiu ficar parado, vendo a caixa queimar. Então, à nova luz daquela fogueira em miniatura, ele viu a anotação iluminada mais uma vez. As palavras ainda estavam lá e a data não havia mudado.

Vinte e quatro de agosto de 1940. O dia do *Assassinato branco*. Se ela assinou a fotografia naquela data, Grant deve ter estado com a mulher pouco antes de ela ser morta. Levando aquilo em consideração com todo o resto — o título do livro, as pistas nas histórias —, era demais para ser uma coincidência.

— Grant, o que diabos você fez?

Francis se ajoelhou novamente, pegou a fotografia, dobrou e guardou no bolso de trás. Um círculo negro e quente estava se espalhando pela lateral do barco no ponto mais próximo das chamas; ele viu e começou a entrar em pânico. Como a metade inferior da caixa de papelão ainda não havia queimado, Francis a empurrou com o pé descalço para longe do barco, atravessando a cabana até a porta entreaberta. A seguir, ele se abaixou, pegou a caixa e a jogou na direção do mar. Quando ela quicou na areia um momento depois, a coisa toda pareceu explodir em uma nuvem de fragmentos incandescentes; cinzas e faíscas choveram na praia.

Francis tropeçou para a frente, com os pulmões cheios de poeira negra, e parou diante do par de sapatos vazio. Ainda estavam onde ele os havia soltado: em formação perfeita, lado a lado na areia. Francis sentiu que quase podia ver o fantasma de Grant parado ali, esperando para cumprimentá-lo.

— Grant — disse ele, estendendo o braço para agarrar a mão invisível e caindo de joelhos —, então você realmente matou a mulher?

Ele tirou a fotografia do bolso das calças e examinou mais uma vez à luz do dia. A cola havia derretido com o calor do fogo e a imagem impressa estava saindo da base do papel-cartão. Havia uma carta manuscrita escondida entre as duas camadas. Francis tirou a carta do esconderijo e começou a ler.

"Caro Professor McAllister,"

A letra era caprichada, mas tão pequena que ele teve que apertar os olhos.

"Meu nome é Elizabeth White." Francis ficou tenso. "Não nos conhecemos, mas talvez você tenha me visto no palco ou assistido a uma das minhas peças. Tive a sorte de assistir à palestra que deu sobre ficção policial em Londres no ano passado, na Sociedade Real de Literatura. Achei uma palestra muito inspiradora. E espero que perdoe a audácia, mas estou enviando os frutos dessa inspiração, caso você queira lê-los. Escrevi sete histórias de romance de assassinato, com base nas suas ideias: elas cobrem vários personagens e cenários, mas cada uma demonstra uma *permutação* diferente de ficção policial, para usar o seu termo. Espero publicá-las como uma coletânea. *Os assassinatos brancos*, de Elizabeth White. Perdoe o título egocêntrico — não consegui pensar em um melhor. Mas imaginei que você pudesse ler as histórias e me dizer o que pensa. É minha primeira tentativa de escrever algo desse tipo. Talvez possamos nos encontrar e conversar a respeito delas, se estiver disposto a me deixar pagar-lhe uma bebida. Seja delicado, porém; você é a primeira e única pessoa para quem mostrei as histórias. Muito agradecida, Elizabeth White."

As duas últimas palavras coincidiam com a assinatura na fotografia.

Francis amassou a carta em uma bola e a jogou no mar. Ele pegou os sapatos, um em cada mão, e gritou em desespero.

— Grant, como você pôde? — Francis colocou a cabeça entre as mãos, os dois sapatos se tornaram um cômico par de chifres. — Você matou a mulher só para roubar aquelas histórias?

Francis imaginou Grant com a vaidade ferida pelo sucesso dela. Ele deve ter convencido Elizabeth White de alguma forma a trazer o manuscrito original para o encontro, em seguida a matou e levou o manuscrito consigo. As inconsistências nas histórias, apontando para os detalhes do crime, devem ter sido inseridas posteriormente; Francis sabia que acrescentar aquelas pistas às histórias teria divertido Grant imensamente, sabendo que ninguém as compreenderia, exceto ele mesmo. Será que Grant manteve o título original pelo mesmo motivo intragável?

A maré estava avançando para a terra firme a cada minuto que passava. Francis olhou para o mar e viu que uma onda enorme vinha em sua direção. Ela quebrou alguns metros antes de chegar à costa e o cobriu até a altura dos cotovelos. A água estava gelada.

— Como você pôde?

O fogo atrás dele havia acabado de queimar. Mas dentro do terno branco encharcado, Francis parecia um boneco de neve, já começando a derreter.

Conheça também

Na manhã seguinte ao grande festival das ilhas de Doggerland, norte da Escandinávia, a detetive Karen Hornby acorda em um quarto de hotel com uma ressaca gigantesca, mas não maior que os arrependimentos da noite anterior.
Na mesma manhã, uma mulher foi encontrada morta, quase desfigurada, em outra parte da ilha. As notícias daquele crime abalam a comunidade. Karen é encarregada do caso, algo complexo pelo fato de a vítima ser ex-esposa de seu chefe. O homem com quem Karen acordou no quarto de hotel naquela manhã... Ela era o seu álibi. Mas não podia contar a ninguém.
Karen começa a seguir as pistas, que vão desenrolando um novelo de segredos há muito tempo enterrados.
Talvez aquele evento tenha origem na década de 1970... Talvez o seu desfecho esteja relacionado a um telefonema estranho, naquela primavera. Ainda assim, Karen não encontra um motivo para o assassinato. Mas, enquanto investiga a história das ilhas, descobre que as camadas de mistérios daquelas **terras submersas** são mais profundas do que se imagina.

A universitária Darby Thorne já tinha problemas demais. Sem sinal de celular e com pouca bateria, ela precisava dirigir em meio a uma nevasca para visitar sua mãe que fora internada às pressas e poderia morrer, mas o mau tempo a obriga a fazer uma parada.

Num estacionamento no meio do nada, Darby se depara com uma criança presa e amordaçada dentro de uma van. Aterrorizada, ela precisa manter a calma. Mais que descobrir quem é o proprietário do veículo, é fundamental escolher quem, dos quatro desconhecidos no local, pode ser um aliado para ajudar no resgate.

O desafio são as consequências: isolados pela neve, qualquer deslize pode ser fatal. É preciso resistir até o amanhecer, mas o perigo aumenta e cada minuto pode ser o último.

ASSINE NOSSA NEWSLETTER E RECEBA
INFORMAÇÕES DE TODOS OS LANÇAMENTOS

WWW.FAROEDITORIAL.COM.BR

Há um grande número de portadores do vírus HIV e de hepatite que não se trata. Gratuito e sigiloso, fazer o teste de HIV e hepatite é mais rápido do que ler um livro.

Faça o teste. Não fique na dúvida!

CAMPANHA

ESTE LIVRO FOI IMPRESSO
EM JANEIRO DE 2021